LA GRILLE DU PALAZZETTO

DU MÊME AUTEUR

L'Homme de Naples, récit, photos de Luciano D'Alessandro, L'Archipel, 2022.

Vania, Vassia et la fille de Vassia, roman, Liana Levi, 2020.

Arithmétique de la chair, roman, Flammarion, 2016.

L'Amour dans tous ses états, nouvelles, Flammarion, 2014.

L'Esprit au féminin, avec Christian Moncelet, Le cherche midi, 2012.

Ce qu'il voulait, roman, Albin Michel, 2012.

Jury, roman, Albin Michel, 2011.

C'est prêt dans un quart d'heure !, cuisine, Robert Laffont, 2011.

Ricochets, théâtre, Actes Sud, 2009.

Un jour, je suis morte, Albin Michel, 2007.

Ce soir c'est ta fête, cuisine, Albin Michel, 2006.

Les Mots des hommes, roman, Albin Michel, 2004.

Si je vous disais, chroniques, Albin Michel, 2004.

Biographie d'un sexe ordinaire, Albin Michel, 2003.

Patati patata, trois petits tours et puis ça va, billets d'humeur, Albin Michel, 2001.

Love Baba, roman, Albin Michel, 2000.

Haricots-ci, haricots-là, cuisine, Robert Laffont, 1999.

Moi j'en riz !, cuisine, Robert Laffont, 1996.

Joyeuses pâtes !, cuisine, Robert Laffont, 1986.

Journal d'une femme mariée, photos du film de Jean-Luc Godard, Denoël, 1965.

MACHA MÉRIL

LA GRILLE DU PALAZZETTO

roman

l'Archipel

Cet ouvrage constitue une édition remaniée de *La Star*, paru aux éditions Grasset en 1982.

Notre catalogue est consultable à l'adresse suivante : www.editionsarchipel.com

Éditions de l'Archipel
92, avenue de France
75013 Paris

ISBN 978-2-8098-4741-3

À Romy, Martine, Marylin, Brigitte, Kim,
Sophia, Ingrid, Isabelle, Isabelle, Maria,
Katharine, Jane, Joan, Jeanne, Betty, Judy,
Danielle, Melina, Jean, Natalie, Audrey, Lana,
Ava, Liz, Claudia, Silvana, Lucia et Monica.

Bien qu'ils évoluent dans un monde réel, les personnages de ce roman sont purement imaginaires. Leur ressemblance avec des personnes vivantes ou disparues serait donc totalement fortuite et accidentelle.

1

1977

La première nuit

— Le pont d'Othello ! *Othello's Bridge! Otello Brücke!*

Les flancs de la gondole raclent les parois gluantes du canal. Les touristes trop nombreux pour l'étroite embarcation se serrent les uns contre les autres en gloussant. Un petit joueur de mandoline, à califourchon sur la proue en bec, chante avec l'accent vénitien une romance napolitaine. Personne ici n'y trouve à redire. Venise, ou ailleurs en Italie, c'est toujours *O sole mio.*

— Hôtel Gritti ! poursuit le gondolier, en indiquant le *palazzo* contre les grilles duquel il prend appui.

Toutes les têtes regardent en l'air, obéissantes. Quelle impression garderont-elles du prestigieux palace, vu sous cet angle abrupt, côté fenêtres de service ? Mentor accompli, le guide ajoute, confidentiel :

— La suite de Mélusine Marvel est *al primo piano... The French movie star Mélusine Marvel is now at Gritti's Hotel, first floor... Die französische Schauspielerin...*

À une fenêtre, là-haut, entre les toitures qui semblent se toucher, une tête blonde se découpe sur un filet de ciel rougi par le coucher du soleil. C'est elle, c'est Mélusine. Elle est en peignoir, encore tiède de son bain odorant.

— Ils charrient, quand même ! Depuis quand les circuits touristiques passent-ils par là ? Appelle le directeur ! dit-elle, en se retirant vivement de la fenêtre.

— Pas le temps, lui répond une voix de femme derrière la porte de la salle de bains géante de sa suite. Tu es très en retard, il faut que tu te prépares, ma chérie.

— Non, mais tu te rends compte ! Ils me vendent dans les dépliants du syndicat d'initiative, maintenant ! Ils sont gonflés !

— Ne te monte pas la tête.

Nicole, l'habilleuse, est entrée sans frapper, une robe du soir sur le bras.

— Ça doit être un coup d'Alfredo, ironise-t-elle.

— Alfredo ? Quel Alfredo ?

— Alfredo, ton marin. Celui qui nous a amenées en Chris-Craft. Ça t'apprendra à faire monter n'importe qui dans ta chambre. Je te l'ai toujours dit.

— Si c'est ça leur pont d'Othello, il est moche. On dirait la passerelle de verre des Galeries Lafayette, en moins bien, dévie Mélusine.

Elle se prélasserait bien encore dans le grand peignoir moelleux fourni par l'hôtel. Le même qu'au Grand Hôtel à Rome, tiens. Les palaces de la chaîne hôtelière Ciga sont vraiment imbattables, elle a bien fait d'insister pour être logée ici. Il faut du confort pour tourner un film, de surcroît difficile comme celui-ci. Qui sait si elle réussirait à se faire offrir un de ces peignoirs blancs ? Le piquer ? Pas facile, vu le volume. Et puis, les valises sont désormais sérieusement contrôlées au sortir des grands hôtels. C'est vrai qu'ils n'oseraient rien lui dire, à elle. Quand même, ça la foutrait mal. Il ne faut pas aggraver la mauvaise réputation des gens de cinéma, elle est la vedette de ce film, elle doit donner l'exemple. Il y a quelques années, quand elle était la doublure d'Ingrid Bergman, de Sophia Loren et de toutes ces grandes vaches dont elle a le même corps, elle n'aurait pas eu autant de scrupules. Le succès rend honnête, pense-t-elle, à moins que ce ne soit l'argent ?

— Veux-tu te dépêcher.

— Oui, mon capitaine, fait Mélusine, en claquant ses talons nus sans faire rire Nicole.

Elle enlève paresseusement le peignoir convoité et se regarde un moment, nue, dans la grande glace au-dessus de la baignoire. Oui, elle est belle pour ses quarante ans, son corps compact est encore celui de ses cours de danse. C'est le visage qui cloche, là, autour des yeux, sous la lumière ingrate du lustre en cristal de Murano, abominable mais parfait au milieu des arabesques vénitiennes. Son doigt tire la peau des pommettes. Le temps d'un lifting est-il arrivé ?

— Tu es belle, ma chérie, très belle, dit chaleureusement Nicole, une grande femme au visage carré. Un petit coup de poudre et ça y est.

D'office, elle lui enfile la robe, comme si le spectacle de la nudité de sa maîtresse ne lui était plus tolérable.

— Un coup de kirsch, plutôt, répond Mélusine. Va m'en préparer un.

Nicole sait que l'habillage de sa chère star n'est pas une petite affaire. Choisir la robe parmi les huit qu'elle a elle-même repassées une à une en sachant que la plupart ne seront jamais utilisées a déjà pris une demi-heure. Combien de temps faudra-t-il pour le maquillage ? C'est à elle que s'en prend le producteur chaque fois que Mélusine est en retard. D'un coup d'œil circulaire, elle cherche le grand verre vide et le ramasse sur le rebord de la baignoire. La forte odeur de bière lui monte au visage. Quel mélange avec le kirsch.

Un miaulement disgracieux attire de nouveau Mélusine à la fenêtre. Un bouquet de pinceaux de maquillage à la main, elle se penche pour mieux voir : un petit chat tremblant s'agrippe au rebord d'une corniche. Avec son poil collé, on dirait un rat.

— Minou, minou, psss... psss... Qu'est-ce que tu fais là, mon petit chat ? Tu vas tomber ! Nicole ! Regarde ce chat comme il est malheureux. Minou, minou...

Le chat relève sa vilaine petite tête maigre. Ses yeux brillent dans la pénombre. Il miaule de plus belle.

— Pauvre bête. Va le chercher.

Docile, Nicole se penche elle aussi à la fenêtre.

— Tu ne vois pas qu'il est malade ?

— Justement, rétorque Mélusine. On ne peut pas l'abandonner. Je descends.

— Tu es folle. Tu n'es pas prête. Avec tous les gens qui sont en bas. Tu vas être en retard...

Nicole n'a pas le temps de finir sa phrase qu'elle entend la porte claquer. Mélusine s'est échappée. La voilà dévalant l'escalier, faisant craquer le parquet sous la moquette. D'une main, elle relève le volant de sa robe du soir courte, comme une petite paysanne tiendrait son tablier pour mieux courir. Ses pieds nus rebondissant sur la haute laine lui donnent une sensation de plaisir enfantin. Elle s'arrête pile en débouchant dans le hall.

C'est vrai. Une nuée d'admirateurs, de paparazzi et de badauds l'attend dans le hall. *Il Gazzettino di Venezia* avait annoncé qu'elle se rendrait ce soir au Teatro La Fenice pour une grande soirée de ballet avec Youri Atkine, le danseur russe du moment.

— *E' Lei*... C'est elle... Mélusine ! Par ici ! *Per favore, una foto!*...

Les flashs crépitent. Mélusine cherche une autre sortie. Au fond de la salle à manger où dînent paisiblement les clients distingués de l'hôtel, une porte-fenêtre donne sur le canal. Elle s'y précipite, l'ouvre et enjambe le parapet, sans se soucier du courant d'air qui fait voler les nappes. Elle grimpe sur une étroite corniche qu'elle longe en s'agrippant à une grille, à pic sur l'eau. À peine est-elle arrivée près du chat que celui-ci décampe. Elle reprend sa chasse, essuyant le mur avec sa robe, jusqu'au pilier d'un petit pont. Au cirque, elle aurait droit aux tambours du Grand Danger.

Elle se revoit à onze ans sur le toit de l'école communale de Merelbeke, près de Gand, un jour d'octobre comme aujourd'hui. Un pari idiot entre camarades de classe. Il fallait grimper sur le toit pour y planter un insigne flamand, faute de drapeau. L'ascension fut difficile, mais Mélusine – qui s'appelait alors Birgitt – y parvint. Elle compléta son exploit en se sauvant de l'école par le toit de la maison voisine. L'appel avait été fait et personne ne s'aperçut de son absence. Les copines lui rapportèrent son cartable et son ciré à la maison le soir. Ce fut le drame. Son père l'avait frappée violemment, inconscient de sa force après une certaine heure et ses quinze bières belges à douze degrés. Coutumière de ce traitement, elle ne le détestait pourtant pas, et la mort, trois ans plus tard, de cet homme silencieux et tendre au physique de mineur lui avait causé un chagrin terrible.

L'éclair d'un flash la ramène à Venise. Les photographes ont fait le tour et l'ont rejointe par le petit pont. Ils la mitraillent de là-haut, écartelée telle une araignée sûre de sa proie.

Elle attrape enfin le chat qui se débat et la griffe au sang. L'alcool dans ses veines la protège de la douleur. Elle ne lâche pas. Retrouvant l'adresse d'un exercice de voltige préparé pour le Gala de l'Union, elle rebrousse chemin, ne se tenant que d'une main.

Des applaudissements saluent son retour dans l'hôtel. Sa main saigne. Elle a sali sa robe de faille blanche.

Deux *camerieri* l'escortent jusqu'à l'ascenseur. Doivent-ils rire ou être compatissants ? Aucune importance, Mélusine ne prête attention qu'à son rescapé. La Belle et la Bête. Elle le serre dans ses bras comme s'il pouvait se transformer en Prince charmant, là, sur-le-champ, accroché à ses seins de jeune fille. Les badauds donneraient cher pour être chats en ce moment, blottis contre la poitrine de leur idole. Le chat, lui, miaule à la mort.

*

Philippe Epstein s'étrangle en boutonnant le col de sa chemise de smoking quand le téléphone sonne. Zut, il y était presque. Diable, comme ces boutonnières sont malcommodes, mais pour rien au monde il ne cédera. Il ne s'agit pas de recommencer avec Joëlle les erreurs qu'il a commises avec sa femme. Cette chipie avait fait inscrire dans les minutes de leur divorce qu'il s'obstinait à porter un pull-over sous sa veste de smoking et qu'il mangeait du hareng au lit le matin au petit déjeuner, comme son père dans son ghetto natal. Pas de pull, c'est promis, mais une charmante liquette de laine achetée le matin même, camouflée sous la chemise et facile à escamoter dans la salle de bains au moment du déshabillage. L'amour, d'accord, mais les rhumatismes ? La perspective de ce tournage à Venise ne l'enchante guère. Il y a de l'eau partout, dans cette ville flottante. Éric d'Albarosa doit être en caoutchouc, pour vivre ici toute l'année. Les metteurs en scène ont une santé d'acier.

Le téléphone s'entête. Ça y est. Le bouton a pris sa place.

— J'arrive, dit-il d'une curieuse voix tordue, la glotte écrasée à la hauteur du col.

Avec la plus grande affabilité, le directeur de l'hôtel demande ce qu'il faut faire du chat que *signora* Mélusine Marvel vient de recueillir dans sa chambre. Epstein est le producteur, c'est lui qui paye, du moins apparemment, il ne faut pas le brusquer. Mais la voix du directeur est ferme. Les animaux ne sont pas admis dans cette maison depuis 1880…

— Que voulez-vous que je vous dise ? éclate Epstein. Faites-en un civet. Ce ne sera pas la première fois que les Italiens mangeront du chat pour du lapin ! Ha ! Ha ! Ha !…

Il se croit drôle. Le silence à l'autre bout du fil ne le démonte pas le moins du monde. L'important est l'aplomb. Un patron n'a jamais de difficultés, il n'a que des solutions. Le directeur est un brave type, il n'est qu'au début de ses peines, avec un film sur le dos. Il a consenti, hors saison, des prix très avantageux qu'Epstein pourra facturer le double dans le devis du film. Il ne faut pas qu'il le regrette dès le deuxième jour.

— Ne vous inquiétez pas, mon ami, je m'en occupe, assure-t-il.

Il raccroche violemment et le geste fait sauter le bouton de col récalcitrant. Rien à faire. Cette chemise est trop étroite par-dessus le maudit maillot de corps. Il ne l'avait pas prévu, cet inconvénient.

D'une humeur massacrante, il décroche le téléphone pour appeler son voisin de chambre, Gilbert de Grandville. Le vieux producteur et distributeur, ami et compatriote podolien de son père, n'aime pas être dérangé pour des détails. Né Joshua Grostadt, il avait *traduit* son nom en Gilbert de Grandville, convaincu de l'antisémitisme profond des Français. La particule était une finesse qui ne faisait pas de mal. Papa Epstein et lui avaient produit ensemble de nombreux films à la grande époque du cinéma d'après-guerre. À la mort de son père, Philippe, héritier de dettes plus que de biens, avait pu compter sur le soutien de Grandville. Contre un salaire coquet et un petit pourcentage, car il faut toujours intéresser ses employés, Gilbert engageait Epstein fils comme *producteur exécutif* de ses films, par fidélité posthume pour son vieux compagnon d'affaires.

Le téléphone sonne dans une chambre jumelle de celle d'Epstein : mêmes moulures dorées, même moquette sombre, mêmes meubles peints aux couleurs pastel. Au plafond, l'inévitable lustre de Murano. Une différence : un seul petit lit est tristement collé le long du mur. Gilbert de Grandville a toujours été économe, d'habitude il descend à l'hôtel Europa. Son célèbre gros ventre est sanglé dans un smoking luisant qui le fait ressembler à un phoque. Ses pieds, pointure quarante-six, sont emmaillotés jusqu'au dernier moment dans de larges charentaises. Les escarpins, enfer de sa goutte naissante, sont garés devant la porte pour ne pas être oubliés. Une série de cigares, à la place de la pochette, attendent comme de menaçantes cartouches.

— Allô… *Si*… Voui… Voui… Mon garçon, ça, c'est ton problème… Demain, je ne serai plus là. J'attends les rushes à Paris. Vos petites histoires ne m'intéressent pas… Parle à Éric d'Albarosa… Si tu peux me déranger pour ça, tu peux le déranger lui aussi. Après tout, c'est lui qui doit la diriger, ce n'est ni toi ni moi…

Il repose l'écouteur détesté sans aucune formule de politesse. Pour lui, le téléphone est un coûteux appareil ménager dont il ne faut pas abuser.

Les ennuis commencent. Pas graves, car l'affaire est saine. Un Marvel-d'Albarosa, c'est sa trouvaille. Il y a quinze ans, Éric d'Albarosa, déjà grand metteur en scène, avait lancé Mélusine, petite comédienne issue d'un concours de beauté et non d'une école d'art dramatique. Frappé par la pureté de ses traits sous des attitudes de starlette, il avait su deviner son extraordinaire présence cinématographique. Leur premier film, *Une femme*, acclamé par la critique, fut un triomphe commercial qui valut un Oscar du film étranger à d'Albarosa et un prix d'interprétation à Cannes à Mélusine. Ils firent un deuxième film, *Marie Walewska*, énorme coproduction franco-italo-allemande qui partagea la critique, mais battit tous les records de recettes de l'année. Mélusine devint une grande vedette européenne mais se lança, sans Éric, dans une carrière commerciale encouragée par ses agents successifs. Des réalisateurs dénués de génie utilisaient habilement sa beauté et son charme particulier pour en faire un modèle féminin de grande consommation : sexy mais sympa, délurée mais gamine, drôle mais prête à verser de grosses larmes bien glycérinées. Un rêve vivant pour petite-bourgeoise frustrée.

Plusieurs fois, des producteurs avaient proposé à Éric de tourner à nouveau avec la vedette qu'il avait lancée, mais il s'y était toujours mystérieusement refusé. Pourtant, après dix ans de carrières séparées, les retrouvailles des deux stars valaient leur pesant d'or publicitaire. Cette fois-ci, Éric s'était laissé convaincre par Grandville. Il avait accepté la gageure de retrouver sa découverte devant sa caméra. À lui de s'en dépatouiller.

*

Le palais d'Albarosa est un bijou. Serti dans la file féerique des palais du Canal Grande, on le remarque par la délicatesse de ses proportions et par les fresques délavées qui ornent sa façade. Paisiblement habité par la même famille depuis des siècles, le *palazzo* n'a rien de particulièrement célèbre mais n'en est pas moins l'un des plus photographiés de Venise. Le vaporetto passe à une distance Kodak et ralentit opportunément.

— *What a sweet little house!* s'exclament les Américaines pâmées.

Juste ce qu'il leur faudrait.

Elles seraient surprises par la hauteur des plafonds de cette *maisonnette*, l'ampleur des pièces et l'épaisseur des murs qui résistent depuis si longtemps à la lagune mouvante. Leurs bigoudis multicolores détonneraient dans ces marbres roses et noirs subtilement mariés. Mais il n'y a pas de danger, le *palazzetto* n'est pas à vendre. Même en dollars.

Éric d'Albarosa pointe sa longue-vue vers le canal et les maisons qui le bordent. En cinéaste avide d'images, il ne rate jamais sa petite inspection quotidienne. Il se passe toujours quelque chose d'intéressant quand on sait regarder. Les gens qui ne se savent pas observés ont des gestes émouvants. Un gamin charge des bouteilles sur une péniche. Un chien se blottit pour dormir au creux d'une corde enroulée. Une vieille déchiffre une lettre à sa fenêtre alors que le soir tombe. N'ont-ils pas inspiré Antonio Canal, dit « Canaletto » ? Les gens qui s'ennuient ont toujours stupéfait Éric. Il y a tellement de choses à voir sur cette Terre. Une vie n'y suffit pas. Et puis, il y a la beauté. Comment ne pas admirer la couleur changeante de l'eau où se reflètent, en lignes brisées, les poteaux d'amarrage décorés aux armes de la famille ? Tiens, ça s'écaille, il va falloir les repeindre.

Éric est tellement absorbé par sa promenade en téléobjectif qu'il n'entend pas le téléphone. La sonnerie de la vieille installation est stridente, mais il a la faculté de se soustraire à ce qui peut troubler sa concentration. Ce don surprenait déjà ses camarades de la Farnesina, l'école de la carrière diplomatique à laquelle sa famille le destinait : il étudiait dans le vacarme et la confusion des restaurants romains.

La sonnerie du téléphone a cessé. Quelqu'un a répondu dans une autre pièce. Un domestique en livrée dépareillée – le gilet et le pantalon ne sont pas de la même couleur, et la chemise fantaisie ne fait sûrement pas partie de l'uniforme – entre dans le bureau.

— *Maestro, il telefono. E' per Voi.*

Éric traverse le *studiolo* d'un pas nonchalant. L'unique abat-jour, en peau d'éléphant, donne des teintes dorées à son smoking blanc qu'il porte avec un chic fou malgré les larges épaules démodées. Les fresques et les plafonds peints achèvent d'assombrir cette pièce encombrée de lourds meubles vénitiens qu'il exècre mais dont il ne se séparerait pour rien au monde. Tout ici a été accumulé par le temps et plusieurs générations d'Albarosa. Les maisons sont des êtres vivants qui ont besoin d'affection, comme les plantes. Il faut leur parler, les caresser, disait la comtesse d'Albarosa, sa mère, dont le culte pour les objets tournait au fétichisme. Il commence à la comprendre. Dieu sait combien elle l'a agacé de son vivant, mais, depuis sa mort, il y a six mois, jamais il n'a autant pensé à elle. Inutile de se le cacher : il entre dans le troisième âge.

Sa longue main où luit une chevalière au milieu des premières taches de vieillesse pousse mollement les papiers qui recouvrent le téléphone posé sur le bureau Biedermeier à côté de quelques photos encadrées : un portrait de Malraux dédicacé, un autre de Cocteau avec son chien, un groupe où l'on reconnaît Mélusine et lui-même à une fête costumée. Il décroche enfin :

— *Pronto... Si, me lo passi... Si, si...* Vous croyez... Mélusine... Vous avez raison... Je l'appelle, c'est entendu.

Il parle d'une voix lente, en fermant les yeux. Opposer le calme à l'agitation. L'éducation à la grossièreté. Mélusine a encore fait des siennes. Son calvaire commence. Le chemin de croix du metteur en scène. Il se demande s'il y a un saint pour les metteurs en scène. En Italie, il y a un saint pour tout. Sa mère en avait même trouvé un pour les plantes d'intérieur, qu'elle remerciait sans cesse pour la magnificence de sa serre. Celui des pianistes hongrois était moins généreux car son père, Éric Molnar, n'était jamais revenu d'une tournée en Amérique, malgré la forêt de cierges brûlés dans toutes les églises dominicaines fréquentées par la comtesse. Éric avait quatre ans. Il ne revit jamais son père. Il n'en conserva que le prénom et un goût prononcé pour la musique.

Célèbre pour ses mises en scène d'opéra, Éric tournait peu, mais chacun de ses films était attendu au même titre que le dernier Fellini ou le dernier Bergman. Il était de la race des auteurs qui mûrissent longuement un sujet. Et puis, la Nouvelle Vague avait déferlé, révolutionnant les méthodes de tournage et de production. Bien que considéré comme l'un des pères spirituels de ce nouveau cinéma, Éric d'Albarosa fut mis à l'écart. La Cinémathèque repassait tous les jours ses œuvres, mais les producteurs tournaient le dos. Pour le prix d'un de ses films, on pouvait en faire trois de jeunes metteurs en scène, en espérant le succès d'*À bout de souffle* ou des *Quatre Cents Coups.* Mais l'approche de la cinquantaine et le choc d'une opération à la colonne vertébrale avaient déclenché en lui une volonté tenace : celle de réaliser le film auquel il pensait depuis dix ans. Après Welles et Youtkévitch, Éric voulait tourner un *Othello*, dont personne n'avait pénétré, à son avis, l'universalité ni la modernité. Aucun autre projet ne semblait digne de lui, comme si le temps lui était compté.

Son vieil ami, Gilbert de Grandville, s'était enrichi avec *Une femme*. Il consentit à placer dans l'affaire des capitaux bloqués en Italie, puisqu'on allait tourner à Venise entièrement en décors naturels. Grandville confia la production exécutive au petit Epstein, au grand regret d'Éric qui adorait l'intelligence du vieil homme malgré les affrontements, les brouilles et les réconciliations du passé. Éric tenta de convaincre son ami de revenir avec lui sur le plateau, mais Grandville n'était plus que distributeur. De plus, il aimait passionnément ses chevaux de course et ne pouvait s'en éloigner trop longtemps. En bon homme d'argent, cependant, il exigea par contrat un minimum de trois nus, dont un intégral, une scène érotique d'au moins trois minutes, et une scène de violence entre un homme et une femme ou entre deux femmes. Ces précautions firent sourire Éric, mais il signa sans sourciller. L'érotisme dont son film serait tissé irait bien au-delà.

Éric se déclara horrifié par l'autre idée fixe de Grandville : confier le rôle de Desdémone à Mélusine. Elle n'en avait plus l'âge ni le profil. Elle était devenue une insupportable poupée. L'antithèse de son cinéma. La négation de l'art. Mais, après une rencontre savamment organisée par Gilbert de Grandville, Michel Guy, fidèle ami d'Éric, et François Truffaut, supporter enthousiaste du projet par amour du grand cinéma, la vérité fit son chemin : ce film capital dans la vie d'Éric était indissociable de Mélusine. Elle l'avait inspiré il y a quinze ans, quel autre visage pouvait-il imaginer à sa place ?

*

Le ricochet téléphonique retombe chez Mélusine. Elle est en train de pousser le canapé devant la fenêtre pour empêcher le chat de se sauver. Malade mais vivace, l'animal. À deux, elles ne sont pas arrivées à l'attraper pour lui donner le lait frappé que Mélusine lui a fait monter – il n'y avait rien d'autre au bar de l'hôtel, dans le genre boisson pour chat. Un grand verre de bière s'est cassé au passage du bolide en cavale. Nicole ramasse les tessons, dangereusement dispersés sur la moquette autour d'une tache mousseuse.

— Réponds, s'il te plaît, dis-leur que j'arrive ! crie Mélusine, debout sur le canapé dégarni de ses coussins empilés devant la fenêtre, et verse-moi un kirsch. Minou, minou... Viens chez Mélusinette, je ne vais pas te manger...

Agenouillée sur le dossier du canapé pour attraper le chat qui la nargue du haut de la bibliothèque, elle étire le jersey de soie rouge de sa nouvelle robe sur sa croupe assurée à la Lloyd's International. Un vieux contrat passé à ses débuts par un producteur zélé et qui continue à courir depuis.

— C'est Éric, Mélusine. Il veut te parler.

— Je suis prête, je suis prête, chantonne Mélusine, en prenant l'appareil. Tu sais, Éric, j'ai trouvé un chat errant... Non, pas un Juif errant, n'essaye pas d'être drôle, ce n'est pas ton registre... Un chat... Chat, comme Macha, tu es devenu sourd, pépé, hein ? Un petit chat qui avait besoin de moi... Oui, je t'attends.

Elle a un merveilleux sourire quand elle raccroche.

— Quel homme adorable. Dommage qu'il ne soit pas dans le coup comme metteur en scène, dit-elle, en enfilant son renard blanc dont la tête empaillée se pose docilement sur son épaule. Bah, ça ne fait rien. Y a pire.

Elle se retourne vers le miroir présenté par deux angelots de verre au-dessus de la cheminée, se regarde, boit le kirsch cul sec et dit :

— Allez, ma vieille, au turf.

Nicole attendait un baiser, mais Mélusine a déjà pris son visage de représentation et sort de son célèbre pas coulé.

*

Dès son entrée sur scène, Youri Atkine a remarqué la loge vide au milieu de la salle comble, comme une dent cariée dans une bouche parfaite. Comment est-ce possible ? Ce soir ! À La Fenice ! Alors que les billets pour ce ballet se vendent au marché noir dans toute l'Italie depuis l'ouverture des guichets. C'est inadmissible, la mauvaise humeur lui monte au nez. Encore un *onorevole* quelconque qui bloque les meilleures places et ne les utilise pas. C'est partout pareil dans le monde : la politique et les honneurs sont les plaies de l'art.

À la fin du premier pas de deux, il sort de scène trois minutes. Au lieu de s'éponger et de changer de chaussons, il se précipite sur son imprésario, Mark Shapiro, qui discutait avec le directeur du théâtre dans un coin des coulisses.

— Qui sont les mal élevés qui devaient occuper la loge centrale ? dit-il dans son anglais appris. J'exige qu'on la remplisse de fleurs à l'entracte, ajoute-t-il, courroucé et sublime avec sa mèche dorée qui lui tombe sur les yeux. Et il finit en russe : si ces porcs de nomenklatouristes sont en retard, qu'on ne les fasse plus entrer ! C'est un scandale ! Chaque fois que je danse en Italie, quelque chose ne marche pas !

— C'est la loge de la duchesse Maria Grazia Dante della Novere. Elle reçoit ce soir Mme Mélusine Marvel et Éric d'Albarosa, bafouille le directeur de La Fenice en italien. Je suis désolé... Je ne comprends pas...

Mais Youri n'écoute pas. Il est à ses respirations et à ses exercices de détente. Les narines de son nez tatar frémissent comme les ailes d'un papillon. Mark Shapiro, le brillant manager new-yorkais polyglotte qui l'a acquis depuis peu dans son écurie de danseurs soviétiques, ne le perd pas du regard. Il connaît bien son poulain. La colère est un stimulant pour lui, il va danser comme un dieu.

Youri attaque sa variation soliste quand Mélusine et sa suite font irruption dans la loge. Leurs voix trop fortes résonnent dans la salle silencieuse.

— Non, mettez-vous devant, *duchessa*... Je vous en prie.

— Vous n'allez pas chipoter comme ça pendant une heure. Moi, je me mets là, je peux appuyer mon dos.

« Chhht... », fait la salle.

En plein milieu de la scène, en arrêt comme un chien de chasse pointant un lièvre, Youri s'est immobilisé dans une parfaite *première* qui fait ressortir les muscles de ses cuisses. Pas un nerf de son visage ne bouge. Le chef d'orchestre, étonné, attend son signal : de la fosse du théâtre de La Fenice, on ne voit pas la salle et il ne peut pas comprendre le manège entre le danseur étoile et la star dans la loge.

Mélusine a compris. Elle attend que le silence soit parfaitement revenu. D'un geste digne d'une reine d'Angleterre à la vitre de son carrosse, elle invite le danseur à commencer.

Provokatzia, pense Youri, amusé. Il répond par le même geste. L'orchestre entame enfin le *Don Quichotte* de Minkus. L'air de la salle est galvanisé. L'insolence de Mélusine fait flamboyer les velours rouges.

Leçon de star..., sourit Éric, debout au fond de la loge. Mais le sourire s'éteint sur son visage. Depuis la reprise de leurs relations, Éric a fixé son attention sur sa future Desdémone avec la lucidité que son rôle de metteur en scène impose. Un souci se confirme, de plus en plus incisif. Le désordre et la futilité qui accompagnent Mélusine dans sa vie privée la suivent-ils sur le plateau ? Sa réputation de professionnelle accomplie lui a été pourtant confirmée par tous les directeurs de production qui ont tourné avec elle récemment : Mélusine est impeccable pendant les heures de tournage. C'est après que ça se gâte. Jusqu'ici, sa santé de fer lui a tout permis. Mais maintenant, avec l'âge... Quel âge ? Comment peut-on donner un âge à cette nuque ravissante qu'il voit se découper sur le fond rougeoyant de ce théâtre umbertien ? Le même cou sculptural qui faisait l'affiche de leur film *Une femme* il y a quinze ans. Une génération d'adolescents s'était endormie en y rêvant, la main entre les jambes. Éric a bien scruté la salle, Mélusine est encore la plus belle, ce soir. Il en est fier. Il sait qu'il a été le premier à découvrir ce cou.

*

Un jour, le 16 septembre 1956 exactement, date qu'il n'oubliera jamais, on sonna à sa porte du quai Malaquais, où il habitait depuis peu. Une jeune fille se présenta :

— Je suis Birgitt Mersch. Je suis comédienne. Je veux tourner avec vous, dit-elle avec un fort accent belge, qui provoqua en lui une irrésistible hilarité.

Pour ne pas offenser la pauvre petite rougissante qui avait pris le courage de se déclarer d'une traite, il la fit entrer et asseoir sur un canapé encore emballé et placé provisoirement dans le vestibule par les déménageurs.

— Pardonnez-moi ce désordre, mademoiselle. Comme vous voyez, j'emménage. Puis-je savoir qui vous a donné mon adresse, que bien peu de personnes connaissent, et connaîtront, j'espère, à Paris ?

La jeune fille bredouilla une explication autour de la petite annonce effectivement publiée dans un journal corporatif au sujet du prochain film d'Éric. Elle aurait téléphoné à la maison de production qui lui aurait conseillé de se présenter au domicile du réalisateur. Il sut immédiatement qu'elle mentait. Le producteur indiqué sur l'annonce n'était pas le bon et personne ne connaissait son adresse, au journal. Mais le culot de la petite lui plut. Il sut plus tard qu'elle l'avait suivi après un déjeuner chez Lipp où elle se trouvait elle-même en compagnie d'un protecteur du moment.

Il consentit à l'admettre parmi les candidates aux essais prévus pour la semaine suivante. Comédienne, elle ne l'était guère, mais sa photogénie sautait aux yeux. Sa personnalité embryonnaire aussi. Éric la fit engager et la conduisit, Pygmalion attentif, au triomphe d'*Une femme*, sous le nom ronflant de Mélusine Marvel, trouvé en cinq minutes par Grandville :

— Double initiale, comme BB, CC, DD, ça porte bonheur. Et puis, « Marvel », ça veut dire merveille en anglais, très bon nom pour les ventes à l'étranger, jubilait Gilbert, en pensant surtout au marché américain, eldorado des producteurs. De Gaulle n'avait pas encore chassé l'Otan de France, et le rêve américain battait son plein.

Après leur deuxième grand succès, *Marie Walewska*, Éric et Mélusine semblaient former un couple destiné à l'éternité cinématographique. À leur propos, on faisait allusion à Marlene Dietrich et von Sternberg, à Rossellini et Ingrid Bergman, à Antonioni et Monica Vitti. Leur séparation fut une surprise : dans le monde du show-business, les divorces se font sur les échecs, pas sur les triomphes. On disait qu'un secret les liait et les séparait à la fois. Un journal à grand tirage affirma que Mélusine était une fille naturelle du père d'Éric, soi-disant disparu tragiquement dans les années 1930 mais vivant, en réalité, sous une autre identité, derrière le rideau de fer. L'histoire rocambolesque alimenta quelque temps les chroniques et finit par un procès en diffamation gagné par les avocats d'Éric et de Mélusine. Le véritable secret – il y en avait un – ne vint jamais au jour.

Éric et Mélusine se rencontraient quelquefois dans les soirées et les festivals. Amis et étrangers, fidèles et lointains, ils manifestaient chaque fois une joie de façade. Éric désapprouvait sans le lui dire la vie et les fréquentations de Mélusine, et Mélusine acceptait son silence avec soulagement.

*

Sans façon, Mélusine a posé ses deux coudes croisés sur le rebord de velours de la loge. La *duchessa*, du coup, ne voit plus rien.

Un enseignement de Poudovkine revient à l'esprit d'Éric : « Un acteur ne joue pas ce qu'il dit, il joue ce qu'il est. » L'enjeu de son film réside tout entier dans ce concept. Qui est Mélusine aujourd'hui ? Une femme de quarante ans à l'apogée de sa beauté mais aussi au tournant de sa vie. Le public est un vampire qui ne pardonne pas les mensonges prolongés. Les rôles de Mélusine ont peu évolué au fil des films conçus pour exploiter le filon exceptionnel né de l'alliance de sa féminité éclatante et de son insolence garçonne. À Éric incombe la lourde tâche du grand virage, au risque de décevoir le public et de briser la vie de Mélusine. Une vie déjà bien fracassée, lui semble-t-il. Incapable de conserver un compagnon auprès d'elle plus de six mois, elle remplit mal sa solitude avec des personnages insensés pêchés on ne sait où. Et puis l'alcool. Une nouveauté...

Autrefois, dans les loges, on servait du champagne. Une coupe de Krug bien frais lui ferait plaisir en ce moment. Les ballets le rasent un peu, surtout ces chorégraphies soviétiques académiques et rabâchées. Dire qu'il va falloir se taper deux heures de ce sirop, il préférerait aller travailler dans son bureau. Les heures nocturnes sont ses préférées.

Mélusine s'est retournée et dit, en désignant le danseur étoile du doigt, bien fort pour que tout le monde entende :

— On dîne avec lui après ?

Rien n'avait été prévu. Un silence trop long est coupé par Rémi, l'attaché de presse, qui chuchote :

— Oui... Je vais voir si c'est confirmé...

Il se glisse hors de la loge en se grattant la tête. Mélusine le fourre toujours dans des situations gratinées. Il ordonne mieux les longues mèches qui cachent sa calvitie et se lance dans le couloir des coulisses. Tu parles. Chaussons rouges aura sûrement un dîner officiel avec l'encadrement soviétique classique. Le débaucher sera coton. Mais Rémi aime la difficulté, c'est pour ça que Mélusine l'impose sur tous ses films et que lui-même supporte Mélusine. Il est en train de se demander comment il va s'y prendre, dans son mauvais italien, quand il se trouve nez à nez avec le directeur du théâtre :

— Ah, mon cher Rémi, quelle chance de vous trouver. J'allais justement vous faire porter un billet dans la loge pour vous prier d'être tous mes hôtes à dîner au Harry's Bar après le spectacle. Youri Atkine sera des nôtres, avec son imprésario.

Rémi retourne à la loge en se frottant les mains. Comment va-t-il faire mousser ce succès personnel, obtenu, dira-t-il, à la force du poignet, auprès de ce radin d'Epstein ? Cela lui permettra peut-être d'obtenir le photographe qu'il réclame depuis le début. Comme c'est devenu difficile de faire ce métier, avec des marchands de soupe pareils. Du temps de *Marie Walewska*, on ne discutait pas les bouts de chandelles. C'est vrai que ces superproductions n'existent presque plus et le scénario intimiste de cet *Othello* n'est pas du gâteau. Othello. Les jeunes ne savent pas qui c'est, pas plus qu'Epstein, que Grandville ou que quiconque de l'équipe. Ça va être commode pour intéresser les journalistes déjà un peu braqués contre d'Albarosa qui les snobe ouvertement. Heureusement qu'ils ont finalement pris Mélusine. Avec elle, il y a toujours de la ressource, elle est la championne du scoop de charme.

Rémi entre discrètement dans la loge et reste derrière pour ne pas déranger. Il compte le nombre de personnes qui viendront au dîner. Un réflexe d'organisateur machinal puisque Venturini a invité *tout le monde* sans faire de restrictions. Il y a la duchesse, Mélusine, Grandville, Epstein, la *fiancée* d'Epstein, d'Albarosa et lui. Ça fait sept. Il pourrait peut-être téléphoner à Xavier, tout seul à l'hôtel, pour lui dire de venir. Au théâtre, les places dans la loge étaient comptées, mais au dîner, s'il y en a pour sept, il y en a pour huit. Tout ce monde au Harry's Bar. Ils vont le sentir passer, à l'administration de La Fenice. Ce ne sont pas ses oignons, fort heureusement.

*

Pour arriver plus vite au Harry's Bar où Mélusine les attendait – futée, en vraie star, elle n'était pas venue s'écraser les pieds pour les féliciter après la représentation –, Youri et Mark avaient utilisé leur technique de vidage. Dans la loge où piétinaient les marquises et les *assessori alla cultura*, Youri avait ouvert tout grand l'eau chaude de la douche. La loge exiguë s'était remplie de vapeur. Rien de pire pour les coiffures de ces dames et pour les lunettes des ventripotents. La douche était pour la frime, Atkine n'avait pas attendu l'arrivée des flatteurs. Le miroir lui renvoya une dernière image avant de s'embuer : le rimmel de scène lui donnait un regard plus profond, il avait bien fait de n'enlever que le fard à paupières.

Son accueil au Harry's Bar, restaurant préféré d'Hemingway à Venise, *Guide bleu* dixit, fut préparé par Rémi et Xavier. L'*ami* et assistant de l'attaché de presse avait saisi le prétexte d'apporter des fleurs de l'hôtel pour se joindre au groupe. Les fleuristes, rares à Venise, sont fermés à cette heure de la nuit, même à la gare. Rémi n'avait pas trouvé meilleure solution que de récupérer dans la chambre de Mélusine le grand bouquet de bienvenue qui lui avait été offert ce matin même. Il le lui dirait plus tard. Avec elle, pas de problème : diva quand il faut, popote s'il y a un coup de feu. Il peut compter sur elle.

Tout le restaurant applaudit quand Mélusine remit l'énorme gerbe au héros de la soirée. Ne voyant pas de photographe, Youri en fut sincèrement touché, on avait vraiment voulu le fêter. Dans la lumière tamisée et en costume de ville, il perdait de son panache. Hors de ses planches, sa timidité naturelle prenait le dessus. Le fils de Gleb Stipanovitch, tractoriste du kolkhoze Amitié, pouvait-il affronter ces messieurs cultivés habitués à fréquenter le beau monde ? Il ne savait que sauter à deux mètres et battre des entrechats irréprochables. Il se ratatina légèrement et s'assit près de Mélusine, place qu'on lui avait destinée.

De loin, vue de la scène, elle lui avait paru jeune et potelée, comme il les aimait. Quand on lui avait proposé de dîner avec elle après le spectacle, il avait accepté tout de suite. De près, elle était belle, oui, mais quel morceau ! Une femme de quarante ans, maîtresse de ses moyens, adulée et un peu ivre ce soir. De quoi le rendre impuissant sur-le-champ. Il fut incapable de dire un mot de toute la soirée. De plus, il était un Russe pas doué pour les langues. Ça existe.

Mélusine lui passait des morceaux de gâteau, lui servait du pinot grigio qu'il refusait chaque fois. Ils se souriaient beaucoup. Un peu trop. Ils n'avaient pas d'autre moyen de communiquer. Si, il y en aurait bien un autre, mais Mélusine sentait qu'il n'en était pas question. *Il n'avait pourtant pas l'air homo*, pensa-t-elle. Les danseurs ont tous des problèmes bizarres dans ce domaine. *Ça doit être à force de secouer leurs testicules*, se dit-elle en riant toute seule. Ce n'est pas un métier normal, pour un mec. Les danseurs et les jockeys. Elle se demanda si elle avait jamais couché avec un jockey. Avec un nain, oui, un nain célèbre qui fait fureur à Paris. Un jockey, elle ne s'en souvenait plus. *Les mauvaises bières italiennes m'alourdissent la mémoire, je vais passer une commande à Bruxelles demain*, se promit-elle.

— Si on allait boire un verre ailleurs ? claironne Mélusine, pour donner un coup de gaieté à cette pesante fin de soirée.

Comme si le signal était attendu, à la seconde, tous sont debout et demandent les manteaux, les écharpes, sans oublier les fleurs plongées provisoirement dans le lavabo des toilettes.

— *We are sorry...*, dit Mark Shapiro, au coup d'œil éperdu de Youri. Nous devons aller nous coucher. Il est tard, nous avons fait des folies ce soir, nous qui ne sortons jamais.

Tu en pinces pour ton Youri, pense Mélusine. *Sois tranquille, je n'y toucherai pas, à ton cabri.*

Youri Atkine, soulagé, fait de grands sourires en serrant les mains des *camerieri* en rang devant lui. Mélusine, ulcérée, est obligée d'en faire autant. Elle déteste ces familiarités démagogiques et conventionnelles. Coucher avec un barman d'accord, lui serrer la main comme un député en campagne électorale, non.

— Où va-t-on, alors ? lance-t-elle à la cantonade de sa voix modulée qu'aucune doubleuse professionnelle n'arrive à imiter.

— Epstein, qu'est-ce que tu fais ? interroge Grandville, en empochant un cendrier du Harry's Bar. Moi, je rentre au Gritti. Je vais me coucher. Tu devrais en faire autant. Rappelle-toi qu'on appelle Los Angeles à six heures.

— Vous êtes au Gritti, vous aussi ? dit Shapiro. Quelle coïncidence ! Nous pouvons rentrer ensemble.

— *Duchessa*, faut-il vous raccompagner ? demande Gilbert de Grandville, dont les pieds gonflés ont eu du mal à retourner dans ses escarpins sous la table. Je ne connais pas les usages dans cette ville aquatique. Peut-on appeler un taxi ?

— Nous irons à pied, n'est-ce pas, Maria Grazia ? propose Éric. Nous sommes habitués, nous, les

Vénitiens. Je n'ai pas gardé mon marin, nous adorons marcher le soir.

Grandville regarde les jambes maigres et musclées de la duchesse et comprend à présent d'où ces vieilles gallinacées tiennent leur santé. Au lit, ça doit être quelque chose. Éric se sacrifie-t-il ? Il s'appuie sur Epstein qu'il dépasse d'une tête et qui ploie légèrement sous sa masse. *Les jeunes ne sont plus ce qu'ils étaient*, pense-t-il, *Epstein junior a été trop bien nourri dans son enfance. Ce n'est pas du solide comme son père et moi qui crevions de faim à Hotine. Mais il a fait des études, il sait comment parler aux Français.* Gilbert de Grandville fait un salut global de sa grosse main et s'engouffre tout seul dans les rideaux de la porte de sortie. Les salamalecs et lui ne font pas bon ménage.

Éric observe Mélusine du coin de l'œil. Là-bas, au fond du restaurant, elle interroge un cuisinier sur l'endroit le plus *divertente* où aller s'amuser maintenant. Il prend son courage à deux mains et s'approche d'elle :

— Ne crois-tu pas que tu devrais dormir ? Demain, tu as les essais. Et puis tout est fermé à cette heure-ci, tu peux me croire. Venezia est une petite ville, dit-il, avec son délicieux accent italien.

Mélusine répond par un sourire étrange et un : « OK, papa, au dodo. »

Elle l'embrasse sur la joue et s'enroule dans son renard. Rémi et Xavier lui offrent leurs bras. Elle prend un boy de chaque côté et sort en poussant la porte à battants avec son pied, non sans avoir *molto* remercié le directeur de La Fenice, *dottor* Venturini.

*

La nuit est magique, à Venise. Le Grand Canal, libéré du trafic des vaporetti et des bateaux, chaque année plus nombreux, retrouve son équilibre antique, seulement troublé par les rondes régulières de la vedette de la police. L'eau noire est brisée pendant quelques minutes, puis reprend sa lueur lisse de plomb fondu. Éric aime regarder l'eau. La mer, les rivières l'ont fasciné depuis l'enfance, au point d'inquiéter sa gouvernante allemande quand il restait des heures, immobile, l'œil perdu dans les flots.

Le travail créatif d'Éric s'est toujours fait la nuit. Il dort peu. Trois ou quatre heures de sommeil lui suffisent. Depuis quelque temps il dort mal : un quart d'heure par-ci, par-là, souvent à sa table, dans la bergère où il peut appuyer sa tête. C'est au creux de ces nuits insomniaques que son doute actuel est né, tenaillant comme un air d'opéra qui vous entête. Quelle que soit sa pensée, même la plus terre à terre, son esprit revient sur ce point d'interrogation : est-il véritablement un artiste ? A-t-il droit aux exigences des créateurs, à leur égoïsme nécessaire, à leur folie ? Il peut comprendre leur souffrance, mais a-t-il le génie, ce pouvoir d'invention extraordinaire qui fait sortir l'humanité des sentiers battus ? Il y réfléchit depuis longtemps. Plus sa culture croît, plus il a de respect et d'admiration pour les grands maîtres dont il se nourrit.

Sa vraie création, il le sait, c'est Mélusine. Sur ce point, il n'a pas de doute. Dans son chef-d'œuvre, *Une femme*, il l'a parée de tous les symboles. Elle était la Femme, la Vie, le Courage, le Peuple. Depuis leur éloignement, la banalité des personnages dont on affublait Mélusine l'a fait souffrir, mais il a vu tous ses films. Elle valait tellement mieux que ça. Avec ce tempérament ! Elle avait dû se *débrouiller* seule très tôt. Un euphémisme pour exprimer la dure réalité d'une jeune fille sans ressources à Paris. Un fruit que les hommes cueillaient sans pitié mais dont la fraîcheur était la plus forte. Cette insolente fraîcheur, Mélusine l'a conservée pendant des années. Au premier coup d'œil elle fait encore illusion, mais des signes d'usure apparaissent. On ne joue pas des rôles idiots pendant des années impunément. La boisson est un signal d'alarme.

Ces pensées le torturent tandis qu'il marche de long en large dans l'obscurité de son bureau, où il peut se déplacer les yeux fermés tant il connaît l'emplacement de chaque meuble et la distance qui les sépare. Une lumière s'allume dans l'immeuble d'en face. Il doit être trois heures du matin. Il n'est donc pas le seul à avoir des insomnies. Il se dirige machinalement vers la fenêtre où sa longue-vue l'attend sur un trépied comme un cheval fidèle. Une fenêtre, en face, est ouverte. Des gens pas frileux, Venise est embrumée et froide en octobre. Côté nord du canal, surtout. Un jeune homme s'avance dans l'embrasure, nu. Le contre-jour découpe la ligne de son corps râblé. Éric pointe sa lorgnette et observe en détail son visage, ses épaules, son sexe. Quel âge ? Vingt ans ? Vingt-deux ? Brun, très brun. À moins que ce ne soit l'ombre chinoise ?

La lumière s'éteint. Éric se détache difficilement de la fenêtre noire, puis il revient à son bureau, allume la lampe et s'installe dans le fauteuil après avoir secoué le coussin creusé de son empreinte. La lumière le fera peut-être s'assoupir puisque l'obscurité le tient en éveil.

Le sommeil venait quand le téléphone sonne. Qui peut appeler à cette heure-ci ? Il réfléchit une seconde avant de répondre pour se préparer une voix. Los Angeles ? L'agent de Wilson Robin, le chanteur noir américain qu'Epstein voudrait qu'on engageât à la place de ce

Nubien superbe mais inconnu trouvé par lui ? Il appelle toujours directement Epstein et n'a pas le numéro du *palazzo*. Mélusine ? Pourvu que… Il décroche. C'est Nicole. Il n'aime pas beaucoup cette lesbienne zélée, mais il s'efforce d'entretenir de bons rapports avec elle, pour être informé des mouvements de Mélusine.

— Ressortie ?… Comment ?… Vous ne dormiez pas chez elle ?… Je comprends… Qu'est-ce qu'il y a à faire ? Rien, rien. Attendre. Allez vous coucher. Je verrai ça demain.

Quelle sotte ! Où peut-elle bien être allée, dans cette ville de province endormie ? Elle a un flair extraordinaire pour découvrir les endroits où se faire rapidement des connaissances. Le cuistot du Harry's Bar ? Quelqu'un de la troupe ? Non, ça, elle n'y touche pas, les camarades de travail c'est sacré.

— *Scheiße!* jure-t-il en allemand.

Il va falloir se pencher sérieusement sur la question. Qu'adviendrait-il si Mélusine sombrait ? Soudain, il se rend compte combien il a besoin de cette femme, de sa force, de son envergure. Encore aujourd'hui…

*

Les blousons militaires américains conçus pour le Viêt-Nam ont beau être molletonnés et imperméabilisés, ils ne protègent pas de l'humidité pernicieuse de cette foutue ville lacustre qui vous glace les os, constate Nino, le photographe de l'agence Italia. Photographe ? Un bien grand mot pour ce paparazzo fâcheusement connu pour ses photos coupées à la tête ou aux pieds. On l'a surnommé Robespierre à la suite d'un reportage sur Jackie Onassis où toutes les têtes avaient été tranchées.

Il est quatre heures du matin, la cloche de la tour de l'Horloge vient de sonner. S'il était payé en heures supplémentaires la nuit, comme les gens de cinéma, il serait milliardaire. Combien de nuits a-t-il passées ainsi à attendre un ministre ou une vedette de la chanson, pour choper *la* photo indiscrète qui lui permettra d'acheter les cadeaux de Noël de ses enfants ou, par un coup de chance exceptionnel, de remplacer enfin sa voiture d'occasion ? Ce soir, il espérait se farcir le danseur russe et la Mélusine Marvel ensemble. Quelqu'un lui a dit qu'ils dînaient en tête à tête, mais il n'a pas trouvé le restaurant. Il a fait des kilomètres dans cette ville de merde où il se trompe de chemin régulièrement malgré le nombre de Biennales qu'il s'est tapées ces dernières années. Décidément, Rome est la plus belle ville du monde, comme il est heureux d'être romain.

Il a attendu vers minuit à la sortie de La Fenice mais le Youri a dû sortir par une porte dérobée car il ne l'a pas vu. Il avait eu le tuyau du flirt, mais pas l'adresse du rendez-vous. Quelle fatigue. À Rome, il aurait su où chercher, les bistrots ouverts la nuit sont toujours les mêmes et les vedettes n'en fréquentent que trois ou quatre : la Taverna Flavia, le Jackie'O, Gigi Fazzi… Tous dans un rayon de cinq cents mètres, faciles à couvrir même à pied. Les patrons des bistrots les connaissent tous, les forçats de la photo, et leur facilitent la tâche en les laissant entrer et en leur donnant souvent les indications en même temps qu'un sandwich ou une assiette de *spaghetti all'arrabbiata.* Ici c'est une autre histoire. Civilisation du Nord. Pas de copains, pas de terrasses ouvertes. Des plantes et des barrières partout, et des chieurs qui ne vous laissent pas entrer pour protéger la paix de leurs clients, dès qu'ils voient un appareil photo. Quelle paix ? C'est le métier d'un artiste de se faire photographier, comme c'est le sien d'être là au bon moment. Ils adorent ça d'ailleurs, ils font tout pour qu'on les repère. Il connaît la musique. On fait semblant d'être importuné par les photographes mais, d'un rapide coup d'œil, on les compte pour mesurer sa popularité. Et on présente son bon profil. Ça fait partie de ce petit jeu de gendarmes et voleurs qui amuse tout le monde, sauf Nino, en ce moment, sans cigarettes, dans l'attente hypothétique d'une star française sortie à deux heures du matin et toujours pas rentrée. Elle est peut-être tout simplement en train de roupiller chez une copine parce qu'il fait trop froid au Gritti, ou de chercher des médicaments pour digérer toutes les bières qu'elle ingurgite. Ce qui est sûr, c'est qu'elle n'est pas passée. Il n'y a qu'une entrée au Gritti, et il ne l'a pas quittée des yeux depuis deux heures, de la porte cochère où il est caché.

Il faut tenir le coup, mon vieux! Il manque une photo ou deux pour compléter le reportage sur la donzelle. Celle avec le chat ne suffit pas à elle toute seule. Comme scoop, c'est un peu léger. Vanessa Redgrave a fait le même coup à Rome la semaine dernière avec une chèvre qu'elle a fait monter dans sa chambre. Il n'a pas vendu une seule photo. C'est vrai que personne ne peut la piffer, dans les rédactions, cette grande gigue anglaise avec ses prétentions écologiques. La Marvel est plus rigolote, c'est une vraie star comme on n'en fait plus. Il aimerait bien lui faire aussi quelques couleurs. Avec un peu de chance, ça ferait une couverture, mais l'attaché de presse a refusé. Il dit qu'elle ne fait les couvertures qu'en studio. On commence à choisir ses lumières, ma fille. Et quelques petits filtres qui gomment les rides ne sont pas de refus. Tant pis pour elle. Un de ces jours, il tâchera de la prendre sans qu'elle le sache, au téléobjectif, et ce sera beaucoup moins bon.

Nino est en train de se demander s'il a pris son trépied télescopique pour le 200, le nouvel objectif japonais qu'il vient d'acheter, quand il voit déboucher sur la piazzetta devant l'hôtel un couple ahurissant : un grand type baraqué, en blouson de jean et chaussures de cow-boy, soutient Mélusine Marvel enveloppée dans une couverture militaire, les cheveux dans la figure et le teint blafard. Elle est ivre morte. Sans l'aide de son bonhomme, elle ne tiendrait pas debout. Le spectacle est navrant. Le rimmel a coulé sur son visage et la bouche gonflée bave un peu. Elle est méconnaissable : une vieille poivrote courbée. Nino a pointé son appareil mais il n'appuie pas sur le déclencheur : l'image est trop laide. Impossible de reconnaître dans cette épave la star éblouissante qu'il a prise à l'entrée de La Fenice, il y a à peine quelques heures. Il n'a pas le temps de baisser l'appareil qu'il reçoit un coup de poing massue dans le ventre et un autre en pleine figure.

— Fous le camp ! Il n'y a rien pour toi ici.

Le gaillard qui accompagnait Mélusine vient de le frapper. Nino tombe sur les deux genoux, sans souffle. Une douleur terrible au foie le fait râler. Le sang coule sur son visage. Il retient une dernière image avant de s'évanouir : la botte de cow-boy écrase sur la dalle grise son Nikon payé à crédit.

*

Dans le hall du Gritti, le portier de nuit est réveillé par Roger, l'assistant-régisseur appelé par la tenancière d'une boîte de nuit de troisième zone qui ne pouvait fermer à cause d'une dernière cliente en piteux état : Mélusine.

— Prévenez Mme Nicole, dit le malabar.

Réveillé en sursaut, le portier pousse un petit cri en faisant le signe de croix.

— *Madonna mia!* Faut-il convoquer un médecin ? s'inquiète-t-il, en composant le numéro. Madame, il y a quelqu'un en bas qui veut vous parler… Ah ! vous savez… Vous descendez tout de suite… Oui, madame.

Et, en se tournant vers Roger :

— La dame descend tout de suite.

Nicole a enfilé une robe de chambre de Mélusine fraîchement repassée pour les essais du lendemain. La sienne en nylon est vraiment trop moche pour circuler dans ce sanctuaire du bon goût, même la nuit. Elle se précipite vers Mélusine, affalée dans un fauteuil, la tête penchée en arrière, ses beaux cheveux de Desdémone en cascade. Elle n'arrive pas à être disgracieuse, même sans connaissance. Si elle savait comme elle est belle, la bouche ouverte sans son sourire longuement étudié pour la caméra. C'est Mélusine, la vraie, la sienne… Personne ne doit la voir comme ça. Mais que dira Astor, demain, au maquillage ?

2

Une journée de cinéma

Éric s'était enfin assoupi dans son fauteuil quand il est réveillé par le son d'un violon. Un violoniste dans le quartier ? Il n'en a jamais entendu. Un nouveau venu. La curiosité du cinéaste doublée de celle du mélomane est en éveil. Les notes proviennent de l'immeuble d'en face. Il se lève, éteint la lampe superflue dans la lumière du petit matin et va à la fenêtre sur la pointe des pieds, sans faire de bruit pour ne pas rompre le charme de cette musique céleste. La mélodie s'échappe de la fenêtre où, cette nuit, le garçon brun s'était appuyé. Le voilà, assis au fond de la pièce éclairée par le soleil frais d'octobre : c'est lui qui joue. Devant lui, un peu cachée par le chambranle de la fenêtre, une jeune femme fait du café sur un petit fourneau. Une longue tresse brune pend dans son dos.

Éric charge son Leica M2, rangé dans le tiroir de son bureau, à côté du pistolet richement orné de nacre de son grand-père. Il monte rapidement l'appareil sur le trépied, à la place de la longue-vue. Avec ce téléobjectif, il peut photographier en très gros plan le visage du garçon concentré sur le violon. Surprise : la jeune fille s'assied sur un tabouret et se met à jouer du violoncelle. Ils reprennent ensemble le même morceau. *Brahms ? Schumann ?* se demande Éric, aux anges. Il sourit en les photographiant.

Un son barbare le fait sursauter : le téléphone. La voix coassante du crapaud noir brise l'instant magique avec sa promesse de venin et de soucis. Son assistant, Delaunay, lui débite la bonne nouvelle : Mélusine n'est pas en mesure de tourner ce matin. Que faut-il décider ?

— Il faut absolument faire ces essais, dit Éric, autoritaire. Remettez tout à l'après-midi, mais on ne peut pas y renoncer... Mon ami, cessez de faire des suppositions et pensez à prévenir tout le monde. Ces essais ne sont pas que pour Mme Marvel. Il y a aussi les caméras, la nouvelle pellicule Fuji et tout le matériel technique, l'avez-vous oublié ?

Les premiers jours d'un tournage, Éric est systématiquement rogue. Il faut prendre le manche. C'est un conseil que lui avait donné son ami Rossellini, doux de tempérament mais lui aussi capable de saintes colères. Les premiers jours sont déterminants. Après, il pourra reprendre son ton naturel. Comme tout ceci lui coûte ! De quelle manière affronter Mélusine ?

En face, le duo s'est arrêté. Les jeunes gens prennent leur café d'une manière curieusement semblable et ordonnée. Éric ne les regarde pas. Pour lui, ils n'existent plus : ils sont *dans la boîte*. Anthropophagie artistique. Cette photo est à lui, pour toujours. Mais il n'y pense plus. Il est tout à son film à présent. Il a tant attendu ce moment, le premier tour de manivelle, et voilà qu'il se sent si faible ! Il resterait encore volontiers les yeux fermés dans sa bergère à imaginer un scénario où il serait l'acteur et non le metteur en scène, celui qu'on aime et non celui qui doit aimer.

*

Autrefois, les Vénitiens possédaient des maisons d'été sur la lagune. Aujourd'hui, seule la longue île du Lido a conservé cette atmosphère de vacances et de vie balnéaire. Ces imposantes villas, construites pour des familles nombreuses qui emménageaient avec sérieux pour les mois d'été, sont presque toutes abandonnées. L'herbe pousse entre les carrelages et le vent souffle par les vitres brisées. Il ne reste que le parfum incomparable d'une société tchekhovienne, qui se dégage des murs nobles, des lambeaux de papier peint ou des frises coloriées au pochoir. Aucune porte ne ferme et les enfants pillent tranquillement ces demeures désertées.

C'est à Murano, une autre île de la lagune, dans l'une de ces grosses baraques en démolition, qu'ont été installés les studios improvisés de la production Mega-Film, société italienne de convenance constituée spécialement pour ce film. Dans les hautes pièces suintantes d'une humidité impossible à combattre, on reconstituera les décors luxueux de cet *Othello* moderne. Les meubles, les accessoires et les costumes sont entreposés dans ces locaux délabrés.

Dans un couloir encombré de caisses et de papiers d'emballage déchirés, quelques hommes piétinent devant une porte, tendus comme de futurs pères devant la porte d'une salle d'accouchement. Philippe Epstein s'est équipé comme pour le pôle Nord. Ridicule avec son bonnet de laine et son anorak rouge, il ressemble à l'un des nains de Walt Disney. Tout le monde attend Blanche-Neige, d'ailleurs : Gilbert de Grandville sur le chemin de l'aéroport, sans valises sauf sa serviette noire archibourrée ; Delaunay, le premier assistant ; Samson, le directeur de production, un gros homme rougeaud qui a toujours chaud ; et Roger, le second régisseur, le repêcheur de Mélusine la nuit dernière. La conversation est animée. Elle s'interrompt brusquement chaque fois que Nicole, investie du rôle d'agent double, sort de la pièce mystérieuse d'où, comme dans les pièces *interdites* des films de science-fiction, s'échappe une violente lumière blanche.

— Dans cinq minutes, elle sera sèche. Yves a presque fini… Il ne reste plus que le *body make-up*…

Ces messieurs, impuissants devant tant de technicité et de certitude, doivent se contenter de ces encouragements fugaces.

— Allons nous asseoir quelque part, décide Gilbert de Grandville, qui retient mal son dos contre le mur carrelé de ce corridor de service.

— Mais elle est presque prête !…, répond Epstein, producteur exécutif exemplaire.

— Encore une demi-heure. Je connais. Viens.

Ils s'éloignent vers le fond du couloir où un banc maculé de taches de peinture superposées attend, sous une échelle, l'heure du déjeuner des maçons. Epstein le décolle du mur pour que Grandville puisse y poser son grand corps. Le médecin des assurances l'a vue ?

— Il l'a consultée par téléphone, comme d'habitude, dit Grandville.

— Après l'affaire de la Gaumont ? Elle est tout de même tombée raide en bas d'un escalier parce qu'elle était bourrée ! Du moins c'est ce qu'on m'a dit… Combien vous lui avez filé, au toubib, pour qu'il nous couvre ?

— Rien du tout, mon petit. Je n'ai pas besoin de cela. Je suis connu dans la profession depuis quarante ans, c'est tout. Ma parole suffit. Elle boit un peu, c'est vrai. C'est normal. Toutes les actrices lèvent le coude à un moment ou l'autre de leur carrière. En général quand elles sont le plus belles, les plus *croquines*.

C'est l'expression que Gilbert de Grandville utilise depuis toujours pour dire qu'une femme est désirable. Il a forgé ce mot dans son français très personnel mais assuré. N'avait-il pas dit à René Clair, un jour de bagarre sur un scénario : « *Cette* dialogue n'est pas *française* ! »

— On verra après les essais, insiste Epstein. C'est pour ça que j'ai tenu à ce que vous restiez aujourd'hui et que j'ai exigé des essais de nu. À mon avis, côté corps, ce n'est plus ça… Elle a tout de même l'âge qu'elle a… Il faudra peut-être envisager une doublure pour les scènes de lit.

— C'est parce que tu es un petit vicieux, Epstein. Au-dessus de seize ans, les filles ne t'intéressent plus… Et pour Éric, le Dr Castiglione, à Rome, a fait des difficultés ?

— Depuis sa maladie, ce n'est pas si simple. Ils m'ont demandé de prendre un assistant de fer. Delaunay n'était pas libre, il devait partir pour le Cameroun avec une équipe de la CBS. Ils lui faisaient un pont d'or mais je suis arrivé à le débaucher. Vous savez qu'il ne peut rien me refuser…

Delaunay était un metteur en scène de troisième catégorie qui avait l'avantage de parler l'anglais. Homme de paille des *major companies* américaines, elles lui confiaient leurs deuxièmes équipes pour les tournages en Europe. Mais une histoire d'icônes volées dans un monastère en Turquie lui avait coûté une semaine de prison à Çorum, ville d'Anatolie où ils tournaient un western. Epstein, alors directeur de production à la Warner, l'avait couvert et avait fait enterrer l'affaire. Depuis, Delaunay purgeait sa dette sans qu'elle paraisse diminuer. C'est l'inconvénient d'être perdant : on paye toute sa vie.

— Vous comprenez, poursuit Epstein, c'est le film qui compte, moi je ne recule devant aucun effort pour ce qui se voit à l'écran. Un producteur n'est pas quelqu'un qui gagne de l'argent. Il est là pour en *dépenser.* Savoir utiliser l'argent ne s'apprend pas en un jour. Les équipes m'adorent à cause de ça. Ils sont heureux avec moi.

— Il faut qu'ils travaillent, pas qu'ils soient heureux, coupe Grandville.

Il n'a que faire du credo d'Epstein dont il connaît la fausseté. Il a assisté aux âpres discussions avec les techniciens sur leurs contrats, certes non conclus au profit de la classe ouvrière et du bonheur collectif. C'est pour cela qu'il a engagé Epstein, connu pour son avarice.

La porte de la salle de maquillage s'ouvre pour se refermer aussitôt. Fausse alerte. Delaunay piaffe.

— Non, là, elle charrie ! Elle devrait être prête depuis une heure. Tout ça se répercute en fin de journée et les gars râlent.

— Ils t'ont fait signer la lettre pour les heures sup, à toi ? demande Roger, à voix basse pour ne pas être entendu par les producteurs.

Delaunay fait oui de la tête et regarde sa montre.

— Moi, à l'avenir, je la fous une heure plus tôt sur la feuille de service. On verra si elle est prête à l'heure du PàT*.

— Lejeune, l'opérateur de son dernier film, m'a confirmé qu'elle n'était pas photographiable avant dix heures. Si ce n'est pas onze heures ou midi, dit Samson, le directeur de production, en s'essuyant le front. On ne va pas rigoler, avec toutes les scènes de plage qu'on ne peut programmer que le matin à cause de la lumière. À midi le soleil est barré de ce côté-ci.

---

* Prêt à tourner.

— Qu'est-ce que ça peut foutre ? C'est pas sa tronche qu'on va prendre dans ces scènes-là…, ricane Delaunay. C'est pas vrai. Ils doivent lui faire de la chirurgie esthétique pour mettre tout ce temps-là. Tant pis. Moi, j'entre.

*

Delaunay n'est aimé de personne, avec ses airs de vieux beau aux foulards de marque savamment noués, mais Mélusine lui voue une antipathie particulière qu'elle ne se prive pas d'exprimer. Quand elle le voit entrer dans la salle de maquillage aménagée dans une grande cuisine désaffectée de la villa-studio, elle l'accueille avec un « Tiens, v'là Iago ».

Et comme elle n'est pas sûre que le maquilleur et le coiffeur aient lu le scénario, elle traduit :

— Celui qui veut la peau de Desdémone-Marvel.

Elle est debout, nue, en train de se faire maquiller le derrière. Sa nudité ne change en rien son comportement, naturel et désinvolte. En vraie professionnelle, elle sait que seules les fausses pudeurs rendent la nudité obscène. Dès qu'on se cache, on invite le regard à éviter certaines parties du corps et le malaise se crée. Lorsqu'elle tourne des scènes nue, elle se balade à poil sur le plateau, sans réclamer à tout moment son peignoir comme le font certaines actrices. Au bout de quelques minutes, personne ne prête plus attention à sa tenue et elle discute avec les machinos comme d'habitude : de courses de chevaux, de bistrots, de leurs femmes et de leurs enfants. Tout le monde lui sait gré de cette attitude. Chacun son métier. Il n'y a pas de chichis à faire.

Mais la présence de Delaunay la dérange. Elle sent en lui le cafard typique, espion du producteur. Elle doit le dresser à ne pas entrer chez elle comme dans un moulin :

— C'est pas la gare Saint-Lazare, ici. Tu frappes avant d'entrer, s'il te plaît.

Delaunay parle de ses supérieurs hiérarchiques en leur absence comme s'ils étaient des copains, mais il se fait tout petit devant eux.

— Excusez-moi, dit-il, en ressortant promptement.

Et à travers la porte :

— Vous en avez pour combien de temps ?

— Y en aura pour tout le monde ! gueule Mélusine, en faisant éclater de rire Astor, le maquilleur argentin, et Yves, le coiffeur de chez Dessange qui la suit dans tous ses films.

Mélusine est en grande forme. Pas de traces de la cuite d'hier. Deux heures de maquillage y sont peut-être pour quelque chose. Mais elle n'est pas exactement la même. L'œil fardé avec soin et les cheveux bouclés l'embellissent, certes, mais la banalisent. Un travail immense pour que la perfection soit à tous les angles, du coin de la bouche aux cils plantés un à un. Le résultat est certain : Mélusine est belle mais elle n'est plus là. Le maquillage est une voilette qu'elle descend sur son visage entre l'actrice et la femme. La séance de deux heures sert à cela également : un long exercice de dépersonnalisation. Mélusine n'a aucune patience pour les gestes de la vie, elle mange en cinq minutes, elle ne fait jamais la queue pour rien, elle ne laisse pas les autres finir leurs phrases : ici, sous les pinces et les crayons de ses tortionnaires, c'est une souris blanche de laboratoire, elle supporte tout sans un soupir.

— Aïe, tu me chatouilles, dit-elle, en sachant que c'est fini.

Astor lui place une dernière touche moqueuse de pancake dans le nombril.

— Mets tes chaussures, pas tes mules, dit Nicole, qui attendait dans un coin. La maison est glacée, tu vas prendre froid.

— J'ai mis mes bottes ce matin. J'aurais l'air de quoi en bottes et en peignoir. File-moi un fouet à la main pendant que tu y es. Je suis une séductrice, ma chérie, pas une Walkyrie.

— Personne ne te verra, il n'y a que nous dans la baraque, insiste Nicole.

— Je veux qu'ils me trouvent belle, tous, même Bébert et Jojo qui me connaissent depuis vingt ans. Au moins le premier jour…

Nicole ne le comprendra donc jamais. Une star doit s'imposer dès le premier jour d'un film, surtout auprès des collaborateurs, fins juges et prompts à la démolition en règle. C'est auprès d'eux qu'il faut justifier des cachets dix fois plus importants que les leurs et les bluffer afin qu'ils puissent, tout au contraire, dire le cœur en paix : « Elle est géniale, Mélusine Marvel. » Une conviction qui ennoblit leur propre travail : ils font un film avec une *grande*.

Mélusine enfile ses mules noires à talons, achetées à Hollywood aux enchères d'une garde-robe de star des années 1930 dont on avait caché le nom (elle doit être encore en vie). Elles lui font un pied incroyablement sexy. Ils savaient y faire en ce temps-là ! Patrick, son couturier parisien, lui fait de jolies choses, mais dénuées de ce clin d'œil-là. A-t-il peur ? Le monde a-t-il tellement peur du sexe ? On en parle, ça on en parle, mais plus on en parle, moins on le pratique. Alors, on a besoin d'une star pour rêver. C'est sa chance contre toutes les petites actrices sans seins ni fesses qui encombrent les écrans.

Elle arrache les Kleenex qu'Astor voulait lui mettre autour du cou comme un bavoir pour protéger la soie du peignoir et dit, martiale :

— Desdémone. À nous deux.

Elle avale un fond de café froid qui traînait sur la table, se jette un dernier coup d'œil quasi clinique dans la glace et se dirige vers la porte. Nicole lui serre la main furtivement : la paume est moite. Le trac ne manque pas au rendez-vous.

— Vous êtes trrès belle, Mélussine, apprécie Grandville. Bravo, messieurs, dit-il au maquilleur et au coiffeur, qui en seront de bonne humeur toute la journée.

— Sensationnelle, renchérit Epstein. Ça valait la peine d'attendre.

— C'est par là, indique Delaunay, qui commence son travail de caporal.

Le cortège s'engage dans le couloir, Mélusine en tête, fendant l'air comme la Victoire de Samothrace à la proue d'une Rolls-Royce. Drôle d'armée dépareillée : une déesse de la Guerre à moitié nue sous son léger peignoir, et ses cavaliers en jeans, anoraks et vestes de cachemire. Delaunay le Zélé se précipite pour relever un carton qui ne barrait pas vraiment la route, puis reprend sa place en retrait derrière Grandville. *Mauvais trotteur*, pense Gilbert, *il prend la tête au mauvais moment : toujours dans la dernière courbe, Delaunay, toujours !*

Ils descendent quelques marches et s'engagent dans un autre couloir. Éric vient à leur rencontre. Il tient Mélusine à la distance de ses deux bras tendus et la regarde longuement avant de l'embrasser.

— Très bien, dit-il, froidement. Un tout petit peu trop de rouge à lèvres ?

— Ce n'est rien, dit Mélusine, sans laisser parler le maquilleur. Ça s'en va très vite. Dans dix minutes, je n'en ai plus. Tu sais que je le mange.

Elle n'a plus la voix claquante de tout à l'heure. Devant son metteur en scène, elle est une petite fille. L'avis d'Éric est la sentence qu'elle attend pour commencer à exister. C'est la seule chose qui compte véritablement pour elle, son seul but : saisir l'approbation dans le regard d'Éric, en récompense de sa création, une Desdémone plus belle encore qu'il ne l'aurait souhaité. C'est leur langage secret, la force de leur association qui fit merveille autrefois. Cela pourrait aussi s'appeler de l'amour, mais le mot est banal pour une aventure aussi diabolique que celle de mettre au monde, ensemble, un être imaginaire, pour le livrer ensuite aux foules. Car Mélusine n'est plus Mélusine. Devant Éric, elle vient de se transformer une nouvelle fois : elle n'est plus la poupée admirablement peinte de la salle de maquillage. Une vie s'est glissée dans ce visage préparé au miracle. Une vie hors du commun, hors du réel, et dont seul Éric, ici, peut mesurer l'éternelle beauté.

— Viens, ma chérie, dit-il tendrement. Nous avons une grosse journée, aujourd'hui.

Mélusine le prend par le bras et pose la tête sur son épaule comme un petit chien remercierait d'une caresse. Elle sait qu'il sait, pour cette nuit. Elle sait qu'il est impatient de voir si sa bonne vieille Mélusine fonctionne toujours. *Oui, mon Éric. Je suis là. Nous avons ton* Othello *au bout des doigts.* Un film, un enfant.

*

— Quelle journée éprouvante !..., souffle Éric, en s'affalant dans sa bergère et en jetant sur son bureau le paquet de Polaroïd remis par la script-girl à la fin des essais.

Mélusine sous tous les angles, dans toutes les lumières, nue, habillée, de face, de profil, de dos même, pour la coiffure d'Yves, une vraie radiographie totalement inutile car on ne voit rien sur ces fichus petits carrés luisants. En l'absence de son partenaire tant attendu, Mélusine a été passée au crible. Adroitement mise en confiance par le silence d'Éric quant à la bravade alcoolique de la nuit dernière, elle l'a secondé avec la patience et la classe dont elle est capable. Et personne n'a fait la moindre allusion au problème numéro un : qui sera Othello ? Un chanteur américain ? Harry Belafonte ? Sidney Poitier ? Le merveilleux inconnu éthiopien découvert par Éric ?

Toutes les versions avaient été avancées et données pour certaines à un moment ou un autre. Le point d'interrogation crée une tension certaine. Le costumier ne peut pas choisir les costumes : « Ce n'est pas avec ses pantalons américains à carreaux qu'on va lui faire jouer le rôle d'un diplomate élevé à Cambridge », se plaint-il à Epstein, qui promet un acteur pourvu d'une ample garde-robe personnelle. Le maquilleur ne peut pas commander ses fonds de teint : « Vous savez qu'il y a autant de variétés de peaux noires qu'il y en a de blanches. » Le directeur de production ne peut pas faire son plan de travail : « Il faut savoir quel jour on l'aura prêt à tourner. » Etc.

Éric avait dû calmer l'équipe bien que sa propre inquiétude se portât sur autre chose que ces détails : pourquoi Epstein n'a-t-il pas encore signé son contrat ni celui de Mélusine ? Les réclamer trop clairement n'eût pas été digne, les épreuves de force sont prématurées. Epstein ne fait qu'exécuter les ordres de Grandville, mais c'est lui qui signe les contrats.

Éric se penche en arrière, frotte ses yeux fatigués et regarde le plafond. Les taches de salpêtre s'y élargissent. Les experts de la Fondation Merrill Lynch sont venus les examiner gratuitement sans rien y comprendre. « Nous sommes bien les mêmes, toi et moi, dit Éric, à voix haute, à son *palazzetto*. Nous intéressons les meilleurs médecins mais nous n'aurons pas la mort qu'ils nous prévoient. "Étonne-moi", disait Diaghilev à Nijinski. Et Nijinski l'étonna : il devint fou. Le plus beau geste artistique qu'on puisse rêver. Près de Dieu, les enfants et les fous. Les enfants… Pauvre vieux *palazzetto*, qui veillera sur toi lorsque je serai disparu, dernier descendant de la lignée des grands doges ? »

Éric chasse cette pensée intempestive et se lève.

Machinalement, il va jusqu'à la fenêtre contrôler si le paysage n'a pas bougé, à cette heure douce du précoucher de soleil, entre chien et loup. *L'ora del lupo*, disait sa mère, l'heure inquiétante où il ne faut pas laisser les enfants seuls. Les persiennes des deux musiciens sont fermées.

Soudain, des cris attirent son attention en bas. Un *motoscafo* rapide et organisé pour le vol a éclaboussé les deux jeunes gens qui attendaient un vaporetto au bord du canal avec leurs valises dépareillées et leurs instruments. Deux types raflent tous les bagages et n'hésitent pas à jeter à l'eau la jeune fille accrochée à son sac. En une seconde, ils filent dans un tourbillon d'écume verdâtre.

Éric endosse rapidement sa veste et sort précipitamment de son bureau. Il court si vite dans le hall qu'il risque de tomber, en glissant sur les dalles de marbre pour une fois cirées par Domenico. Une porte donne sur une ruelle, l'autre directement sur le débarcadère privé du *palazzo*. Éric s'acharne une minute sur le lourd portail de fer qui scelle la maison de son poids et de sa rouille. Dans la *calle*, il court d'un pas antisportif jusqu'aux malheureux : la jeune fille, trempée, pleure avec des hoquets de désespoir ; le jeune homme la console en masquant son propre désarroi. Comme il est différent, de près. Petit de taille et un teint olivâtre qui lui donne, de jour, un air oriental commun. Des Calabrais ? des Turcs ? *Mon Dieu, comme je suis raciste*, songe Éric, *et incorrigible*. Ces enfants sont en difficulté, ce n'est pas le moment de penser à leur aspect. Le visage de la jeune fille est impossible à voir : elle le serre dans ses mains.

Éric s'approche, sincèrement ému :

— *Vi hanno preso tutto, e' terribile.*

Les jeunes gens se blottissent l'un contre l'autre, méfiants.

— Venez chez moi, je vous en prie, continue Éric, en italien, j'habite cette grande maison, il faut que vous vous changiez.

Le jeune couple ne réagit pas. Éric reprend :

— *Do you speak english? oder Deutsch?*

Toujours pas de réponse.

— Il faut appeler la police, dit-il, presque pour lui-même, en français.

— Non. N'appelez pas la police, réagit vivement le garçon en parfait français, mais avec un accent indéfinissable. Ce n'est pas nécessaire.

— Comme vous voudrez, répond Éric, intrigué, mais je vous en prie, venez chez moi, mademoiselle a besoin de boire quelque chose de chaud et de se remettre un peu…

La jeune fille a baissé ses mains. Un visage modiglianesque aux longs cils apparaît dans sa douloureuse beauté. C'est le signal : elle accepte. Sans mendier, que ce soit bien clair. Ils n'ont rien demandé à personne.

*

Éric les conduit au *palazzetto*. La lourde grille de fer grince et s'ouvre par à-coups. Éric fait un geste qui veut dire : « Oui, je suis riche, mais pas tellement, vous voyez que tout est cassé… » Le visage de pierre de ses hôtes le fait se sentir coupable de quelque chose, il ne sait pas trop de quoi. D'être vieux ? d'être bourgeois ? d'être là ?

— Domenico ! appelle Éric, dans le grand hall qui renvoie sa voix chantante.

Le domestique apparaît. Un torchon autour du cou rehausse sa livrée approximative. Il a vu ça dans les restaurants et croit faire *cuistot*. Avec le menu que lui a commandé M. Éric pour le dîner de six personnes ce soir, il n'a guère de temps. La première chose qu'il constate, c'est l'eau dégoulinant des chaussures et des vêtements de ces miséreux sur son dallage à peine ciré. *Mamma mia!* « Venez dans l'office ! » Il va encore falloir faire la charité à ces hippies. *Monsieur sera toujours le même…*

Il se baisse pour essuyer les flaques en train de se former et laisse le torchon par terre comme on éponge le pipi d'un chien mal dressé.

— Donne la chambre rose à nos amis, et apporte-leur des vêtements secs, dit Éric, en français, que Domenico comprend un peu – la comtesse l'emmenait à Beaulieu tous les ans avec elle au mois de juillet, dans la villa du cousin Hohenzollern.

M. Éric est fou. Il ne va pas mettre ces gueux dans la chambre de Madame ? Est-elle prête, d'ailleurs ? Domenico lance un regard noir à son maître, mais ouvre le chemin aux jeunes gens sans discuter. Ils montent tous les trois le grand escalier. Domenico avance sans se retourner, il ne veut pas voir les traces de pas mouillés en pointillé dans toute la maison.

— Installez-vous, prenez un bain, un thé, ce que vous désirez, dit Éric. Utilisez le téléphone, faites-vous aider par Domenico, je dois, hélas, me sauver, je suis déjà en retard. *Accidenti, chiamami la lancia subito!* Appelle-moi le bateau tout de suite.

Domenico, du haut des marches, se retourne avec une expression comique entre la panique et le désespoir : il ne peut pas être partout. Les oignons doivent être en train de brûler dans la cuisine. *Maestro.* Pitié.

Les jeunes gens ne se sont pas desserré le bras et montent les dernières marches d'un pas jumeau qui fait d'eux un bloc unique. Une grande porte à double battant s'ouvre au centre du palier. La chambre est plongée dans l'obscurité. Domenico va ouvrir les persiennes noires de suie. De la fenêtre, il a juste le temps de voir le *motoscafo* de Monsieur s'éloigner. C'est Monsieur qui pilote. Il n'a pas voulu attendre le marin. Pourvu qu'il n'arrive rien. *Il conte* est si perturbé, ces temps-ci.

*

L'avantage des grands hôtels c'est qu'on peut tout y demander : d'un comprimé d'aspirine à une compagnie pour la nuit, d'une roue de secours pour une voiture en panne à un télex au Chili. Rémi a largement abusé de ces services pour organiser sa conférence de presse dans les salons du Gritti. Les standardistes téléphonent pour lui depuis deux jours, les secrétaires tapent les biographies et ont confectionné les dossiers, en les photocopiant cinquante fois. En cuisine, on s'affaire pour le buffet *Othello* où tous les mets doivent être noirs ou blancs. Les clients normaux de l'hôtel risquent fort d'en manger eux aussi dans le menu du soir car il ne reste plus une casserole libre. Les grooms, amusés, ont aspergé une fleur blanche sur deux avec de l'encre noire en bidons vaporisateurs.

Chargé de la décoration, Xavier fait les gerbes, c'est son fort.

— Je te laisse une minute, lui dit Rémi. Je vais contrôler la toilette de Mélusinoche.

Il faut surtout la mettre en condition, lui donner le punch dont elle aura besoin tout à l'heure, seule devant la horde de journalistes qui s'attendent à la voir accompagnée de son mystérieux partenaire noir. Le mystère – réel – a été soigneusement entretenu par des flashs d'agence repris tels quels dans la presse. « *Boom dans le cinéma français, une grande vedette américaine et une vedette française tournent ensemble pour la première fois* », « *Qui est cette vedette mystérieuse ?* », « *Pourquoi garde-t-on le secret sur le partenaire de Mélusine Marvel ?* », et le lendemain, la bombe : « *C'est un Noir* », « *Le premier film d'amour et d'érotisme entre une Blanche et un Noir* », etc.

La campagne a profondément déplu à Éric, mais Rémi peut espérer faire le plein ce soir. Une chose l'inquiète. Giovanni Grazzini, du *Corriere della Sera,* sur lequel il compte beaucoup pour relever le niveau de la conférence de presse, n'a pas confirmé sa présence. Lui a-t-on transmis le *prepaid* et l'invitation ? Rémi avait fourni à Epstein une liste des journalistes qu'il lui semblait indispensable de faire venir de Paris puisqu'ils avaient décidé de tenir cette première conférence de presse à Venise. Epstein n'avait rien voulu entendre.

Heureusement, il y a Mélusine, sa bonne fée, son capital. Son génie de la publicité peut résoudre tous les problèmes. Pourvu qu'elle n'ait pas commencé à boire trop tôt. Une heure avant, ça va, elle n'en devient que plus pétillante.

La clé de la suite numéro 109 est sur la porte, pour faciliter les allers et retours de Nicole entre sa propre chambre, où elle a installé le repassage, et celle de Mélusine. Rémi entre sans frapper. Ses rapports avec la star le lui permettent. N'ont-ils pas commencé leurs carrières ensemble ? Rémi travaillait pour une agence de comédiens et se frottait au journalisme avec de petits articles sur les clients du bureau pour les journaux professionnels. De fil en aiguille, Unifrance-Film, l'organisme chargé de la diffusion des productions françaises à l'étranger, lui avait confié les contacts entre les vedettes et les festivals. C'est ainsi que Rémi avait rencontré Mélusine, à l'un des derniers festivals de Rio de Janeiro qui ne résista pas à son faste : il capota deux saisons plus tard. Mélusine, alors encore Birgitt, était une starlette protégée par un producteur américano-belge qui cotisait en France. Ils sympathisèrent immédiatement et passèrent des nuits folles avec des musiciens brésiliens, à écouter de la bossa-nova dans des caves enfumées. Ils atterrirent même dans un lit, mais cela finit dans un éclat de rire et Mélusine-Birgitt le repoussa sur son oreiller en disant : « Te force pas. Je t'aime quand même. » Il n'avait pas encore rencontré l'amour avec un garçon, mais c'était pour bientôt. Ils dormirent côte à côte en se tenant la main jusqu'à ce que le protecteur de Mélusine-Birgitt débarque dans la chambre et les gifle tous les deux. Ils en riaient encore.

Rémi fronce les sourcils. Mélusine n'est toujours pas habillée. Elle est encore au téléphone :

— Quatre caisses de Mort subite et deux de Gueuse. Hôtel Gritti.

C'étaient les noms sinistres de ses bières belges. Les petites bouteilles brunes de son père la suivaient partout dans le monde, avec leur odeur d'éther et de naphtaline.

— … Envoyez une camionnette. En une nuit, Bruxelles-Venise, c'est faisable. À Sidney, je les ai eues en quatre jours… Allez, soyez gentils… Je vous fais tellement de publicité…, roucoule-t-elle.

Elle aura ce qu'elle veut. On ne peut pas lui résister, ni de près ni de loin. Rémi aime beaucoup cette capacité de Mélusine. Tenace et enjôleuse. Mais les compliments seront pour un autre moment :

— Tu n'as pas fini avec tes marchandages ! Es-tu prête au moins ?

Elle n'a que sa robe à enfiler, une douillette robe de laine blanche faussement simple avec son col enroulé trois fois en volutes molles autour du cou.

— Tu es content. Je vais la mettre, ta robe blanche.

Rémi l'avait grondée hier pour la soirée de La Fenice où elle était arrivée en rouge à cause d'un petit chat pouilleux. Sa première apparition à Venise. N'étaient-ils pas convenus qu'elle ne s'habillerait que de blanc pendant toute la durée du film ? Après, elle ferait ce qu'elle voudrait.

— Tu devais être paf, ma pauvre conne, pour m'avoir fait ce coup-là. Pour te punir, je n'ai pas fait venir de photographe au Harry's Bar. Ta splendide idylle avec Chaussons rouges restera inconnue.

Le menteur. Il aurait donné cher pour avoir un photographe ce soir-là. La photo eût été juteuse. « Bonne mine à mauvais jeu », c'est sa devise. Même avec sa Mélusine chérie qui pige tout. Chaque reportage publié, même de force – les directeurs de journaux ne sont pas tendres –, prolonge leur amitié. Rémi en est très conscient. Pas de pudeur à avoir, il est là pour que l'on parle d'elle.

— Alors, écoute bien, ma poulette. Ce film fera un tabac si Éric n'en parle jamais. Avec ses discours intellectuels, dès qu'il ouvre la bouche, les types bayent aux corneilles. Une consigne absolue : tu ne le laisses pas en placer une. Je ferai en sorte que les fanas de ciné le prennent à part après. Ils pourront se régaler avec ses considérations métaphysiques. Toi, il faut que tu ailles au charbon, ma cocotte…

Rien ne peut exciter davantage Mélusine. Il le sait bien. Elle n'est pas de ceux qui ont peur du défi. Secrètement, l'absence de l'étalon noir n'est pas pour lui déplaire. Elle pourra faire son show à elle toute seule.

— Je trouve que tu exagères, il a son *aura*, le vieux, proteste-t-elle, en enfilant sa robe à même la peau nue.

— D'accord, mais ça n'intéresse plus personne. C'est moi qui traîne dans les rédactions, pas toi. Je sais ce qui se dit. Les nouvelles générations de journalistes ne savent pas qui c'est. C'est grâce à toi que le film marchera, s'il marche. On travaille pour remplir les salles, pas pour les musées, non ?

— Il vaut mieux faire un beau film qui ne marche pas qu'un navet qui marche, enchaîne Mélusine.

— Ça y est ! L'intox ! Il est arrivé à te mettre ça dans le crâne…

— Pas du tout, coupe Mélusine. Nous voulons faire un film populaire, mais il n'y a pas de raison que ce soit une merde. Comment sont les grands films américains que nous aimons ? Pour tous les publics ! Chacun y trouve sa lecture.

— Sa quoi ?… Je te trouve très cultivée en ce moment, la mère Marvel !…

On frappe à la porte. C'est Epstein. Les invités commencent à arriver. Il est très agité. Il attend un coup de téléphone de Los Angeles dont il ne veut pas parler. Pas encore… Pourvu que cela tombe pendant la conférence de presse. Une bonne nouvelle est possible. Mais ne vendons pas la peau de l'ours… *I cross my fingers*, dit-il, pour faire américain.

— Éric est là ? demande Mélusine.

— Non. C'est pas lui qui va se presser pour moi, dit Rémi. On l'attend dix minutes et tu descends. Il ne faut pas trop tarder pour le buffet. Ils m'ont prié de faire gaffe aux heures supplémentaires du personnel.

— Parfaitement, approuve Epstein. Ils sont tellement gentils avec nous, il ne faut pas les décevoir. Ils ne sont pas braqués contre les gens de cinéma comme à Paris. Ils m'ont même offert une suite pour les bureaux au prix d'une chambre simple. Vous aviez raison, Mélusine. Il faut toujours aller dans les bons endroits, on s'y retrouve.

Il oublie de dire que, pendant la préparation, il descendait au Gritti d'office, tandis que les assistants logeaient dans une *pensione* deux rues derrière…

Rémi donne un gros baiser à Mélusine sur le front :

— Merde, ma chérie. Ça va très bien se passer. Je descends et je t'attends au bar. Fais-toi annoncer par Nicole et rappelle-toi : dans dix minutes, un quart d'heure, pas plus.

Mélusine se sert un kirsch. Dans le grand verre plein, on dirait de l'eau fraîche.

*

Les flashs sabrent l'air feutré du salon rouge du Gritti comme des néons déplacés. Mélusine n'aime guère les photos au flash, qui dilatent la pupille et donnent à tous le même air de fromage blanc. Mais les éclatements lumineux ont quelque chose de joyeux qui, à la manière d'un feu d'artifice, annonce une fête. C'est pourquoi Rémi laisse faire. Il contrôlera les photos par la suite, dans la mesure du possible. Mélusine salue quelques têtes connues avec une timidité parfaitement simulée.

Elle va s'asseoir sur le grand canapé face aux fauteuils disposés en éventail et se love dans les coussins de velours en une pose câline qui devrait mettre tout le monde à l'aise. Éric n'est toujours pas là. Epstein veut occuper la place libre à côté d'elle, il ne détesterait pas une photo auprès de sa star, mais Mélusine s'y oppose :

— C'est la place de M. d'Albarosa, dit-elle fermement. Tenez. Le voilà.

Éric est entré, très grand seigneur dans son retard. Ses cheveux grisonnants sont tirés en arrière, lissés par le vent en bateau. Mélusine se penche pour lui dire à l'oreille :

— Donne-toi un coup de peigne. Tu as l'air d'un coureur cycliste.

Éric passe ses doigts dans ses cheveux d'un beau geste antique qui aggrave la situation. C'est elle qui doit se résoudre à remettre une mèche en place.

— Venise n'est pas une bonne coiffeuse. Elle fait dresser les cheveux sur la tête !..., dit Éric, en italien. Bonjour, messieurs, bienvenue avec nous au Gritti, merci d'être si nombreux.

Ils sont nombreux, venus de toutes les grandes villes italiennes. De Rome, surtout, et de Milan, siège des grandes agences internationales. Un ramassis de gens de plume et de photographes aux mines patibulaires. Un ou deux ténors, bien en évidence au premier rang avec leurs inévitables blazers bleu marine et leur flanelle grise sous le loden autrichien, l'air légèrement dégoûté de chiens de chasse racés. Toujours les plus ponctuels, toujours irrités du peu de professionnalisme des collègues.

Ouf. Giovanni Grazzini est là. Mélusine le connaît personnellement. *Nous parlerons après*, fait-il d'un signe de la main avec son sourire acide. Pas un Français. Les journaux parisiens n'ont envoyé que leurs correspondants en Italie. Régulier. Il ne faut pas se plaindre. Rémi prend la parole :

— Messieurs. La production Mega-Film a choisi de tourner ce film entièrement en Italie, rétablissant avec plaisir une vieille tradition de coproduction et de collaboration entre nos deux pays, à l'abandon depuis quelques années. C'est pourquoi nous avons décidé d'en faire l'annonce auprès de la presse internationale en premier, plutôt que d'en donner l'exclusivité aux journalistes français (le malin...). Vous trouverez dans les pochettes qui vous ont été remises par mon collaborateur une information complète sur le film, sur Mme Marvel et sur M. Éric d'Albarosa. Nous avons joint quelques photos... en noir et blanc, bien sûr !...

Dans un bruit de papier, tout le monde contrôle ses dires, sauf les blazers qui ont déjà regardé. On se croirait à l'école. Éric, lui aussi, jette un coup d'œil sur le travail de Rémi, en tenant les feuilles à bout de bras : dans sa hâte, il a oublié ses lunettes.

— Vous savez que nous attendons incessamment l'arrivée du partenaire de madame...

Rémi est interrompu par Mélusine, qui dit doucement :

— *Mademoiselle* Marvel... Les actrices, jusqu'à soixante-dix ans...

— Tu as raison, excuse-moi... Mademoiselle Marvel !...

Les rires fusent. La glace est rompue. Rémi peut quitter son air grave pour continuer :

— Je vous disais donc que nous allons peut-être pouvoir vous faire une surprise au cours de la conférence de presse, soyez patients. Vous pouvez commencer à poser des questions à Mélusine, à M. d'Albarosa, à notre producteur, Philippe Epstein, ou à moi-même, nous sommes ici pour cela.

Après un long silence entrecoupé de raclements de gorge et de bruissements de papier, un petit journaliste local se décide avec une question bateau :

— Monsieur d'Albarosa, Venise joue un rôle important dans votre film ?

Mélusine cherche le regard de Rémi. Ça va. Sur cette question, on peut laisser répondre le *maestro*, ce n'est pas dangereux.

— Très important. C'est le plus beau décor du monde, mais c'est aussi une ville où il se passe des choses entre les êtres dans la proximité des maisons groupées autour des places... Pensez à Goldoni...

Le voilà parti sur le somnifère. Rémi fait un signe à Mélusine.

— Goldoni, c'est un champion de football, interrompt Mélusine. Mais oui. On m'a dit qu'il s'était entraîné toute son enfance sur les marches de la Salute. Les habitants du quartier le connaissaient et lui renvoyaient la balle en passant.

Goldoni, Platini ou Antonioni, il y en a bien un qui s'appelle comme ça dans l'équipe du coin. En Italie, les homonymes foisonnent. Coup de bol, elle a deviné juste. Le journaliste confirme :

— Série B 1960 ! Vous vous intéressez au sport, *signorina* Marvel ?

— Oui. Surtout un.

— Lequel ? fait le journaliste, en tombant dans le panneau.

— Votre journal est-il interdit aux mineurs ?

Rires et flashs. Mélusine a pris les choses en main. Rémi, appuyé derrière elle comme un faucon royal sur son épaule, lui caresse le dos avec un doigt. Mélusine remonte ses jambes sur le canapé. Un des blazers a entrevu la courbe d'une cuisse, il s'accoude d'un air faussement détaché.

— Mademoiselle Marvel, demande un autre journaliste, avez-vous déjà tourné avec un Noir ?

— Tourné, non.

Rires.

— Appréhendez-vous cette expérience ?

— Oui. Je peux m'apercevoir que je me suis trompée toute ma vie…

Re-rires.

L'aile médiocre de la salle est enchantée. La partie est gagnée. Il faut maintenant conquérir l'attention de Grazzini, pense Rémi, en se tournant vers Éric, replié, horrifié, dans une pose de glace. Il lui parle à l'oreille pendant que les échotiers, autorisés par le ton engagé, se bousculent pour poser à Mélusine les questions scandaleuses qui vont passionner leurs lecteurs.

— On dit que vous ne restez jamais longtemps avec le même homme. Est-ce vrai et pourquoi ?

— Coucher avec un homme, c'est la moindre des choses, mais après, il faut trouver des raisons pour l'avoir fait… C'est Françoise Sagan qui l'a dit.

La conférence se poursuit avec animation. Même Grazzini a l'air content, il rit aux réponses de Mélusine, toutes dents dehors. Pas la peine de lui amener Éric, décide Rémi. Les intellos préfèrent parler à une belle femme plutôt qu'à l'un de leurs semblables.

Soudain, Epstein débouche dans le *salottino*, un télégramme à la main :

— Messieurs. Je suis heureux de pouvoir vous annoncer le nom de notre Othello ! Il s'agit du chanteur californien Wilson Robin. Je viens d'obtenir son accord définitif. Il sera parmi nous dès demain. Son avion part ce soir de Los Angeles.

Sa joie entraîne des applaudissements, bien que personne ne sache qui est ce Wilson Robin, ni ce qu'il a fait. Les blazers sont déçus : ils avaient déjà titré l'arrivée de Belafonte ou de Poitier.

Éric observe Mélusine dont il n'accroche pas le regard, perdu dans le vague. *Merci, ma Mélusine, tu as bien fait ton travail, mais n'es-tu pas lasse qu'on ne te pose jamais les bonnes questions ?*

*

Ils sont forts, les scribouillards, pour passer à côté des vraies questions. Je sens ton regard, Éric, intolérable. Je t'agace, je le sais, mais tu me reconnais, n'est-ce pas ? Ma vitalité est toujours la même, celle qui te bluffait il y a dix ans. Mal employée ? Galvaudée ? Tu le penses. Ton silence pendant toutes ces années parlait pour toi. Me revoilà. Nous revoilà. Le cinéma nous a encore poussés l'un vers l'autre, avec sa brutalité, sa cruauté, son acuité. J'ai une trouille bleue, mon Éric. Si nous ratons nos retrouvailles, notre drame se perpétuera, nous nous perdrons une seconde fois, pour toujours. Les retrouvailles du siècle. Le secret qui nous a unis et divisés ne les a pas effleurés.

C'est vrai qu'il n'y a pas un journaliste digne de ce nom, ce soir, à part Grazzini, ton fan. Les petits dandies, *au premier rang, attendent avec impatience d'être mutés dans une autre page que l'infamante colonne des spectacles. Nous n'avons droit qu'aux ringards. Ou aux débutants. La crème, c'est pour la politique, à la limite pour les écrivains. Mais, nous, il faut qu'on raconte notre vie à des sous-officiers recyclés ou à des anciens de la page sportive. Les photographes, avec leurs photos volées, sont plus honnêtes. La photo fait foi. Il y en a un, au fond, que je connais depuis des années. Une gueule de tueur et le Smic à ramener à la maison, dans un gourbi où s'entasse une famille nombreuse, j'en suis sûre. Ce n'est pas lui qui va me coincer par une question existentielle, le pauvre, avec son certificat d'études. Ni aucun de ces messieurs, je vois. Je lis d'ici l'article du type en blazer, avec son œil baladeur : « La star remonta ses jambes galbées dans des bas de soie et redressa, provocante, sa poitrine saillante… » Petit crétin, je n'ai pas de bas ni de culotte. Tu l'as vu… Mais tu n'écriras pas : « Mélusine Marvel, à quarante ans, se permet de sortir les fesses à l'air. Jusqu'à quand nous fera-t-elle le coup de l'adolescente impudique et perverse ? Car elle est tapée, miss Marvel, et Desdémone va prendre un sérieux coup de vieux ! Comment a-t-on osé l'engager pour ce rôle ? Le cinéma ridiculisera-t-il éternellement les œuvres de la culture mondiale ? » Voilà ce que tu pourrais écrire.*

Sophia Loren a bien joué Chimène, la pure Chimène du Cid, *à un âge avancé – par solidarité je ne révèlerai pas lequel, je le connais parfaitement. Ou que Leslie Caron joue* Gigi *depuis vingt ans, dans tous les théâtres américains. Pourquoi ce film, pourquoi avoir accepté, au bout de tant d'années, de tourner de nouveau avec Éric ? Suis-je Desdémone ? Quelle Desdémone ? Je m'en fous, de vos articles. C'est le film qui m'importe. Ce film-ci, surtout. Les trois derniers* scenarii *qu'on m'avait proposés étaient si ignobles que j'en avais ressenti un profond abattement. Des personnages masculins formidables, et les bonnes femmes, des crottes. Je devais être la seule à penser cela puisque deux de ces films furent réalisés, l'un avec Catherine Deneuve et l'autre avec Annie Girardot. Deux films idiots, deux succès. À ne plus rien y comprendre.*

Éric, avec sa jeunesse de cœur, a la même passion du cinéma que moi. Une vraie passion, payée très cher, croyez-moi. Un fils en pension, à longueur d'année, la vie dans les valises, les intestins démolis par les fréquents changements de nourriture, l'irrégularité sentimentale. Qui peut supporter, honnêtement, la vie avec une actrice ? J'ai eu des flambées d'amour, des rencontres passionnées, des feux de paille… Il m'est arrivé de croire au couple inséparable avec un homme. Je me ruinais en batteries de casseroles et chandelles de toutes les couleurs. Au bout de quelques mois, on se lançait les livres de cuisine, les scripts et les horloges à la tête, et j'allais traîner Chez Castel où j'avais pourtant juré de ne plus mettre les pieds. Et tout recommençait. Les types qui m'invitaient à dîner, les séances de séduction, je roule, tu roules, couchons vite pour en finir, si c'était de l'amour on le saurait déjà.

Mélusine, ma vieille, as-tu le droit de te plaindre d'être là, au Gritti, vedette incontestée de cette soirée et de ce film, près d'Éric, le grand Éric que tu ne méritais plus ? Je voudrais me noyer dans le kirsch avant d'aller à ce dîner ce soir…

3

Soirée vénitienne

Le *motoscafo* d'Éric s'approche du ponton hérissé de *bricole*, les typiques amarres de bois plantées dans l'eau, peintes aux couleurs rouge et or des Albarosa. Impeccable dans sa veste bleue et blanche et ses gants de fil, le marin, averti par Domenico, est venu reprendre son poste aux commandes. Ne pouvant plus se permettre un marin à demeure pour chaque bateau, les Vénitiens de la bonne société se les partagent. Ainsi Fulvio travaille-t-il pour Éric, pour le comte Brandolini et quelquefois pour l'agence Cook, à la demande de clients exceptionnels. Dans ce cas, il loue son propre hors-bord, beaucoup plus rapide que ces *mobili galleggianti*, ces « meubles flottants », comme il les appelle. C'est vrai qu'ils ont l'air de petits salons, avec leurs coussins à franges et leurs rideaux « bonne femme » aux bordures assorties.

À la fin de la conférence de presse, tandis que les pique-assiette plongeaient dans les plateaux bicolores dressés sur le buffet noir et blanc, Éric avait fait le tour des *officiants* pour leur rappeler qu'un petit dîner était prévu chez lui : « Nous serons entre nous, que nous six », avait-il dit à voix basse.

Ils s'étaient éclipsés, chacun de son côté, et s'étaient retrouvés au bateau d'Éric, en s'esclaffant comme des collégiens qui ont fait le mur. Joëlle, l'amie d'Epstein, s'est jointe à eux. Flattée de l'invitation, elle a cru bon de revêtir une robe du soir à paillettes. Les pores élargis de son visage poupin retiennent mal les fards excessifs. Elle est penchée en avant sur ses talons trop hauts. C'est sa première soirée avec les amis de Philippe, en quelque sorte sa présentation officielle. Elle a mis le paquet.

D'un saut expert, Fulvio a posé un pied sur le ponton. De l'autre, il tient le bateau à quai. Il tend son avant-bras à Joëlle, à la manière ancienne, pour qu'une dame ne subisse pas le désagréable contact de la main d'un gondolier, même ganté. La jeune compagne du producteur amorce un grand écart pour monter sur le quai. Sa jambe largement découverte par la robe échancrée apparaît tout entière. Mélusine, encore sur la banquette, se penche pour en voir plus. Rémi pouffe de rire. Il est hilare depuis un quart d'heure, chaque mot de Mélusine le ravit. *Il est survolté, ce soir*, pense Mélusine. *S'il croit m'aider comme cela...*

Domenico, aussi, s'est mis sur son trente et un. La veste à boutons d'or le fait ressembler à un saxophone bien astiqué, avec ses touches en rang serré. Ému, il salue Mélusine.

— *Come sta la signora?*

Mélusine lui répond d'un sourire tendu mais reste muette. Les mots ne lui viennent pas. Domenico rompt le silence en s'adressant aux *signori ospiti.* Il les débarrasse et leur indique le salon. Joëlle n'a jamais rien vu de si beau dans sa vie d'intérimaire. Elle s'extasie sur les choses les plus idiotes : la boule de la rampe d'escalier, le cordon de passementerie dorée pendu le long de la porte, les potiches en terre posées aux endroits critiques, là où ça goutte, les jours de grande pluie. En revanche, les admirables tapisseries chinoises et la collection étrusque la laissent indifférente.

Le dîner est servi dans la serre élégamment transformée par Éric en salle à manger. Il y règne une tiédeur propice aux plantes quinquagénaires qui s'enroulent autour des colonnes et tapissent le plafond.

— Ma pauvre mère, Fiorella d'Albarosa, adorait ses plantes. Elles le lui rendaient bien car beaucoup sont mortes peu après elle, raconte Éric à sa jeune voisine, sans être sûr de l'intéresser.

Joëlle a collé un sourire sur son visage, le même depuis le début de la soirée. Mélusine, elle, ne desserre pas les lèvres.

— Ici, on ne boit que du vin, évidemment, ronchonne-t-elle.

— Tu ne vas pas boire de la bière avec du *risotto nero*, s'insurge Éric. *Va bene*, Domenico, demande à la pizzeria en bas qu'on nous monte une caisse de bière. N'importe quelle marque…

— Qu'est-ce que c'est, le *risotto nero*? fait Xavier, qui ne peut réprimer une légère moue de dégoût à la vue du plat noirâtre présenté par Domenico.

— C'est du risotto à l'encre de seiche, tient à expliquer lui-même Domenico. Vous aimez toujours ce plat, madame?

Mélusine baisse les yeux et ne répond pas.

— La recette remonte à la Renaissance, enchaîne Éric, pédagogue. Catherine de Médicis essaya de l'introduire à la cour de France, sans succès. On se méfiait trop des Florentins. À juste raison.

La vieille rivalité entre les deux Républiques, la florentine et la vénitienne, qui ont appris au monde l'usage de la fourchette, est encore vivante. Même au nom de l'Histoire, Xavier ne peut pas manger de cette chose-là. Dans la faible lumière des bougies, cela ressemble à du goudron.

— Vous avez tort, c'est exquis ! dit Epstein, qui bâfre, insensible à la tension provoquée par le mutisme de Mélusine. Bravo, Domenico !

— Alors, tout s'est très bien passé, n'est-ce pas, Philippe ? intervient Rémi. Mélusinette, tu as été formidable. Tu verras tous les articles qu'on va ramasser.

Un étrange mur de silence continue à emprisonner Mélusine.

— Ce qui est le plus réjouissant, tranche Epstein, c'est l'arrivée de Wilson Robin demain. Je vous avoue que j'ai eu chaud. Ces Américains font des contrats impossibles. Il faut une équipe d'avocats pour les rédiger, et une autre pour les comprendre.

Le téléphone a sonné dans le hall. « *Per la signora* », vient dire Domenico. De Paris. C'est le Gritti qui a fait suivre.

— Excusez-moi, dit Mélusine, en se levant.

Le téléphone est au pied de l'escalier, sur une console, dans la grande antichambre qui ressemble à un caveau dallé de marbre.

— Allô…

Sa voix résonne dans la haute pièce aux murs nus. Elle baisse le ton.

— Oui, c'est moi… Oui… Commissariat ?… Vous êtes… Oui, c'est mon fils. Enfin, je suis sa mère… Je vous écoute…

Un long silence.

— Allez au fait, monsieur, ne prenez pas de gants, je suis habituée… Sur le fait… Je comprends… Je comprends… Puis-je vous demander où ?… Oui, à quelle adresse ?… Boulevard des Invalides ?

Autre silence. Son front est perlé de sueur.

— … Mais c'est… C'est CHEZ MOI !…

Laurent, petit salopard, tu l'as fait exprès ! Tu le sais que je commence le film demain. C'est toi qui as donné le téléphone du Gritti, en pleine nuit, c'est sûr. Comment m'auraient-ils trouvée, autrement ? Les flics ne lisent pas Celebrity Service. *Pas les petits commissaires de quartier. Il fallait que tu me punisses de ne pas avoir voulu te laisser les clés de l'appartement pendant mon absence. Avec tes copains de Choisy-le-Roi, j'avais lieu de craindre que tu n'en fasses un foutoir et une fumerie, dans cet immeuble où je ne suis déjà pas très bien vue. Tu as fait mieux ! « Vandalisme gauchiste », a dit le commissaire. Qu'est-ce que cela signifie ? Il m'a dit de ne pas m'inquiéter, avec l'insistance du gynécologue qui t'a mis au monde quand je suppliais qu'on me fasse une césarienne entre les douleurs dont je crevais depuis douze heures. Depuis, quand j'entends : « Ne vous inquiétez pas », mon sang se glace.*

Ton scénario est parfaitement au point. Tu voulais me mettre à genoux avant le film, en risquant la tôle, encore une fois, pourvu que je sois touchée. Que t'ai-je fait, mon Dieu, pour que tu t'acharnes avec une telle vigueur ? Je t'ai mal élevé, d'accord, les parents ont toujours tort. Moi, surtout, car tu as des indulgences pour ton père, ce raté de première classe, que tu n'as jamais vu avec moi. Un acteur sans rôles n'est plus un acteur : c'est un chômeur. Sur sa ridicule carte de visite, à la place de Blasco de Andia, artiste dramatique, *il devrait inscrire* Blasco de Andia, dramatique artiste et chômeur. *Père absent, également, pendant des années ! Il réapparut de son Amérique latine, d'où on l'avait probablement chassé une seconde fois, ruiné et plus play-boy que jamais, malgré ses cheveux gris. « Vandalisme, surtout du vandalisme », a dit le préposé du VIIe. Ça veut dire quoi ? Vous avez éventré mes canapés, mon matelas Super Pullman, mes tableaux?*

Il me faut un verre d'eau, tout de suite, tout de suite...

*

Il reconnaît le *palazzo* au lion de fer forgé dans la grille de la pesante porte d'entrée. Il cherche une sonnette puis il se rappelle être sorti sans tourner de clé, il suffit de pousser le portail. Décidément ce n'est pas une maison comme les autres.

La porte grince sur ses vieux gonds. Il y a de la lumière dans le grand hall. Ariel Goral, le jeune violoniste hébergé par Éric, se glisse dans l'entrebâillement et tente de refermer le plus silencieusement possible: il y a une dame au téléphone. Mais le fer couine de plus en plus et la porte s'abat de tout son poids dans un bruit de wagon ferroviaire.

Mélusine sursaute, se retourne et fait un geste vers le nouveau venu en claquant les doigts:

— Un verre d'eau, s'il vous plaît. *Acqua, presto.*

Elle l'a pris pour un domestique. Avec ses yeux noirs et son teint foncé, Ariel Goral pourrait être italien. Il reste planté là, interdit, ne sachant que faire. Le temps s'arrête tel un oiseau de proie immobile contre le vent, avant de plonger à pic sur la cible repérée par son œil perçant.

— Alors! Dépêchez-vous! *Presto! Un bicchiere d'acqua!...*, dit Mélusine, impatiente, en couvrant le combiné de sa main.

Lumineuse dans sa robe claire, avec ses cheveux blonds épars et son visage pâle, elle a l'air d'une apparition. Ariel n'a jamais vu une femme comme ça. Ces divines-là n'existent qu'au cinéma. Mais cette personne ne va pas bien : sa pâleur n'est pas normale.

Un verre d'eau, il veut bien. Mais où le trouver ? Il ne connaît pas la maison, il faudrait appeler quelqu'un. Trois portes donnent dans le hall. Ariel en ouvre une : c'est un placard à balais. Une cascade de sacs en papier et de chiffons lui tombe aux pieds. Il les ramasse du mieux qu'il peut et referme la porte. Il essaye la suivante quand un bruit mat le fait se retourner : la femme s'est évanouie, elle s'est effondrée sur le carreau, les genoux pliés.

Ariel se précipite vers elle. Il lui tâte le pouls, lui essuie le front. La respiration est si faible qu'il doit coller son oreille à sa bouche. Cette femme va très mal. La robe de lainage l'empêche d'écouter le cœur. Il la tire jusqu'en haut et découvre le corps nu de Mélusine, sans slip ni soutien-gorge. Ariel ne regarde pas la peau lisse et dorée, et les petits seins rebondis. Il faut appeler quelqu'un. Il voudrait l'allonger sur le canapé, mais il n'arrive pas à la soulever de terre. Relever un corps inerte est difficile, et Dieu que cette femme est grande. Faute de mieux, il installe un coussin sous sa tête et se dirige vers la grande porte, du côté gauche, d'où proviennent des voix et les bruits d'un dîner. Il jette un coup d'œil vers l'escalier – là-haut, Lena dort sûrement. Plus tard… Ici, il y a urgence.

Sur le point de frapper à la porte de la salle à manger, il entend la femme blanche, revenue à elle :

— Non… Venez… N'appelez pas…, souffle-t-elle. Dans mon sac… Fouillez… Une boîte d'écaille…

Ariel revient vers elle et s'exécute. Il trouve le sac, la boîte, un tube de comprimés. Il lit la formule. « À n'utiliser que dans les cas de stress violent. » On ne trimballe pas ça sur soi comme des caramels. Il hésite un instant, regarde le visage exsangue de la femme, mais elle saisit le tube et se met un comprimé sous la langue elle-même. Elle connaît l'usage. Elle a fermé les yeux. Il faut chercher du secours. Mélusine le retient par la manche. L'effet du médicament a été rapide. Elle se reprend déjà.

— Aidez-moi… Ma chaussure… Là-bas…

Elle parle en faisant des gestes, à l'italienne, convaincue que ce jeune type ne comprend pas le français. Déjà une chance qu'il ne se soit pas affolé. Les Latins sont terrifiants quand ils se mettent à hurler. Debout, appuyée sur lui, un peu vacillante, elle fait un grand sourire pour rassurer ce garçon à l'affût d'une nouvelle faiblesse. Elle prend une grande respiration, remet ses cheveux en place. Ça y est. Elle peut retourner en piste. Cette femme est un cheval, pense Ariel. Il la regarde avec stupeur, intimidé, d'autant plus qu'elle le domine du haut de ses talons.

Elle ajuste sa robe et se dirige vers la salle à manger. À mi-chemin elle fait volte-face, met un doigt sur la bouche, « Chut », et elle lui fait un clin d'œil. Mélusine sort, les épaules droites.

*

Que fait Mélusine? s'interroge Éric. *Pourquoi est-ce si long? Faut-il que j'aille voir? J'ai entendu un bruit de porte, s'est-elle sauvée? Je suis tendu vers elle, j'en perds la conversation, ici. Mes invités doivent penser que je suis sourd, ou gaga. Peu importe. C'est Mélusine qui m'inquiète. La première fois qu'elle remet les pieds au* palazzetto *depuis ce triste soir d'août… Le 5 août 1969. Tu crânais à la conférence de presse, je t'ai vue. Mais tes pensées s'envolaient vers ce moment redouté: celui où tu franchirais le seuil de cette maison. Tes alcools et tes* jokes *n'y ont rien fait. Tu n'en menais pas large lorsque Fulvio t'a tendu la main pour descendre du bateau. Je connais cette veine qui gonfle le long de ta tempe… Tu as vu, rien n'a changé. Domenico a nettoyé à fond avec ses chiffons sales bourrés de bonnes intentions. Il travaille depuis deux jours au menu de ce soir. Et moi… moi, je suis toujours le même. Anxieux. Plus que jamais.*

J'ai entendu un clic. Tu as raccroché. Pourquoi ne reviens-tu pas ? Le bollito *va refroidir. Tu manges si peu. J'aimais mieux quand tu avais ton bon appétit. Tu as changé d'expression, tu es moins enfantine, les commissures aux coins de tes lèvres se sont creusées. Tu es plus belle, certainement, tu n'as jamais été aussi belle. Rien à envier à Marlene Dietrich. Une gueule de vraie femme dans la plénitude de sa beauté.*

Ta richesse est infinie, tu apportes sur un écran dans ton panier de semeuse flamande la vie et l'amour. Tout est devant moi, je n'ai qu'à puiser dans cette source intarissable avec mes mains maladroites. Cannibale, voilà ce que je suis, rien d'autre. Michel-Ange choisissait ses marbres un par un dans une transe religieuse et quand on lui demanda comment il avait réalisé la Pietà *d'un bloc unique, il répondit : « C'était le plus beau marbre, je n'ai fait qu'enlever ce qui était de trop. » Bienheureux Michelangelo Buonarroti, tu avais le génie, toi.*

Mais je te vois souffrir, et ce n'est pas juste. C'est moi qui dois souffrir, pas toi. Une fleur ne peut pas souffrir. Le bourdon qui la butine, lui, tremble de toutes ses pattes crochues, incapable de rendre le suc volé.

Te voilà, enfin. Comme tu es pâle ! Qui était-ce au téléphone ? Quel amant peut te mettre dans cet état ? Si tu baisses les yeux, c'est que tu ne veux pas parler. Ton fils ? Aurait-il débarqué, ce salaud-là ? Comme tu as tort de te sentir coupable de la déroute de Laurent. On ne peut pas être l'actrice que tu es et une mère parfaite. Le cinéma est notre vie, à toi et à moi.

Sûrement pas pour ce porc d'Epstein, qui se sert de crème glacée pour la troisième fois. Sa gloutonnerie le perdra, à table comme en affaires. Je vois le cholestérol dans son regard globuleux ! Le petit Xavier en a perdu l'appétit de l'avoir en face de lui. Sensible, le petit. Il a vu que tu te domines depuis le début du dîner.

Je t'écoute, Mélusine, que dis-tu ?

— Je voudrais un peu de vin, dit Mélusine en tendant son verre.

— *Wein nach Bier, Rat ich dir. Bier nach Wein lass das sein!* dit Éric, faussement enjoué. Le vin après la bière, jamais de bière après le vin, selon le proverbe allemand. Tu y viens, ma chère. Il y a de l'espoir.

— Cette bière est infâme, n'essaye pas de me convertir, répond Mélusine, qui retrouve du tonus dans le tac au tac. Si tu veux m'avoir à tes dîners, il va falloir que tu t'améliores, côté bière.

— Tu sais, mon amie, nous n'aurons plus guère le temps des réceptions et des dîners à partir de demain. Tu oublies que nous commençons un film…

— Un beau film de violence et de passion entre une Blanche sur le retour et un Noir fringant qui va lui apprendre à bien se tenir, siffle Mélusine, à l'intention d'Epstein. Tu vas en faire, du pognon, mon biquet.

Éric connaît cette gouaille. C'est la respiration de Mélusine dans le désarroi. Le biquet, impavide, incline son assiette pour recueillir une dernière cuillerée de crème à la *grappa.*

— Nous avons de la chance, fait Epstein. Vous savez, Wilson Robin nous apporte le marché américain et celui des jeunes. Il a des fans partout.

Quel goujat. Mélusine est-elle une inconnue ? La brutalité d'Epstein le rend presque sympathique. Au moins, il ne mâche pas ses mots. C'est mieux que l'hypocrisie de ces hommes d'affaires silencieux dont il faut deviner les intentions.

— Il arrive quand ? demande Rémi, technique.

— Pas demain, ce n'était pas vrai. J'ai dit ça aux journalistes pour qu'ils en parlent au plus vite. Robin débarque après-demain. *Via* Rome. Il est très heureux de travailler avec vous, Éric. Son agent m'a dit qu'il s'est fait projeter tous vos films à Los Angeles, à ses frais.

Éric frémit. Quelle idée, ce fils de l'Amérique en patins à roulettes – c'est ainsi qu'il apparaît sur la couverture de son dernier disque – peut-il s'être fait des œuvres décadentes d'un metteur en scène italien ? Quand Éric participe à des projections-débats dans les cercles ouvriers, c'est toujours vivant et instructif. En revanche, il s'est promis de ne plus s'exposer aux séances de décorticage dans les ciné-clubs, bla-bla stériles et porteurs de mensonge à des générations de cinéphiles dévorés par les mots. Qui sait, ce dadais noir sera peut-être bon juge ? À bien y penser, son avis de grand enfant ne sera pas inintéressant : n'est-ce pas celui de l'humanité telle qu'elle est, ignorante, primitive, uniforme ?

— Passons au salon, si vous le voulez, dit Éric, en se levant. À cette heure, le canal est si beau.

Pendant que la compagnie s'ébroue, Mélusine s'approche et lui souffle à l'oreille :

— Peux-tu venir une seconde ?

Elle sort dans le hall pendant que les autres s'installent au salon. Éric la suit après avoir dit :

— *Niente caffè per me*, Domenico. Demande à nos amis s'ils souhaitent du café ou des tisanes… Et n'allume pas toutes les lampes. On voit mieux le canal.

La chambre rose du palais d'Albarosa doit son nom à une tenture qui n'est plus rose depuis longtemps. L'obscurité presque constante où elle est tenue n'a pas suffi à protéger les tendres couleurs des tapisseries tricentenaires qui auraient leur place dans un musée. *Le Belle Arti* (Beaux-Arts) ont proposé plusieurs fois à Éric de le débarrasser de ses soucis en transformant le *palazzetto* en *bien culturel national* moyennant quelques visites payantes aux heures les plus commodes pour lui. Il n'arrive pas à s'y résoudre. Il serait le premier d'Albarosa à figer cette demeure en objet du passé. De toutes les chambres de l'étage *noble*, le premier, la rose est la plus impersonnelle. Même la comtesse n'y dormait pas, bien que cette chambre matrimoniale fût la plus belle de la maison. Le souvenir du pianiste hongrois y traîne peut-être encore, à moins que l'austérité de la pièce n'ait fait fuir le pianiste ? Tout semble disposé pour des rois. Le grand lit à baldaquin est un trône. Les hauts fauteuils sont prolongés par des poufs. Les tables vous arrivent sous le menton. Le mobilier et les ancêtres aux murs vous regardent du haut de leur implacable grandeur.

Ariel entre sans bruit et cherche Lena dans la semi-obscurité : les meubles astiqués reflètent les lumières du canal filtrées par le voilage qui volette devant la fenêtre entrouverte. Lena n'est pas couchée. Elle est assise sur une chaise, droite comme une Madone.

— Lena chérie, comment te sens-tu ? dit-il en russe.

Le russe est une langue chantante dont les mots d'affection ont un effet thérapeutique.

— Mieux, Ariel. Je t'attendais.

— Veux-tu manger quelque chose ? Je puis descendre demander à…

— Non. Reste avec moi.

Ariel s'assied sur un repose-pied à bascule, arrachant un petit rire à Lena. Il est trop comique, les genoux contre le visage comme un skieur en descente. Elle lui caresse la tête et se penche pour lui prendre les mains.

— As-tu trouvé quelqu'un ?

— Oui. La femme du consul. Elle était en robe de chambre et croyait que je voulais la dévaliser. Elle m'a donné dix mille lires. J'y retournerai. Ne t'inquiète pas. On va se débrouiller. Je vais chercher du travail pour gagner un peu d'argent. Avec le tourisme, ils doivent bien avoir besoin de gens pour laver la vaisselle. Si ces salauds ne nous avaient pas volé nos instruments, nous aurions pu jouer devant les restaurants...

Ariel s'interrompt. Lena a pâli. Elle se fait prier devant la famille, comment pourrait-elle jouer dans la rue !

— Sois sans crainte, Lena. Je ne t'aurais jamais contrainte à des choses comme ça, dit-il, en lui pinçant la joue.

Une porte claque en bas. Ariel se relève et va voir. La femme blanche et le maître de maison sont sortis de la salle à manger. Ils discutent à voix basse, appuyés contre le mur, au pied de l'escalier. Le ton monte et leurs voix parviennent à Ariel par bribes :

— ... Tu es folle... Plus de vol ce soir... Tu n'y changeras rien !...

— ... On voit que ce n'est pas ton fils... Chez moi, boulevard des Invalides... Il est au poste en ce moment. Je vais y aller en voiture... envoyer de l'argent.

— Arrête ton numéro de Mère Courage, fait le monsieur, hors de lui.

La dispute bat son plein. Ariel entend parfaitement les voix amplifiées par la cage de l'escalier.

— Puisque tu dis qu'il suffit d'envoyer l'argent de la caution, qu'est-ce que ta présence changera, pauvre pomme ? Tu sais bien que Laurent ne voudra pas te voir.

— Il faut étouffer l'affaire avant qu'un journaliste ne s'en mêle. Et puis, je dois reconnaître les objets et les bijoux.

— Ne me raconte pas de craques. Tu m'as dit qu'ils n'ont rien pris. Appelle ton agent. Qu'il aille payer la caution si ça te chante. Si j'étais toi, je laisserais ce chenapan mijoter quelque temps en prison. Il comprendra peut-être enfin ce que sa crétine de mère lui évite depuis des années.

— Demander du fric à Pascal ? Tu plaisantes ? Je lui en dois. Et il n'a pas eu le premier versement du film puisque les contrats sont ici, pas signés. Il ne bougera pas le petit doigt.

— Écoute, ma vieille. Regarde la situation en face. Epstein crâne avec son Wilson Robin qui apporte la coproduction avec la MTCA, mais il manque encore cent millions. Ils comptaient les trouver sur les ventes à l'étranger mais les Américains en bouffent certainement une partie. S'il y a le moindre pépin en ce moment, Grandville est capable de tout envoyer promener. D'autant plus qu'on se méfie de toi, si tu veux savoir, depuis l'histoire des assurances pendant ton dernier film...

— Tu ne vas pas énumérer mes péchés, maintenant. Tu ne crois pas que j'en ai assez entendu pour ce soir ?...

Des gens de cinéma. Ariel aurait dû s'en douter.

Quelque chose d'anormalement fastueux flottait autour de ces personnes. Cette femme est une actrice, une vedette connue. Qui ? Lena saurait sans doute, elle qui voyait tous les films européens à l'école de musique de Koutaïs, quand il y avait des projections exceptionnelles pour les étudiants. Des journées de queue pour avoir les billets. Il n'avait jamais eu cette patience. Une diva française. Possible que Lena ne l'ait jamais vue non plus, les films français sont souvent coquins et n'arrivent pas facilement dans nos républiques soviétiques puritaines. Les types du Parti les voient, eux, c'est sûr, mais le peuple doit croire aux cigognes et à la vertu.

— Ary ! Qu'est-ce que tu regardes ? appelle doucement Lena.

— *Nitchevo.* Le monsieur avait des invités. Ils s'en vont.

Epstein et Joëlle, Rémi et Xavier viennent de sortir du salon. Les hommes fument les Davidoff d'Éric. Domenico apporte les manteaux et les fourrures. La belle dame et le monsieur se sont tus. Elle a changé d'expression, elle s'est redressée et tient la tête comme un cygne altier. Quelle transformation. À quelle rapidité. C'est cela une actrice.

Ariel appuie son front contre le chambranle de la porte pour ne rien perdre du spectacle mais sa veste accroche la clé qui vibre en tombant sur le plancher de marbre. Éric lève les yeux et voit le garçon là-haut. *Santo Cielo.* Ceux-là. Il les avait oubliés. Leurs regards se croisent.

— Venez, fait Éric, avec un geste de la main, pour rompre la gêne qui se prolonge.

Ariel sort de la chambre en refermant la porte derrière lui. La descente de l'escalier dure-t-elle une heure, une minute, une vie ? Il ne saurait le dire, paralysé par ces étrangers élégants qui le détaillent, là, en pleine lumière.

— Ariel, se présente-t-il à Mélusine, en rougissant.

Mon petit secouriste n'était donc pas un larbin. Éric l'a mis dans la chambre rose. Où l'a-t-il pêché, celui-là ? Charité ? étudiant de l'Idhec ? ou les deux ? Toujours la porte ouverte à ses admirateurs affamés. Ariel? Ce n'est pas un nom italien. Il doit venir de plus bas, Yougoslavie ou Turquie. Il n'y a qu'à voir ses vêtements. Ce pantalon marron boudiné avec cette veste grise informe. Les Italiens les plus pauvres n'ont pas si mauvais goût. Je parie que tu vas le rhabiller complètement, mon pauvre Éric. Un cobaye parfait pour tes affreuses leçons de culture cinématographique. Un faux air de mon fils? Non. De son père plutôt quand il était jeune, ce bandit de Blasco qui a tellement enlaidi avec ses cheveux teints. Heureusement que tu n'as pas hérité de lui, Laurent. Je reconnais dans ton acte vindicatif le caractère de ta mère. Nous sommes les mêmes, toi et moi. Indomptables et fragiles…

*

Mélusine saisit le bras d'Ariel et l'entraîne vers la sortie du débarcadère :

— Vous nous accompagnez, hein ? lance-t-elle à l'intention d'Éric et de son jeune hôte.

Éric n'en avait aucune envie et pensait charger Fulvio de cette corvée. La fatigue de la journée doublée de l'épreuve du dîner lui pèse sur la nuque. Mais il y a ce garçon… Comment l'abandonner aux griffes de Mélusine, capable du pire, ce soir ?

Mélusine, tu es une star. Ce n'est pas à moi que tu l'apprendras. Mais quand comprendras-tu que tu l'es beaucoup plus en arrivant ponctuelle sur le set, donnant à tous une leçon d'efficacité et d'éducation qu'en te servant des individus comme de pions sur ton jeu de dames ? Tu te sers, hein, comme à l'étal d'un marchand de quatre-saisons, une pomme, une orange.

Tiens, une botte de radis, à croquer tout de suite, dans la rue, quelqu'un passera payer plus tard... Moi, je suis une reine, je ne paye pas, je n'ai jamais sur moi ces papiers crasseux que vous appelez l'argent.

Dans la vie, tout se paye, ma chérie. Tu peux aussi tomber sur un os, un radis amer qu'il faut vite recracher. Je ne suis pas sûr que ce garçon se prêtera si aisément à ton jeu. Sait-il au moins qui tu es ? Mais je te laisse vérifier ton pouvoir de femme. Tu en as peut-être besoin, après cette lourde soirée. Demain, nous serons des deux côtés d'une caméra, pour la première fois depuis...

Ariel lance un regard interrogateur vers son hôte, qui lui met une main sur l'épaule.

— Allons-y, dit Éric, avec un sourire. Ce n'est pas loin. Il n'y en a pas pour longtemps.

Ils embarquent. Sauf Xavier. Il ira à pied à la gare chercher les premiers journaux du matin pour voir les articles récoltés de la conférence de presse.

Mélusine tient le bras d'Ariel entre ses mains croisées. Elle ne le lâche pas de toute la randonnée, tassée contre lui au fond de la cabine. Ariel sent son corps chaud à travers la fourrure. La course se déroule sans un mot. Ariel tente de voir le paysage brouillé par les éclaboussures sur les carreaux. Il y renonce et baisse les yeux pour ne pas avoir l'air de dévisager ses voisins.

Ils abordent au ponton du Gritti. Nicole les attendait avec impatience : Roger, le régisseur, a eu un accident. Il a été tabassé par un peloton de photographes qui vengeaient leur copain hospitalisé avec trois côtes cassées. Ramassé par les garçons de l'hôtel, il gît, là-bas, dans un coin de l'entrée.

Mélusine abandonne le bras d'Ariel et se précipite vers le blessé, très mal en point avec sa lèvre ouverte et en état de choc malgré sa carrure. On a appelé un médecin, qui tarde à arriver.

— Appelez Police-Secours. *Pronto Soccorso*, ça s'appelle ici, non ? Vous ne voyez pas qu'il a besoin d'une ambulance ! s'énerve Mélusine.

Elle fait apporter un alcool, une couverture et une bouteille de glace pour soulager les bosses de Roger, qui respire mal à travers son nez écrabouillé. Elle est à genoux devant lui, sincèrement bouleversée, une sœur. Tout est un peu sa faute. C'est elle qui méritait le cassage de gueule, pas lui. Mauvaise soirée, Mélusine, mauvaise série. Il faut quitter la table, comme lorsqu'au baccara les numéros s'acharnent.

Un réceptionniste s'approche discrètement :

— On vous demande au téléphone, *signora* Marvel. De Paris.

Mélusine a un mouvement d'impatience, puis elle se raisonne :

— Passez-le-moi dans ma chambre. Nicole, prends ma place.

Elle se relève doucement, caresse une dernière fois le front de Roger, et confie à Nicole, en larmes, le verre de cognac qu'il boit à petites gorgées avec une paille, pour ne pas brûler ses lèvres tuméfiées. Elle se dirige vers l'ascenseur. Elle a oublié Ariel. Elle a oublié sa carapace de star et monte vers sa croix, la tête courbée dans sa cage comme une colombe endormie.

*

Ariel la suit du regard, replié derrière une porte vitrée. Son cœur a battu sans qu'il se l'explique. Il en a le souffle court et un plaisir étrange lui parcourt l'échine. Lena, ma chère Lena, comment vais-je te raconter cela ?

L'accident de Roger a provoqué une belle pagaille. Epstein s'affole pour une question d'assurances, le film n'est pas encore commencé. Par économie, il a limité la couverture de la police à la durée des prises de vues, donc à partir du 9. Éric s'inquiète de savoir qui accompagnera Mélusine demain sur le set à Murano. Rémi redoute un boycottage de sa conférence de presse. Nicole craint pour la sécurité de Mélusine, en noircissant le tableau. Ariel écoute, observe, tous ses sens aux aguets.

Xavier revient de la gare avec une brassée de journaux. Rien encore dans les journaux italiens. En revanche, Mélusine est à la une des quotidiens français. Le cambriolage de l'actrice par son propre fils claque en titres tapageurs. Rémi, assis sur une banquette, regarde les journaux étalés par terre avec un mélange de peur et de fierté. Sa cliente est à la une. Il capte le coup de phare sur elle et sur lui-même, mais il ne faut pas perdre la tête. Comment contrôler la situation ? L'élément nouveau n'est pas des moindres. Mélusine n'a pas toujours été l'actrice des bons foyers français, mais elle ne doit pas en devenir l'opprobre. On doit aller la voir au cinéma le samedi avec la famille au complet.

Première mesure : la protéger des petits journalistes et des paparazzi qui vont l'assiéger dès cette nuit. Avec les Italiens, il faut se méfier, ils sont capables de passer par la fenêtre, même si les employés du Gritti ont reçu pour consigne de bloquer les entrées. Et Roger est *kaput*.

— Puis-je mettre mes services à votre disposition ? demande Ariel, dans son bon français d'école.

Éric et Epstein se regardent.

— Mais oui ! fait Éric, immédiatement. Voilà une bonne idée. Notre cher Ariel pourra monter la garde, ce soir. Nous pouvons compter sur lui.

Éric se doute bien que ses jeunes hôtes ont besoin d'argent. Pendant la conférence de presse, il avait pensé à eux une seconde et s'en était voulu de ne pas leur en avoir proposé. Fiers comme ils étaient, ce ne serait pas facile de les aider : l'occasion est une aubaine.

— Que lui donnerez-vous, Philippe ? Cent mille lires ? Continue-t-il, sans tenir compte de la tête du producteur, plumé d'office.

— Entendu, répond, contraint, Epstein. Je vous les donnerai demain.

— Ne disons rien à Mélusine, ce soir, décide Éric. Il faut protéger son sommeil.

— Absolument, fait Rémi, investi tout d'un coup d'un destin humain. Comptez sur moi, tout se passera bien. Ariel, suivez-moi.

Ariel serre les talons dans un réflexe de service militaire et présente, pour entrer dans ses fonctions, le visage le plus viril. L'ambulance est arrivée avant le médecin, c'est une péniche grise avec une croix rouge peinte sur un bord. On embarque Roger. Éric signe les papiers à la place d'Epstein, monté téléphoner dans sa chambre. Ariel a disparu dans l'escalier, encadré de Rémi et de Xavier.

Éric reste seul une minute dans ce hall si familier rendu à sa tranquillité. Le plus bel hôtel du monde, pense-t-il, transformé ce soir en plateau d'opéra-bouffe parce que lui, Éric d'Albarosa, a voulu tourner *Othello* sur les lieux de son enfance.

*

Rémi quitte Ariel avant d'aller se coucher en lui disant : « Bonne nuit. Bon travail ! »

Bon travail !… Un drôle de travail ! Ariel sourit de sa situation : à deux heures du matin, dans le couloir d'un hôtel vide où même les tuyaux de chauffage se sont tus, le voilà au chevet d'une grande actrice vilipendée par les journaux.

Rémi avait installé Ariel devant la suite 109-110 avec des recommandations quasi policières. Tout juste s'il ne lui a pas donné un plan de l'étage, des sorties de secours et de la suite : trois pièces d'affilée sur le canal, reliées par une entrée, la porte 109. La 110, habituellement bloquée, n'est ouverte qu'au cas où la deuxième chambre est louée toute seule. Dans le couloir, à l'angle de l'escalier, un canapé et deux fauteuils rococo sont disposés autour d'un guéridon où se dessèche un bouquet de mimosa précoce. De chaque côté d'un portrait d'un *condottiere*, deux bras noirs surgissent du mur : Othello veille sur Mélusine de ses inquiétantes lanternes baroques surgies d'outre-tombe.

Ariel a pour mission de surveiller les entrées de la suite et l'escalier. S'il arrive quoi que ce soit, Nicole, l'habilleuse personnelle de Mme Marvel, se trouve au numéro 103, au fond du couloir. Rémi est juste en face, au 107. La 115, devant l'ascenseur, est occupée par le producteur, Philippe Epstein. Lui, mieux vaut ne pas le déranger.

Quelle aventure. Le voilà détective d'occasion en Occident après avoir fui l'espionnage permanent du communisme. La vie ne manque pas d'ironie. Ce ne sont pas toujours les mêmes qui sont surveillés. Ariel pense à sa mère : elle serait fière de voir son Ariel, royal dans ce beau fauteuil, à la veille d'une expérience importante. Éperdue de confiance et d'amour pour son unique fils, elle le voit marqué par la bonne étoile depuis sa naissance.

Une étoile jaune, en tout cas, qu'il portera à sa boutonnière éternellement, et dont il faut tirer profit plutôt que de la masquer. Voilà ce que sa génération a compris. Il faut vivre !

C'est pour vivre qu'Ariel et Lena ont quitté l'Union soviétique. Ariel Goral est né en Géorgie il y a vingt-deux ans. Avant les grandes déportations de Staline, Koutaïs comptait une large population juive. Avec leurs longues papillotes, ils préservaient une tradition bien connue. L'antisémitisme russe est moins sensible en Géorgie, où les types bruns au teint foncé courent les rues, et où la cohabitation de deux religions, la musulmane et l'orthodoxe, a habitué la population à une plus grande tolérance. Le père d'Ariel est professeur de solfège au conservatoire, et compositeur non joué. Un brave homme, honnête, ce qui n'est pas le cas de certains cousins, introduits dans toutes sortes de combines avec le Parti et riches en devises.

Quand le décret passa selon lequel les Juifs de Géorgie pouvaient demander le visa pour Israël à condition d'en payer les frais exorbitants, la nouvelle ne fit pas sensation dans la famille Goral. Ils étaient heureux ou se considéraient comme tels, et ne songeaient pas à quitter l'Union soviétique. Chez Ariel, en revanche, l'idée tourna à l'obsession. Ses études de médecine en souffraient. Il sentait l'appel de l'Occident.

Cela devint la grande affaire de la famille. Qu'il parte d'accord, mais pas seul. Lena en serait morte de chagrin : elle ne vivait que pour lui. Son talent de violoncelliste donnait à espérer bien qu'elle fût totalement dépourvue d'ambition. Le violoncelle était pour elle un simple compagnon, pas un moyen de réussir. La décision fut donc prise qu'ils partiraient ensemble, dès que les papiers arriveraient, avec la promesse de revenir s'ils étaient déçus. Ce fut le branle-bas de combat. Chacun était chargé d'une tâche : qui de faire les démarches, qui d'écrire à l'oncle Samuel émigré à Tel-Aviv depuis cinq ans, qui de confectionner une garde-robe pour cette grande aventure. Les cousins filous se révélèrent plus généreux que prévu et procurèrent les dollars nécessaires, ou du moins la partie manquante. La babouchka et les tantes écrasaient des larmes dans leurs cuisines mais s'affairaient à repriser les lainages et à tisser les tapis sans lesquels il était impensable de partir. On leur fabriqua même de la confiture de rose, de préparation fort compliquée, sûrement introuvable ailleurs qu'en Géorgie.

Les documents arrivèrent enfin. L'État d'Israël payait le voyage à partir d'un des centres d'hébergement où ils seraient accueillis en attendant le visa israélien : Rome, Paris ou Vienne. Ils choisirent Vienne. On leur fit remplir toutes sortes de papiers, des promesses, des engagements tant moraux que politiques qu'ils signaient, souvent sans comprendre, sur les conseils d'amis juifs plus férus en la matière.

Le jour du Grand Départ arriva. Tout le monde s'habilla comme pour un Kippour sans s'être donné le mot. Les hommes mirent leur calotte, même les non-croyants. Ariel n'arrivait pas à savoir s'il était heureux ou pas, tant la confusion était grande, mais la machine était en marche.

Ils arrivèrent à Vienne après un long voyage, alourdis par la quantité de bagages et tous les cadeaux de dernière minute empaquetés séparément. Dès le premier train pour Tbilissi, ils distribuèrent les grosses brioches aux amandes et les pots de miel aux passagers du compartiment. Ils auraient souhaité qu'on leur volât quelques-unes des valises de cartons ajoutées à la malle trop pleine, mais ils ne se séparaient jamais de leurs instruments : dans le double-fond des étuis, une astucieuse cachette avait été aménagée pour les papiers et l'argent. Le violon d'Ariel était moins commode qu'un portefeuille, mais il passait par les portes. Avec le violoncelle de Lena, c'était autre chose. Que de fous rires quand ils se regardaient, chargés de la tête aux pieds comme des arbres de Noël, bloqués dans un couloir de train ou dans un escalier roulant. Ils étaient jeunes et unis. Tous les malheurs tournaient à la rigolade, dans cet esprit de dérision qui met les exilés au premier rang de l'humour.

Ariel avait craint la timidité maladive de Lena, mais il s'aperçut que dans les grandes épreuves elle montrait un courage et un sang-froid inattendus. Certes, elle ne parlait pas de langues étrangères et dépendait beaucoup de lui pour cela. Au lycée, Ariel avait appris le français et il se débrouillait en allemand et en anglais. Mais Lena, à part le russe et des notions d'anglais, ne parlait que le géorgien et le yiddish, si ce n'était quelques mots de turc, bribes de chansons d'enfants et de berceuses, qu'une parente d'origine ottomane lui avait appris. Ils restèrent six mois à Vienne, dans un camp confortable où rien ne manquait. Toutes les organisations juives du globe y déversaient les choses les plus insensées : skis de fond, pantoufles philippines, allume-cigares et même des extincteurs individuels. Ariel avait enfin le temps de jouer du violon avec Lena. Il faisait des progrès remarquables, disait-elle.

De Vienne ils obtinrent un premier visa pour Israël. Mais le voyage n'était pas payé. Ils firent leurs comptes et découvrirent par une agence universitaire qu'en voyageant en bateau par escales ils économiseraient presque la moitié de la dépense. Un premier bâtiment grec de Venise ou de Trieste devait les transporter à Athènes. De là, une ligne israélienne rejoignait Tel-Aviv en dix jours avec une escale dans chaque port de la Méditerranée, mais à un prix dérisoire.

Ils optèrent pour Venise. L'occasion ne se retrouverait peut-être jamais de voir cette ville unique. La saison était encore belle. Ils se réjouissaient de faire ce long voyage en mer. Lena était heureuse. Ariel, lui, était impatient. Son destin le convoquait ailleurs, dans un endroit ignoré.

En attendant, comment lutter contre le sommeil, dans ce siège de velours trop mou ? Il ne se passe rien au seuil d'une star. Où sont tous les journalistes qui devaient affluer par milliers ? Les photographes maquisards à l'assaut ? Il s'allongerait bien sur le canapé mais il a peur de le salir, avec ses chaussures tchécoslovaques éculées. La moquette ? Dans le coin d'ombre derrière le canapé ? De cette planque, il sera tout aussi vigilant…

*

La robe grise, prêtée par Domenico en échange de ses vêtements mouillés lors de son plongeon malheureux dans le canal, avait appartenu, avait compris Lena, à la maman de M. Éric. Quoique vieillots, la coupe et le tissu étaient superbes et le corps qui avait porté la toilette n'avait laissé aucune trace, sauf un léger parfum de talc à la lavande à peine couvert par la naphtaline. La couleur n'allait pas beaucoup à son teint de brune, mais le contact de la soie épaisse donnait à la jeune femme un plaisir inconnu qu'elle ne s'avouait pas tout à fait : le luxe en toute chose était pour elle synonyme de péché.

Quand Éric frappa légèrement à la porte de la chambre où elle avait passé la journée sans sortir, elle sursauta : il était arrivé quelque chose. Éric lui expliqua lentement en anglais qu'Ariel ne rentrerait pas cette nuit, mais elle ne comprit pas bien pourquoi. Il répétait sans cesse «*job*», «*money*», «film» et «hôtel Gritti», mais les quatre choses ne lui paraissaient pas coller ensemble. Éric faisait preuve d'une gentillesse excessive peu rassurante. Touché par le mutisme apeuré de la jeune fille, il lui prit la main pour l'entraîner dans la cuisine, en bas. Il fallait qu'elle mangeât quelque chose. Elle refusa les œufs au plat ou le *bollito* réchauffé, mais accepta un verre de vin et une brioche au sucre préparée pour le petit déjeuner du lendemain.

Ils restèrent assis en silence dans la grande cuisine où brillaient au mur une collection de casseroles en cuivre, fierté de Domenico. Une large cheminée avait été transformée en hotte pour les deux cuisinières, l'ancienne à bois et la moderne à gaz. Domenico avait mis longtemps à utiliser la nouvelle Zanussi et continuait à faire vivre la fonte du vieux poêle malgré la difficulté de trouver du bois à Venise. Éric se moquait de lui affectueusement : faire la cuisine pour deux personnes – et souvent une seule car Éric dînait dehors fréquemment – ne justifiait pas tout ce trafic d'allumage, de nettoyage et d'entretien. Mais au fond, il lui était reconnaissant de ne pas interrompre les habitudes de sa mère. Le feu qui brûle toute la journée sous les faïences est le cœur de cette maison glacée. Tant qu'il marche, l'ankylose fatale est repoussée.

Lena s'appliquait à manger la bouche fermée, rigide. Aucune miette n'était accrochée à ses lèvres qu'elle effleurait avec une petite serviette de dentelle sans l'avoir dépliée.

— Elles vont dans la machine à laver, dit Éric, ne vous inquiétez pas…

La phrase n'était pas très heureuse. Que savait-il des machines à laver et des dentelles ?

Elle toucha son front du bout de ses doigts aux ongles courts de violoncelliste. Éric se réjouit de l'effet rapide qu'exercerait Il Palagio, le chianti de son ami, le duc de San Clemente, sur le sommeil de la jeune femme. Il la raccompagna dans sa chambre, s'assura qu'elle avait assez de couvertures, Venise est frigorifiante la nuit, et lui baisa la main.

Lena tournait et retournait dans sa tête les quelques mots qu'elle avait compris et tentait de se projeter là où se trouvait Ariel. En pleine nuit, dans un hôtel ? Il y avait un bal ? On avait eu besoin de serviteurs d'appoint ? On tournait une scène nocturne et on l'avait recruté comme figurant ? Avec son beau visage, on l'avait remarqué, ce n'est pas surprenant.

*

Dans l'obscurité de sa chambre, et malgré deux cachets, Mélusine ne dort pas. Elle a massé son visage avec la crème de nuit à l'huile de vison, composée à la main pour sa peau par la *signora* Franci, sans omettre un centimètre carré, selon les règles enseignées par l'esthéticienne de Turin fréquentée par les femmes les plus élégantes du monde. Elle avait espéré trouver en ces gestes patients et rituels le sommeil dont elle a tant besoin. Mais rien à faire. Le visage de son fils revient à son esprit, accusateur et lancinant.

Où es-tu, petit con ? Dans un cachot sans air ? Au fond d'une oubliette avec des rats ? Ma vision des prisons est sans doute archaïque, mais que veux-tu, j'en suis restée au Comte de Monte-Cristo *et à* La Chartreuse de Parme. *Ou au film de Bresson,* Un condamné à mort s'est échappé. *Ou* Le Trou, *de Becker. Je sais. Le cinéma, ce n'est pas la vie, je suis vieille et démodée, tu me l'as assez dit. La vie, à te croire, c'est autre chose. C'est venir dévaliser maman pour montrer aux copains qu'une star c'est de la merde, même si elle est ta mère. Un parasite de la société, surpayée et ennemie du peuple ! Juste bonne à traire, comme une vache à lait. Tu leur as dit, à tes camarades, que tu perçois cinq mille francs nouveaux tous les mois, directement versés sur ton compte pour t'éviter l'humiliation de venir les chercher ? Et les petits rôles que tu as joués dans les films, avec des cachets disproportionnés, tu leur as raconté comment tu les avais obtenus ?*

Mais tu as raison, mon psychanalyste te donne raison, tout est ma faute. Je suis une mère catastrophique. Je t'aimais, dès ta naissance. Un beau garçon de trois kilos et demi, sans une marque de forceps, un bébé d'exposition que les voisines de clinique venaient photographier au risque de créer des traumatismes de jalousie précoce chez leurs propres rejetons. Comme tu étais mignon, comme j'étais enviée, et comme tu me dérangeais. J'étais seule à Paris, sans argent. Je dus me résoudre à te mettre en nourrice chez les sœurs de l'Institut Claire-Fontaine qui ont tant de dévouement mais si peu de moyens. Je me sentais tellement en faute que je te reprenais dès que je pouvais, mais ma vie était trop déréglée pour un enfant en bas âge. La valse des collèges et des pensions suivit. Les suisses, les belges, les riches, les pauvres. Rien n'y changea : tu t'acheminais vers la délinquance, il n'y a pas d'autre mot, même si le Dr Eisenberg trouve que j'exagère et que mon anxiété est la cause de tous les maux. L'amour, c'est l'inquiétude… Qui est l'idiot qui dit ça ? Je t'aimais, mais tu m'embêtais et je ne t'ai rien sacrifié. Je me souviens d'une phrase que tu me dis un soir pendant que je te lisais un de tes mortels livres pour enfants : « Si tu n'as pas envie, maman, ce n'est pas la peine. » Ton petit ton sévère me fit sourire, mais me perça le cœur. Tu avais raison. J'étais en dessous de tout. Une mère ingrate qui fait son devoir sans retenir ses bâillements. Je fuyais, je te fuyais, je fuyais mon image de mère reflétée dans tes grands yeux amoureux. Ta jolie maman aux robes froufroutantes, pressée de te souhaiter une bonne nuit pour rejoindre un benêt endimanché en carafe dans le salon.

Je commence à avoir la tête lourde. Quelle merveille, ce tranquillisant. J'en ai peut-être trop pris. Pourvu que ça ne me fasse pas somnoler demain, pendant la première journée de tournage avec Éric. Mon cher Éric… Le palazzetto *a changé, même si tu n'as pas bougé un meuble. Ça sent le moisi…*

4

Nuit rouge

La sonnerie grêle des téléphones sophistiqués récemment installés par la Ciga tinte dans la chambre de Nicole, au fond du couloir. Ariel se réveille aussitôt et voit à sa grosse montre soviétique qu'il est six heures moins le quart. Il s'était endormi au pied du canapé. Il s'étire, fait des mouvements pour dégourdir ses omoplates ankylosées et se rassoit convenablement dans le fauteuil, en espérant que ses cheveux n'ont pas pris un trop mauvais pli du côté sur lequel il s'est allongé. C'est l'inconvénient des cheveux drus comme les siens, abondants, mais pas faciles à dompter.

La même sonnerie se fait entendre quelques minutes plus tard dans la chambre de Mélusine Marvel – Ariel a découvert le nom complet de sa prisonnière dans les titres des journaux de la veille. Ce nom lui dit vaguement quelque chose, très vaguement. Il ne faudra pas faire de gaffes, les divas sont susceptibles. Au cours de psychologie, on avait souvent étudié le comportement des personnages publics et le culte de la personnalité. Un problème capable de mettre le monde à feu et à sang.

Tandis que ces pensées philosophiques assaillent Ariel de bon matin, les bruits d'eau de l'autre côté de la porte le ramènent à la journée naissante. Que lui réserve-t-elle ? Difficile de surpasser celle d'hier… Un petit cafard noir se promène le long de la plinthe, à l'endroit même où il a dormi. Ariel l'observe avec attendrissement. Il y a les mêmes à Koutaïs, un peu plus gros. *Tu n'as pas eu besoin de visa, toi, pour être ici. Tu ne peux pas apprécier ton bonheur.*

La porte s'ouvre. Mélusine apparaît, méconnaissable dans un jean et un blouson. Ariel s'est levé, comme un écolier à l'entrée de la maîtresse. Elle écarquille les yeux, interdite, ravissante sans son maquillage.

— Qu'est-ce que vous fabriquez là ?

Ariel, la gorge sèche après la nuit dans ce couloir surchauffé, dit dans un filet de voix :

— M. Rémi et M. Éric…

Mélusine a compris. Elle claque la porte et bondit :

— Les fumiers ! Me mettre un chien de garde, à moi ?

— …

— Me coller un flic, c'est bien ça, non ?

— …

— Eh bien, dites quelque chose. Vous vous sentez morveux, hein, à faire le mouchard pour dix sacs ? Vingt, allez. Éric est généreux. Oh mais, ça ne va pas se passer comme ça.

La séductrice d'hier a totalement disparu. Ariel voudrait bien s'expliquer, répondre à cette furie, lui parler des articles sur son fils, mais il n'ose pas, coincé près de son fauteuil. Par bonheur, Nicole, sortie de sa chambre, vient à sa rescousse.

— Attends, chérie, intervient-elle calmement, il faut que je t'explique…

Elle connaît sa patronne. Le premier jour d'un film, il faut la prendre avec des pincettes. Mélusine n'écoute pas et s'élance vers la porte 115.

— Philippe, ouvre-moi, fait-elle, en tambourinant sans douceur.

Et elle ajoute à voix basse :

— Réveille-toi, gros porc.

La porte s'ouvre enfin. Epstein apparaît, enroulé dans une serviette trop petite qui risque de dévoiler sa virilité d'une seconde à l'autre.

— Qu'est-ce qui se passe ?

— Veux-tu me dire ce que faisait ce type devant ma porte cette nuit ? fait Mélusine, en plein acte III.

— Quel type ? répond Epstein, sincèrement ailleurs.

— Ne fais pas l'imbécile ! Qu'est-ce que c'est que cette histoire ! Vous me gardez à vue, maintenant ? Ce n'est pas une production, c'est une tôle !...

Epstein se penche pour identifier Ariel planté derrière Mélusine.

— Écoutez, madame Marvel, je ne suis au courant de rien. C'est Éric qui a tout organisé avec Rémi, je ne sais pas qui est ce garçon...

— Je vais te le dire, moi, qui est ce minet ! Éric...

— Je m'en fiche, moi, de savoir qui est ce type, dit Epstein, en claquant la porte. Laissez-moi tranquille avec vos histoires de cul !...

Invaincue, Mélusine dévale les escaliers, suivie de son escorte, et traverse le hall au pas de la Callas dans la *Tosca.* Elle se dirige vers les bureaux installés dans les deux petits salons aimablement sacrifiés par la direction de l'hôtel pour la production. Il y règne déjà un fourmillement de premier jour de tournage. Delaunay, en blouson Cardin, épingle sur le mur un plan de travail en trois couleurs fini cette nuit dans sa chambre. Un grand orgue de colonnettes rouges et bleues qui trace le destin de trente-cinq personnes pendant deux mois. Le second assistant en admire la perfection tout en se demandant où il va dénicher le week-end libre dont il a besoin pour faire un saut à Paris signer l'acte de vente de son studio dans le XVe. Samson, le directeur de production, déplace une table avec le régisseur. Il lui faudra un coin tranquille pour ses téléphones, trop d'oreilles traînent dans la première pièce. Éric est là. Son visage émacié par une nuit sans sommeil lui donne une beauté princière. Avec son battle-dress brun et son écharpe claire posée sans maniérisme sur les épaules, il pourrait être la vedette masculine du film, un personnage raffiné, élaboré avec toute la science des meilleurs costumiers.

Mélusine pousse Delaunay et attaque :

— Alors, Éric ! Tu es fier de toi ! Tu as eu la trouvaille de l'année ! Un sbire, maintenant ! Est-ce qu'il a des menottes au moins ? Tu fais vraiment tout pour que je commence ce film de bonne humeur ! Ça ne t'a pas suffi, hier…

Éric l'interrompt brusquement et l'entraîne dans le couloir en la tenant si fermement par le bras qu'il la fait gémir.

— Écoute, ma belle, tu vas te calmer, sinon, je te renvoie à Paris pour de bon. Et si je te fais garder, tu devrais me remercier : ton charmant fils a appelé les journalistes et tu es à la une de tous les journaux. Alors, j'aime mieux te dire que tu as intérêt à te faire toute petite et ne pas nous casser les pieds outre mesure. Oui, je t'ai fait garder, je crois que j'ai de bonnes raisons pour craindre tes conneries. Et je vais même te dire, Ariel était là pour cette nuit, eh bien, nous allons le garder pour la semaine, pour tout le film si nécessaire, n'est-ce pas, Ariel ? dit-il, en se retournant vers le jeune homme qui assiste à la scène à l'écart sans perdre un mot.

« Tenez ! dit Éric, en lui tendant un billet de cent mille lires. Prenez déjà ça pour cette nuit, vous en aurez autant chaque jour. Soyez ici, ce soir, à dix-huit heures, sans faute. »

Mélusine s'éloigne, muette. Elle a été rabrouée devant tous, le premier jour de tournage.

Le Chris-Craft de la production ballotte au ponton de l'hôtel, là-bas, au bout d'une enfilade de couloirs. Ariel jette un dernier coup d'œil à sa future protégée. Sa silhouette se balance au rythme de sa démarche de cow-boy femelle sur ses bottes à hauts talons. Ariel éprouve le même pincement chaque fois que cette femme s'en va. Pourquoi ? La féminité extrême d'une actrice ?

*

— Moi, il commence à me chauffer les bonbons, le génie ! clame Jojo, en entrant dans le hangar où sont empilés en vrac les tronçons de rail, le matériel caméra et les projecteurs en réserve. C'est le troisième changement pour ce plan. D'abord un travelling circulaire. Une demi-heure pour le caler sur les planchers gondolés de cette baraque pourrie. Ça n'allait pas. Le mouvement de caméra était si compliqué qu'on voyait les rails à tous les coups. On monte le dolly*, c'est trop haut. On change de pied. Il faut démonter les rails, on les voit même comme ça. On démonte le circulaire, vingt minutes, v'là-t-il pas que Monsieur a changé d'avis. Il faut un bout de travelling rectiligne. Le directeur photo a proposé qu'on utilise un léger zoom. Pas question. Le d'Albarosa veut pas qu'on prononce ce mot devant lui. Quelle horreur, un zoom, tu comprends. Les plus beaux films américains sont faits avec, mais, pépère, il en est resté à Méliès. Pas de zoom dans ce film. Que des travellings et des plans séquences. On va se marrer.

---

* Charriot élévateur pour caméra.

Dernière nouvelle, le foutu travelling rectiligne est nase. Ils tournent la scène en plan fixe. On a bossé deux heures pour que dalle.

— Ça commence bien, dit Bébert, qui déballe son matériel de camping pour faire du café au cercle fermé des ouvriers qui fréquentent ce hangar. On s'en tape, après tout. C'est leur pognon. Si ça les amuse de faire joujou, qu'ils ne se dérangent pas. Mais les heures sup, ça, nisba. Avec tout le boulot d'installation qu'on s'est coltiné à l'œil samedi et dimanche, ils n'ont pas intérêt à me demander des heures sup.

— Ils t'ont pas fait signer la lettre ? demande Jojo, en dévissant les écrous qui retiennent les tronçons de rail.

— Si, fait Bébert.

— Ben alors, tu déconnes ou quoi ?

— Je l'ai signée, d'accord, mais ça m'empêchera pas de gueuler. C'est trop commode. Moi, je me fais producteur demain, avec ce système-là…

Epstein vient d'entrer :

— Bébert ! M. Valentin vous demande sur le plateau, tout de suite.

— C'est entendu, monsieur Epstein, j'y vais. Je vous suis, monsieur Epstein, faites attention à la peinture, monsieur Epstein. Je vous tiens la porte, monsieur Epstein.

Si Epstein s'est dérangé lui-même au lieu d'envoyer un assistant, c'est qu'il y a le feu. Ou bien, comme le soupçonne Bébert, le mec se perd dans des détails et veut tout faire lui-même pour calmer ses nerfs, en donnant l'exemple d'une façon idiote : on est copains, tout le monde met la main à la pâte, je suis le producteur mais je ne suis pas un manche, je suis capable de monter et de descendre les escaliers pour appeler un ouvrier. Le style *jeune-producteur-tout-cinéma-et-fric-tintin*. La pire race. Ça fait deux films et ça disparaît de la circulation, à moins que ça épouse une fille riche ou que ça parte pour l'Amérique avec de grandes déclarations de dégoût pour la France, vraiment *too small* pour contenir la magnifique ambition d'un garçon si peu mis en valeur. La connaissent-ils, la France, avec toutes ses rivières, ses montagnes, ses côtes et ses milliers de fromages ? De la France, ils ne voient qu'un bout de trottoir des Champs-Élysées devant le Fouquet's. Je te crois que c'est trop petit pour tous les requins qui s'y pavanent au mètre carré.

Ils entrent sur le plateau, un grand salon double aux fenêtres bâchées de borniols noirs pour éviter la lumière du jour, impossible à marier avec celle des projecteurs. Il fait une chaleur torride. Une discussion animée est en cours entre Valentin, le costumier-décorateur, et Éric.

— Vous ne me l'avez jamais dit, je vous assure ! geint Valentin, en tirant sur sa barbe frisée d'artiste. Vous l'aviez vue hier, cette tenue, pendant les essais !

— Pendant les essais, Mélusine ne portait rien. Comment aurais-je pu la voir, cette abominable robe de chambre ? répond Éric, nerveux.

— Entre les plans, elle la mettait entre les plans, se défend Valentin.

— Je ne vois que les plans, mon ami, pas *entre* les plans.

Ce n'est pas vrai. Il l'avait parfaitement remarquée, cette irritante collerette rose posée sur les épaules de Mélusine, pour qu'elle ne prenne pas froid et pour que sa poitrine, au chaud, ne durcisse pas avant les plans. Il a très bien compris, dans le dialogue muet entre acteurs et metteur en scène, que Mélusine essayait de la lui *vendre* pour la scène du coucher de Desdémone. Le premier bras de fer entre eux. Si Éric cède, le rapport de force entre les deux monstres bascule dans le camp de Mélusine. Elle n'est pas si mal, cette robe de boudoir ancienne, minutieusement plissée et brodée. Valentin s'est certainement donné un mal de chien pour la dénicher, au fond d'une de ses boutiques secrètes de puceries de luxe autour des Halles. Très bien pour les petits déjeuners au Gritti s'il faut épater un amant. Pas pour tourner la scène dramatique de ce matin.

Une scène que je ne voulais absolument pas tourner aujourd'hui, en début de film. Tu me provoques, ma chère Mélusine, en t'obstinant à défendre Valentin. Le savon de ce matin ? Ce n'était pas bien méchant. Tu as raison cependant. C'était la première fois que je haussais le ton. Le film commence. Nous n'allons plus durer longtemps avec nos « Bonjour, chéri », « Comment vas-tu, ma chérie », « Tu es superbe ce matin », « Pas autant que toi, ma divine », et la ribambelle de courtoisies gratuites que nous échangeons depuis un mois. Je suis terrorisé, Mélusine. Tu n'es pas belle du tout, avec tes cheveux trop bouclés et ta bouche luisante. Je ne peux pas te le dire dès aujourd'hui car tu es paralysée de trac, je le vois bien. Notre face-à-face, après dix ans. C'est pour ça qu'ils payent. Nous avons relevé le gant, ma chère, tous les deux. Il va falloir t'y mettre. Comme par le passé, quand je te faisais pleurer au bout de la cinquantième prise. Tu me fais confiance ? Alors, cesse de me faire perdre du temps avec les relents de tes films imbéciles. Je ne marche pas, j'attends bien plus de toi.

— Ne perdons pas davantage de temps, Valentin. Nous allons tourner. Bébert est là ?

— Oui, monsieur Éric, fait Bébert aussitôt, je suis là.

— Il faut relever les coussins derrière Mélusine. Vous en avez d'autres ?

Bébert et Valentin échangent un regard de détresse. Non, justement, ils n'en ont pas d'autres. Valentin, déjà rouge sous sa barbe, est devenu violet.

— Tout de suite, répond-il lui-même à la place de son accessoiriste. Viens, Bébert, je vais te les donner.

Ils sortent ensemble de la chambre des supplices. Quel pépin ! Où vont-ils trouver ces oreillers ? Bébert propose :

— J'ai vu une bonne femme qui aérait ses draps à la fenêtre. Je peux…

— Grouille-toi ! fait Valentin, proche de l'apoplexie.

Il va se cacher dans le hangar du matériel. Jojo le console avec une tasse de café.

— Vous en faites pas, monsieur Valentin. « Qui aime bien châtie bien. » Le metteur en scène fait ça avec vous parce qu'il vous aime bien.

— Oui, mais je ne comprends pas qu'il me maltraite devant tout le monde, ce n'est pas chic, soupire Valentin, au bord des larmes.

Bébert, démerdard de service, revient avec deux traversins et deux coussins de peluche, raflés chez une brave habitante de l'île qui ne connaît pas son malheur : maintenant qu'il a testé sa gentillesse, Bébert viendra la piller toutes les cinq minutes, s'il manque un accessoire, en échange d'un baiser dans son cou de ménagère parfumé à la sauce tomate mitonnant dans la cuisine.

Ils se précipitent ensemble sur le plateau. Jojo vient aussi pour prêter main-forte. Le lit est vide. Mélusine est sortie, elle est allée faire retoucher son maquillage. Depuis ce matin huit heures, il a complètement viré. L'atmosphère s'est relâchée. Éric, accoudé contre le mur dans un geste qui lui est familier, pompe une cigarette, lui qui ne fume jamais.

*

À six heures pile, Ariel Goral se présente devant la porte 109, rasé de frais avec le rasoir aux vétustes lames Gillette aiguisées quotidiennement à la courroie par Domenico. Son cou dégage encore le parfum du savon bon marché trouvé dans la salle de bains de service, tenace et ressemblant à celui des produits géorgiens considérés comme luxe en Union soviétique. Pour sa part, il a toujours préféré les gros savons noirs à lessive, granuleux mais sans autre odeur que celle, naturelle, de la soude. Il se débrouillait pour ne jamais en manquer même quand les magasins en étaient dépourvus, parfois pendant des mois. Il les fauchait à l'hôpital dans les vestiaires des salles d'opération. Son alibi moral était qu'un futur médecin doit avoir les mains propres. Et qu'en République socialiste tout appartient à tout le monde.

Il attend plus d'une heure sur son canapé désormais ami. Il a lu et relu les luxueux catalogues en quadrichromie et papier glacé qui se trouvent sur le guéridon. Il n'a pas pensé à acheter de journaux et ne veut pas s'absenter, ne serait-ce que quelques minutes : Mélusine peut arriver pendant ce temps-là. Attendre ne lui coûte pas, habitué qu'il est aux lenteurs soviétiques.

Quelques membres de l'équipe – les cadres seulement, on ne paye pas le Gritti au gros de la troupe – rentrent du tournage. Ariel les reconnaît sans peine à leur air harassé et poussiéreux. Il avait vu tourner des films aux studios de Koutaïs et constata l'extraordinaire similitude physique entre ces techniciens et ceux de l'école de cinéma située derrière sa faculté de médecine. L'habit ne fait pas le moine, mais la profession fait la mine. Ceux-ci portent des jeans américains authentiques au lieu des copies rugueuses de leurs homologues géorgiens, mais l'attitude est la même. Ils doivent être identiques dans le monde entier.

Mélusine débouche de l'ascenseur. Elle ne porte aucun sac ni paquet. C'est Nicole qui ploie sous les housses de vêtements et les sacs multiples tandis que Delaunay, derrière elle, s'est accroché à la grille de l'ascenseur avec le bouquet de fleurs monumental offert sur le set à la star pour le premier tour de manivelle. Epstein cherche peut-être encore cent millions mais, en attendant, il faut être somptueux et donner l'impression qu'on roule sur l'or. L'argent attire l'argent, comme l'eau attire l'eau, vieille technique de puisatier. Le bouquet commandé à Milan chez le fleuriste japonais de Mme Agnelli mesure deux mètres de haut et réunit les fleurs les plus rares dans un assemblage savant qui a émerveillé Éric lui-même, d'ordinaire si difficile. Xavier, en photographiant cette sculpture florale de tous les côtés, avait poussé des glapissements d'admiration. Mélusine avait demandé perfidement si cette fois-ci elle pourrait le garder, ce bouquet, ou s'il y aurait quelque gloire de passage à honorer prochainement... Rémi l'avait embrassée sur les deux joues :

— Tu es la plus chouette. Une grande dame. Je t'adore.

— Tiens. V'là Médor, lance Mélusine, à la vue d'Ariel.

Les deux esclaves partent d'un rire lâche avant de s'engouffrer dans sa chambre sans plus faire cas du garçon. Ariel est touché dans son amour-propre. Il ne fera pas long feu dans cette humiliante situation, il ne faut pas trop lui en demander, il est un homme, et géorgien, parbleu. Dès qu'il aura réuni l'argent nécessaire, il se tirera sans révérences. Sa lucidité lui dit quelque part qu'il se ment à lui-même : il est fasciné. Est-ce le milieu du cinéma ? Ou bien cette femme ?

Nicole et Delaunay ressortent de la suite, libérés du bouquet et de quelques paquets. Au garde-à-vous devant Mélusine, ils ont retrouvé leur allure naturellement avachie aussitôt la porte fermée.

— Merde, elle est chiante ! Il faut que j'aille me taper tous ces télégrammes à la Poste centrale, maintenant, râle l'assistant. Je suis crevé. Elle pourrait pas les faire envoyer par le concierge de l'hôtel, comme tout le monde ? Je ne suis pas son grouillot. Tout ça pour économiser cinquante balles.

— C'est pour que ça arrive, pas pour le fric. On est en Italie, mon coco, il faut se méfier, précise l'habilleuse, partiale.

— D'accord, mais elle est chiante quand même. Moi, c'est pas mon travail.

— Allez, elle sera gentille avec toi, tu verras.

— Mollo. J'en ai rien à foutre, moi, d'être sauté par Madame. Mes coups, je les trouve tout seul. Tu es libre ce soir, ma chérie ?..., fait Delaunay, fielleux.

Il n'a aucune chance avec l'habilleuse homosexuelle à cent pour cent, mais les gouines l'ont toujours excité, il va souvent les regarder pour son plaisir dans les boîtes de femmes.

— Du large, pauvre satyre, raille Nicole, en poussant Delaunay dans l'escalier.

Le ricanement de l'assistant se perd dans les étages.

Epstein sort de sa chambre, accompagné de Joëlle, sanglée dans un jean deux tailles trop petit pour elle.

— Viens, dit-il, dépêchons-nous, sortons avant d'avoir rencontré quelqu'un. Je veux avoir la paix ce soir, je veux dîner seul avec toi.

Il veut surtout éviter les problèmes posés de toutes parts à la fin de cette première journée de travail. À ce rythme, elle laisse présager des dépassements catastrophiques. Le brouillard tenace de la matinée n'a pas arrangé les choses. Dès le premier jour, il a fallu utiliser un *cover set*, décors intérieurs de réserve dans le plan de travail, pour ne pas perdre la journée, malgré le mauvais temps. Ils avaient tourné une scène dans la chambre de Desdémone en obligeant Éric à ne filmer que dans un seul axe : le décorateur n'avait pas terminé l'autre moitié du décor. Les peintres finissaient à la hâte dans une odeur de vernis vinylique si forte que le chat angora blanc prévu pour la scène avait eu un malaise. Qu'Albarosa soit de mauvaise humeur, d'accord. Mais ça ne justifiait pas de ne tourner qu'un plan dans la journée. Un vieux routier du cinéma connaît par cœur ces changements de dernière minute. *Time is money*, et s'il croit qu'on va la retourner, cette scène, il se berce de douces illusions. Mélusine n'est pas une marionnette, disait-il, mais elle n'a qu'à faire son métier, elle aussi. Il fallait impérativement déclarer le premier jour de tournage le 9 octobre, pour la banque. Si on avait glandouillé en ultimes préparatifs sans tourner, on n'aurait pas pu envoyer le matériel au labo à Paris. Il faut faire gaffe, avec les banquiers, ils ont le nez partout. On ne peut pas leur en vouloir : un film se fait à coups de millions.

*

— Allô, Anémone, c'est toi ?

— Salut, Mélusine. Ça va ? Quel temps fait-il à Venise ? Ici, à Paris, il fait très beau.

— Ça va. Ça va. Raconte-moi plutôt.

— Ben, tu sais… Il n'y a pas été de main morte, le salaud…

— Attends, je vais chercher mon briquet, ne quitte pas.

Elle l'avait sous les yeux. L'extra-plat de laque était à demi glissé sous le téléphone.

— Vas-y, je t'écoute, dit Mélusine, en aspirant une grande bouffée de sa Milde Sorte allumée.

— Ils n'ont pas lésiné sur la peinture, les cochons ! Des kilos de peinture. De la peinture rouge, exclusivement. Un festival de rouge…

— C'est pour ça que le commissaire m'a parlé de vandalisme gauchiste, le con…

— Non, c'est surtout les inscriptions !… En grand sur les tapis, sur les murs… De la peinture à l'huile, on a bien regardé, avec Fernanda. Rien à faire…

— Quelles inscriptions ?

— Oh ! rien, rien, je ne veux pas que tu t'inquiètes. Je n'aurais pas dû te le dire. De toute façon, il va falloir tout repeindre. J'ai appelé l'entreprise…

— Quelles inscriptions ? Je veux savoir. Je t'ordonne de me le dire.

— C'est trop bête. Il n'y a aucune raison que tu te fasses du souci, le premier jour de ton film… C'est du genre « Les riches au poteau », « À bas la guerre ». Des trucs comme ça. Rien qui…

— Si tu ne me dis pas immédiatement ce qui est écrit, je prends le premier avion pour venir voir et tu peux chercher un autre boulot.

Anémone, la secrétaire de Mélusine, tient beaucoup à sa place et à son employeuse. Malgré ses coups de gueule, Mélusine est généreuse et peu exigeante. Pour quatre mille francs à mi-temps, c'est une place en or. Anémone peut ainsi continuer ses études de droit. Dans l'avenir, si elle prend de l'assurance, elle pourrait devenir manager personnelle de Mélusine et gagner beaucoup d'argent… Mais ce n'est pas pour tout de suite. Dans l'immédiat, il faut tranquilliser son employeuse, qu'elle affronte ce film charnière de sa carrière avec le maximum de sérénité. Entre le pinard et son fils…

— Ne t'agite pas, je t'en supplie. Il n'y a aucune raison que tu viennes, crois-moi. Je peux m'occuper de tout…

— Tu insistes ? Je vais appeler les flics, ils vont bien me le dire, avec leur tact d'éléphant. Ne fais pas la conne, tu m'énerves deux fois plus, avec ton petit jeu !

— Bon, d'accord. Je ne suis pas la reine de la diplomatie, tu as raison. Ne gueule pas. Je vais tout te dire. Dans le salon, sur le grand mur à droite, il y a un dessin pas très clair, et une inscription en grandes lettres rouges : « Con de Mélusine Marvel = con à vendre ». Les tableaux, tous, y compris le Nicolas de Staël, ont été recouverts de peinture rouge. Ils étaient équipés, les barbouilleurs ! Le commissaire a calculé qu'ils ont utilisé six kilos de Ripolin. Les restes d'un décor qu'ils avaient peinturluré pour un spectacle de café-théâtre au nom approprié de *Rouge*. Ils l'ont joué deux fois, paraît-il.

— Quoi d'autre ? reprend Mélusine, en tirant sur sa cigarette.

— Les canapés blancs n'en parlons pas, mais tu pensais les recouvrir, non ?… Dans le couloir, poursuit Anémone, à contrecœur, il y a : « Vieille gouine ! » Dans la cuisine, les fonds de pots ont été balancés au hasard sur les boiseries, c'est ce qui sera peut-être le plus emmerdant à nettoyer… Et dans ta chambre, au-dessus du lit, il y a : « Je te hais » et c'est signé : « Tu sais qui ». Ailleurs, un peu partout, des « Les vaches à l'abattoir ». « Ciné = opium », « Le fric pue », « Les ringardes à la retraite », etc. Je ne me souviens pas de tout. Allô… Tu m'entends ? Allô…

Silence au bout du fil.

— Je suis là, je suis là, dit Mélusine, d'une voix rauque qui vient de très loin. Je t'ai entendue. Passons à autre chose, veux-tu. Il faut que tu appelles Me Alexandre, pour lui rappeler l'affaire Cofas, tu sais, les pubs pour les sacs de voyage, ceux que je t'ai donnés. On n'a toujours rien reçu, n'est-ce pas ? C'est à voir avec la Suisse, il sait ce qu'il faut faire. N'oublie pas le chèque de Maman, et fais un saut à la banque, éventuellement, pour leur dire que le premier versement du film ne va pas tarder. Passe un petit coup de fil à Sylvain, à Ramatuelle, et demande-lui s'il m'a expédié l'huile d'olive, je n'en ai plus à Paris. Ah, j'oubliais, envoie un bouquet à Mme Dupuis, dans les deux cents francs, pas plus, c'est elle qui a appelé les flics hier soir. Voilà, c'est tout pour ce soir. *Ciao.*

Anémone connaît ce ton de PDG que prend Mélusine quand elle veut cacher son désarroi. Elle a raccroché brutalement. Anémone n'a pas eu le temps de lui parler de l'invitation au festival d'Avoriaz et du week-end avec Roman Polanski à Gstaad. Pas un mot de sa journée de travail, pas un potin. Mélusine a été touchée. Quel que soit le mal qu'elle en dit, ce vaurien est son fils, elle a reçu un choc. Anémone aurait dû tenir sa langue.

Doit-elle rappeler ? Ce serait gentil. Mais elle regarde sa montre et constate qu'elle a raté quatre minutes de *Drôle de drame*, qu'elle s'est juré de voir enfin ce soir à la télé.

*

Avalé par son fauteuil, Ariel se sent devenir invisible : personne ne prête attention à lui. Il est là depuis une demi-heure, quand un type athlétique descend de l'étage supérieur en déchiffrant les numéros de chambres. Il s'arrête devant celle de Mélusine, regarde autour de lui, rencontre le regard d'Ariel, esquisse un sourire à la place d'un *Buona sera* et frappe à la porte. Ariel ne reconnaît pas Youri Atkine, le danseur du Bolchoï, mais son visage lui rappelle quelque chose. Est-ce quelqu'un de l'équipe ? L'a-t-il vu hier dans le hall, ou ce soir parmi les techniciens du film ? Non, ce n'est pas ici qu'il a vu cette tête.

— Entrez, dit Mélusine, de l'intérieur.

Youri pousse la porte ouverte. Tiens. Il était attendu.

Les voix ne s'entendent pas de l'intérieur des chambres, bien capitonnées. Après un long silence, un éclat de rire de Mélusine fend le silence de l'hôtel. Puis des bruits d'eau qui donnent à Ariel l'envie de faire pipi.

Peu après, Mélusine et son cavalier sortent enfin. Elle n'a démaquillé que sa bouche et porte un tailleur noir ancien à la coupe masculine qui la fait ressembler à Marlene Dietrich dans *Témoin à charge*. Ses cheveux sont noués en un chignon bas. Youri a les joues rouges et les cheveux curieusement dressés sur son crâne carré. Il tient Mélusine par la taille et s'exclame en russe, dans un grand éclat de rire :

— *Starouchka, chto ty jrioch posle blouda ?*

Mélusine le regarde rire et marmonne :

— Qu'est-ce qu'il raconte de tellement drôle, celui-là…

Ariel traduit :

— Il a dit : « Qu'est-ce que tu aimes bouffer après avoir (il cherche le mot) copulé, *starouchka* ? *Starouchka*, en russe, ça ne veut pas dire *petite star*, ça veut dire *petite vieille.* »

Il se tourne vers Youri, et ajoute :

— *Dobrï Vecher.*

Youri se raidit immédiatement. Comme en Union soviétique, il y a des espions d'étage dans les hôtels italiens ? Ou bien est-ce un agent appointé spécialement pour lui ? Ils les prennent au berceau, ce garçon n'a guère plus de vingt ans.

Mélusine a à peine cillé, mais sa bouche serrée laisse prévoir des représailles rapides. Elle redresse le menton d'un geste sec qui fait voler les mèches courtes autour de son visage comme les plumes légères d'une aigrette effrayée. Sportive, elle reprend la situation en main en tendant la clé à Ariel, comme s'il était portier. Sans un mot de plus, elle embarque Youri d'autorité vers l'ascenseur en le tirant par le bras.

Youri, de loin, jette un dernier coup d'œil à Ariel :

— Juif, bougonne-t-il. C'est un Juif.

Tu es élégant sur tes pointes, mon pote, mais dans la vie tu ne vaux pas cher. Dans un lit, n'en parlons pas. Je suis peut-être une petite vieille, mais toi, avec ton mini-sexe, tu es un petit mec. Je t'ai un peu violé, d'accord, mais tu t'es laissé faire, et comment. Il n'y avait pas le choix, Tatar de mes deux, on serait resté des heures à se regarder dans le blanc des yeux, et moi je n'ai pas le temps. Je suis morte, après la journée que nous avons eue aujourd'hui. Tu ne sais pas ce que c'est de changer de programme trois fois, de maquillage et tutti quanti. *On m'a fait trois mises en plis dans la journée. Pour rien, puisqu'à la fin j'ai tourné en chemise de nuit une scène où je devais être décoiffée. Classique. À une époque, ça m'amusait, ça me stimulait. Je dois être usée parce que ça ne me fait plus rire du tout. Être arrivée à cent briques par film et devoir encore subir le manque d'organisation des autres. Ballottée d'un set à l'autre pour retrouver les mêmes tarés, réfugiés dans le cinéma où l'on entre sans concours ni références.*

Un jour je me suis sauvée. Il y a six ans. C'était un metteur en scène allemand, beau et sauvage comme un aigle. Nous voulions vivre un amour parfait, sans tache. Pas de compromis, pas d'erreur. Priorité absolue à l'amour. Nous vivions dans une ferme en Bavière, sans chauffage et sans domestique, car nous ne supportions la présence de personne. Nous avons vécu un bonheur intense, un peu fou, hors de la réalité. Je renvoyais les journalistes qui voulaient photographier notre retraite. Je refusais les films. Rien n'était assez bon pour nous. Puis un jour, un garde-chasse m'a montré un article dans Stern – *nous ne lisions pas les journaux, trop vils et trop impurs. Je comprends suffisamment l'allemand pour avoir saisi le sens de la légende sous ma photo, dans un reportage sur cinq ou six comédiens :* « Une autre actrice victime d'une secte. » *Après quelques mois d'absence, on m'avait déjà enterrée. Helmar et moi décidâmes de refaire un film. Il était temps, car l'ennui nous guettait de jour en jour. Ce fut une catastrophe. Le film n'était pas mal mais me ruina, et me rendit à la vie normale en pleine dépression nerveuse, soignée sur le lac de Côme dans la clinique d'un ami d'Éric qui consentit à être payé à crédit. Quelle affaire. J'allais mourir de ne plus faire de cinéma.*

Tu ne peux pas comprendre ça, toi, le fonctionnaire de la danse, avec tes verres de lait, tes horaires militaires et tes dents bâties pour manger de la viande crue. Je vais t'en faire manger, moi, de la viande crue, petit raciste. Il y a du très bon carpaccio au restaurant de l'hôtel. Tu pourras te régaler. Sans moi.

*

Ariel Goral de Koutaïs tournicote entre ses doigts la clé de la chambre 109 comme si elle brûlait. Doit-il la descendre au concierge ? La remettre sur la porte ? Non, ce n'est pas prudent. La clé lui a été confiée, il doit la garder sur lui. Il la met dans sa poche. La bosse dure à son flanc est présente comme un sexe en rut. Il palpe le métal à travers l'étoffe synthétique à soixante pour cent de sa vareuse *style intelligentsia* des pays de l'Est mais qui le fait passer ici pour un paysan arménien. Il n'y tient plus : il sort la clé de sa poche et va la planter dans sa juste place, la serrure dorée de la porte 109.

La clé tourne sans bruit et la porte s'ouvre comme un coffre-fort huilé. La suite est composée de deux grandes pièces reliées par une petite entrée. Toutes les lumières sont allumées. Ariel entre dans le salon. Il y règne un désordre gracieux : une femme habite ici. Vêtements et journaux traînent partout. Un parfum exotique imprègne les tissus comme si Mélusine vivait là depuis des années : une odeur de patchouli mêlée à celle des longues cigarettes noires écrasées dans tous les cendriers, des cigarettes russes, Ariel en reconnaît le parfum inimitable. Un cadeau du danseur soviétique, probablement. Un grand réfrigérateur de cuisine trône au milieu des meubles peints et ferait le désespoir du décorateur qui disposa les fauteuils et les consoles dans un ordre rigoureux conforme aux manuels d'art baroque. Verres vides et canettes de bière décapsulées sont collés sur les commodes et laisseront des cercles indélébiles. Le chauffage excessif a achevé le bouquet oriental, tordu par le transport. Un chat hagard est tapi contre les barreaux d'une cage pour transport d'animaux en avion. Ariel touche un foulard enroulé sur une chaise, caresse un chandail en cachemire en boule sur le canapé. Il ralentit son pas pour se préparer à la vision de la chambre à coucher, but inavoué de son inspection. Le grand lit défait n'a plus une seule de ses couvertures, repoussées à terre rageusement. Seul le drap du dessous a résisté aux exercices amoureux. La lampe de chevet a été couchée sur le sol pour ne pas aveugler les gymnastes et projette sur le mur un halo inquiétant. Les portes des placards sont ouvertes, un tiroir béant laisse déborder un flot de linge de soie. Des voleurs n'auraient pas laissé pire chantier.

Sur la table de nuit, des tubes de comprimés. Des calmants, des somnifères, des amphétamines. Tout pour assassiner un bœuf. Dans le petit tiroir du dessous, une lettre décachetée, un masque de sommeil en satin noir, un pistolet nacré.

Un robinet coule à côté. Ariel entre dans la salle de bains blanche. L'étagère est couverte de produits de beauté, de fioles, de parfums. La femme est présente partout. Soudain, pris d'un réflexe de mâle, il déboutonne son pantalon et pisse dans le lavabo. Dès qu'ils occupaient un village russe, les soldats allemands faisaient ainsi, délimitant leur territoire avec un instinct bestial. Le miroir renvoie à Ariel cette image guerrière qu'il n'a pas le temps de savourer : Nicole vient d'entrer sans bruit.

Les yeux dans les yeux, ils attendent. Le temps qu'Ariel ait fini. Il se reboutonne tranquillement, prêt à la discussion. Mais Nicole demande simplement :

— Où est Mélusine ?

— Elle est sortie. Avec un monsieur russe.

— Youri Atkine, le danseur ?

— Il me semble, répond Ariel.

C'était donc lui. Le danseur étoile du Bolchoï ! Il avait pourtant vu les affiches annonçant son spectacle sur les murs de Venise.

— Ce n'est pas possible, conteste Nicole. Je l'ai vu en bas qui dînait seul.

Elle s'empare du téléphone. Au passage, elle jette un coup d'œil dans l'armoire pour voir ce que Mélusine a endossé ce soir : elle connaît la garde-robe de la star par cœur. Son visage se crispe une seconde.

Elle demande au portier si Mme Marvel est sortie. Oui, elle est sortie. Seule ? Oui, seule.

Nicole a pâli. Elle sait en quelles circonstances Mélusine met son vieux tailleur noir.

*

La loi Merlin de 1958 avait été une des lois les plus discutées de l'après-guerre en Italie : la *senatrice* Merlin avait aboli les *case di tolleranze*, bordels, maisons closes et clubs de rendez-vous. Comme dans les autres pays, la prostitution non contrôlée provoqua une recrudescence de la *malavita* et la diffusion des maladies vénériennes. Mme Merlin se lança dans les grandes épurations. On créa des asiles pour ces pauvres femmes. Ils restèrent vides : comme par miracle, il n'y avait plus une seule prostituée en Italie. Celles qui figuraient sur les listes officielles déclaraient les métiers les plus divers : manucure, coiffeuse, masseuse, kinésithérapeute. Dans les journaux, les petites annonces fleurissaient : « *A.A.A. attenzione, attenzione, attenzione giovane massagiatrice porta rossa n° 17 Via dell'Oca* » ou « *A.A.A. vendo libbri rari genere erotico* ».

Ce fut un changement de société. Les mœurs avaient évolué si vite que les clandestins, rouverts quelques années plus tard, grâce au don de dérobade des Italiens, ne faisaient plus recette. Les nouvelles générations ne fréquentaient pas ces maisons nostalgiques tenues par des matrones plus maternelles que sexy.

À deux pas du pénitencier féminin de Venise, implanté dans l'île autrefois mal famée de la Giudecca, la Casina Valardin n'avait pratiquement pas fermé ses portes, tolérée par la police grâce à sa clientèle ecclésiastique et pour les services rendus dans la chasse aux terroristes noirs du Veneto, un groupe puissant et tenace. Le décor était resté le même, protégé par la tenancière, *signora* Amelia. Les murs repeints vert bronze et une salle de bains modernisée sont les seules modifications de l'ancien palais patricien aménagé avec le goût des antichambres au Vatican : l'or et les brocarts n'ont pas été oubliés. Les canapés raides et inhospitaliers servent aux conversations avant de passer dans les chambres contiguës. On y boit des vins sucrés passés de mode, dans les flûtes bleues de Murano.

Signora Amelia verse le mousseux piémontais aux deux plantureuses beautés de la maison, assises de chaque côté de Mélusine, qui a demandé un alcool, si ça existe ici. La petite servante, habillée de noir comme dans les bons foyers bourgeois, lui apporte un alcool d'anis, c'est ce qu'on a de plus sec. À cette heure-ci, à la Giudecca, aucun magasin n'est ouvert, il faudrait prendre la navette des Zattere, mais les bars du débarcadère sont probablement fermés.

— *Non fa niente*, dit Mélusine, reste avec nous et assieds-toi.

En rougissant, la petite serveuse blonde s'assied sur la pointe d'un fauteuil, mais Mélusine la veut près d'elle. La grosse prostituée brune à sa gauche se déplace, en dégageant de capiteuses odeurs de musc. Mélusine passe un bras autour des épaules de la jeune fille.

— Quel âge as-tu ? *Quanti anni?*

— *Diciasette*, dix-sept, répond la petite avec l'accent chantant des Vénitiens.

— Comment t'appelles-tu ? *Come ti chiami?*
— Benedetta.

Benedetta. Petite enfant bénie. Comme tu me rappelles mon premier amour. Une Irlandaise, fille de mineur, comme moi, une famille émigrée depuis peu, plus pauvre que nous, si c'était possible. En classe, elle suivait mal, à cause de la langue, et je voyais parfois de grosses larmes rouler le long de ses joues blanches. Une pâleur de sous-alimentation et de rachitisme, dont je souffrais aussi. Je m'asseyais à côté d'elle, au fond de la classe, et nous nous aimions en silence, en nous caressant les mains sous la table, sans imaginer qu'on puisse en faire plus. Si, une fois, devant la maison, nous fûmes poussées l'une vers l'autre d'un élan commun et nos lèvres se touchèrent. J'en ai rêvé longtemps. J'avais treize ans. Je changeai de classe. Elle redoubla. Nous nous perdîmes. Mais encore aujourd'hui, quand je pense à l'amour pur, si cela existe, je revois ce visage étoilé de mille taches de rousseur et ces cheveux blonds frisés qui faisaient éclater les rubans et les barrettes par leur masse et leur désir de liberté. Ma chérie, comme je voudrais te prendre dans mes bras et te donner la tendresse qui est en moi en ce moment.

*

Éric a entendu un cri. Il ouvre la baie vitrée de son bureau et scrute la nuit opaque. Rien ne bouge. Pas de lueurs ce soir, le ciel bouché pèse de tout son poids au ras de l'eau. Les grands brouillards automnaux sont arrivés. Quelle poisse. Il faisait si beau la semaine dernière. Les prises de vues en seront perturbées, c'est inévitable. Il faudra repousser les scènes de plage à plus tard, à la fin du film. Quand le temps change à Venise, c'est durable, hélas. Mais ce cri ?

Vers la fin de l'*Otello* de Verdi, Desdémone mourante pousse un cri. Est-ce cet appel aigu qui l'a fait sursauter? Éric va retourner le disque puis il change d'avis et remet la même face, usée par les fréquents passages. C'est l'acte IV qu'il préfère, avec le duo d'amour du II, le même thème.

Génial Verdi, tu as fini en beauté. Ta dernière grande œuvre, la plus riche et la plus révolutionnaire. Tu as choisi toi-même chaque voix et chaque figurant de la Scala, en te faisant haïr plus que tu ne l'étais déjà. Ce fut ton triomphe le plus mérité. Les Français voulurent te décorer de la Légion d'honneur par la main de Casimir-Perier et tu refusas, car aucune distinction humaine ne pouvait récompenser le génie que tu avais exprimé dans les pages sublimes de cet opéra colossal que tous les chanteurs redoutent.

Je te pillerai sans doute pour la musique du film, mais tu peux être sûr que je ne te trahirai pas : chaque mesure aura sa juste image. Je te dois ce film, Giuseppe. Je le dois à mes ancêtres, à mon grand-oncle Filiberto qui combattit les Autrichiens et mourut pour sauver sa ville de l'occupation étrangère. À Shakespeare. À Toscanini, mon maître, qui m'enseigna la règle absolue du spectacle : « Pense que le public est Dieu. » *À Visconti, mon ami disparu l'année dernière qui me disait : « Filmez plat, Éric,* plat! » *À ma mère, cette emmerdeuse au grand cœur qui glissait dans mes poches des billets de mille lires, une fortune à l'époque, mais me refusait les cent lires hebdomadaires d'argent de poche promises, si mes notes étaient mauvaises en classe. Et à toi, Mélusine, dont le petit pli à la commissure des lèvres hante mes nuits, ma reine, mon désespoir. Où es-tu ce soir?*

*

Une musique orientale accompagne un strip-tease minable à la télé. Ariel se remémore les bazars de Tachkent où les marchands ouzbeks exhibent des danseuses du ventre aussi pitoyables que cette grosse brune qui n'en finit pas d'enlever son large soutien-gorge en lurex, bricolé à la maison. Les nombreuses chaînes privées italiennes diffusent toute la nuit de vieux films, des pornos et du strip-tease. Ariel et Nicole sont assis par terre dans la chambre de Mélusine et regardent la télévision en silence. Ariel mâche lentement le club sandwich que lui a généreusement commandé Nicole sur son propre numéro de chambre. Il a les yeux braqués sur le poste, tout en affichant une moue de mépris que Nicole observe en coin.

C'est ridicule, mais tu es captivé, mon ami. Tu as peut-être vu des danseuses nues, là-bas, dans ton pays de sauvages, mais le strip-tease de chez nous, tu ne connais pas. Les yeux te sortent de la tête. Comme c'est laid, le désir des hommes, avec leurs sexes gonflés qu'ils mettraient n'importe où, pourvu que cela les soulage. Faire l'amour pour le plaisir, rien que pour le plaisir, est une chose que vous ignorez. N'ai-je pas souvent oublié mon propre corps avec Mélusine, attentive à ses moindres pulsations, à ses signes d'abandon que je connais par le menu ? Son visage d'enfant buté pendant l'amour n'est-il pas la plus belle chose du monde ? Mélusine, où es-tu ? J'ai envie de toi.

La grosse brune a enfin retiré son soutien-gorge. Les seins de nourrice aux tétons élargis en cercles sombres roulent à présent, de droite et de gauche à un rythme disco, promesse de grandes audaces. Ariel fume une cigarette russe dont il mastique le long col doré. Les zooms incessants donnent le tournis, à moins que ce ne soit la bière belge à la cerise qui mérite son nom de Mort subite, avec ses douze degrés.

Comment Mme Marvel peut-elle boire des choses pareilles ? Mort subite. C'est moi qui vais trépasser si cette salope n'enlève pas sa culotte. Est-ce permis à la télévision italienne ? Quel pays sympathique : d'un côté le Vatican, de l'autre, le sexe pour tous à la télévision. La décadence est mère de la liberté, contrairement à tout ce qu'on nous disait à l'école du Parti. Ah voilà, elle se tourne pour l'enlever de dos, son derrière n'est pas mal, ce sont les cuisses qui sont courtes, ça abîme tout, mais c'est assez excitant... Allez, tu vas nous faire voir tes poils, grosse gigoteuse... La caméra s'approche...

L'image disparaît dans un éclair. Nicole a sadiquement éteint par la commande à distance.

— Allez, c'est fini, maintenant. Il faut que tu te sauves. Elle va rentrer d'un moment à l'autre, dit-elle avec un sourire satisfait.

Ariel est sur ses pieds en une seconde et dit, en remettant sa chemise dans son pantalon :

— Vous avez été très aimable, merci.

Il a peut-être une alliée, mais ne nous y fions pas trop. Elle a l'air pressée de se débarrasser de moi. Elle est restée dans la chambre. Dort-elle là, elle aussi ?

*

Ariel reprend son poste : le fauteuil moelleux devant le buste en armure du *Grande Doge* Gritti qui le toise avec courroux, un poing sur la hanche. Ariel fait le même geste et s'aperçoit que certains vêtements interdisent toute autorité. Le prochain argent touché, se monter une garde-robe. Lena ne sera pas d'accord, tant pis, il y a des questions dont elle néglige l'importance. Une chaussette trop courte ou une manche élimée peuvent créer une barrière entre deux personnes, plus invincible qu'une divergence d'idées.

Un courant d'air frais soulève les boules poudreuses des mimosas : quelqu'un a ouvert la porte d'entrée en bas et monte par les escaliers. C'est Mélusine, dont Ariel entrevoit la tête blonde à travers les colonnes de la balustrade. Elle enlève sa veste en montant et la tient sur une épaule. Le dernier peigne qui retenait son chignon moribond vient de tomber. Elle se baisse pour le ramasser en s'appuyant d'une main contre le mur. Son chemisier boutonné de travers fait des plis transversaux qui drapent la poitrine comme une robe à peine bâtie. Elle se libère du bouton fautif et continue à se déshabiller pour réduire encore le temps qui la sépare de son lit. Tiens. Le garde-chiourme. Elle l'avait oublié. Commence-t-il à faire partie de ses habitudes ? Elle s'arrête une seconde devant la porte et, se retournant sans aucune pudeur, la poitrine découverte devant l'étudiant géorgien, elle lui dit d'une voix rauque :

— Des moules et des huîtres, crues. Avec de la bière…

C'est la réponse à la question posée par Youri, en russe, c'est ce qu'elle a mangé seule, ce soir, dans une *locanda* de la Giudecca avant d'aller à la Casina Valardin. Un avertissement, un conseil ou une invitation ? Ariel, les tempes en feu, choisit la dernière interprétation, sans plus réfléchir, et il glisse sa main sous le chemisier de Mélusine pour caresser la poitrine dénudée.

La main de Mélusine trouve plus facilement l'orgueil gonflé du Géorgien à travers son pantalon froissé. Elle renvoie la balle : ses ongles tenaillent comme des serres. Ariel fait un bond en arrière.

— *Spokoïnyï notchi*, fait Mélusine, apparemment pas fâchée.

Seul héritage de Youri, elle a appris à dire *Bonne nuit* en russe. Joliment, car elle a de l'oreille.

— *Spokoïnyï notchi*, répond Ariel, encaissant sa défaite.

Mélusine entre dans sa chambre en laissant Ariel à sa nuit solitaire. *Un coup pour rien, Ary. Il ne fallait pas compter sur ta seule arme, ta jeunesse et ta vigueur. Il en faut bien d'autres, ici. Je suis une femme aux mœurs légères, pas d'objection. Mais je choisis mes adversaires.*

— Ordure ! Garce ! D'où viens-tu ? Regarde dans quel état tu es, salope !

Nicole accueille Mélusine avec la rage accumulée au fil des heures d'attente. Une gifle est partie, atteignant la star en plein visage. Le poignet endolori, Nicole se jette au cou de Mélusine, bouleversée.

— Oh ma chérie, pardonne-moi. Je ne voulais pas te faire de mal, j'étais folle d'inquiétude, folle, folle. Serre-moi dans tes bras, dis-moi que tu me pardonnes, dis-moi que...

Elle n'ose pas dire « que tu m'aimes », elle sait bien qu'il ne faut rien demander à Mélusine, il faut la prendre comme elle est. Nicole est une comédienne ratée qui travaillait le soir dans une boîte de lesbiennes à Paris. Son physique carré et sa réelle répulsion pour les hommes rendaient sa carrière difficile. Elle rencontra Mélusine pendant un film, tomba follement amoureuse et devint son habilleuse, sa nounou, sa garde du corps. Elle vit depuis un calvaire chéri qui remplit son existence, à part un neveu poliomyélitique dont elle s'occupe beaucoup et qu'elle va voir à Massy-Palaiseau dès que son travail le lui permet. De temps en temps, elle se rebelle, mais l'ancienneté de leur relation a ramolli leurs batailles. Mélusine écoute Nicole, les mêmes mots depuis cinq ans. Elle pleure quand il le faut, elle se fâche un peu, puis elles font l'amour, dans un ordre quasi rituel.

Le grand lit retapé tant bien que mal par Nicole tout à l'heure, aidée par Ariel, assiste à l'étreinte conjugale, étonné. Mélusine se laisse aimer patiemment, la tête contre l'oreiller qui lui renvoie l'odeur de Youri. *Les danseurs ont tous la même transpiration*, pense-t-elle, au souvenir d'un Brésilien de chez Béjart.

Quelle heure est-il ? Sur le cadran doré de mon réveil Patek Philippe, les aiguilles ouvragées se confondent avec les chiffres romains enluminés. C'est beau, mais indéchiffrable. Est-ce qu'Astor m'a pris l'Erace Masquant Total de chez Max Factor ? Il faudra vérifier demain. Nicole, ma chérie, ça suffit. Reste dormir ici, ce soir. Rouge. J'ai vu rouge. Laurent, tu as failli me faire vaciller, misérable vandale. Ringarde ? Je vais te montrer comment je suis ringarde… Merci du coup de fouet. Demain, je serai sublime.

5

Journée noire

Le petit déjeuner est un moment qu'Éric chérit particulièrement : le café colombien grillé pour lui chaque semaine à la Torrefazione Brasilia embaume toute la maison quand Domenico apporte le plateau dans le bureau.

— *Voi non avete dormito, maestro, ancora. Guardi che finite male, finite. Io dalla fattucchiera vi porto, a tirarvi il diavolo dal corpo.* Vous n'avez pas dormi, *maestro*, une fois de plus. Vous allez mal finir, vous savez. Je vous emmène chez un exorciste, moi, pour vous sortir le diable du corps.

Domenico lui dit ça tous les matins. Éric sourit affectueusement.

Pauvre Domenico, tu as perdu avec ma mère les longues conversations ésotériques qui vous passionnaient tous les deux, elle avec ses Orphiques et toi avec tes croyances du Rinascimento, aussi loin l'un de l'autre mais toujours d'accord. Votre amitié tournait au vieux mariage et t'a certainement empêché d'épouser la brave Calabraise avec qui tu aurais fini tes jours. Sers-moi plus abondamment, tu sais qu'il me faut un litre de café le matin.

— Mlle Lena a-t-elle pris son petit déjeuner ? dit-il, en remuant ses trois sucres dans une tasse géante.

— Non, *maestro*, elle n'est pas descendue. Dois-je frapper à sa porte ?

— Il est tôt, Domenico. Laisse-la dormir. Mais garde-lui des brioches.

Les brioches de Domenico sont célèbres parmi tous les amis d'Éric. Leur légèreté mérite le séjour au *palazzetto*, au moins pour une nuit. Comment supposer que des mains de tailleur de pierre sachent pétrir une pâte aussi vaporeuse ? Éric se régale chaque matin en s'étonnant de son plaisir. La gourmandise est un péché qui lui sied tout à fait. Le goût de la table est un plaisir sur lequel on peut compter. On est moins abandonné par son estomac que par son pénis. Éric sourit, en se souvenant de l'histoire que Tonino Guerra racontait d'un vieil ami, poète romagnolo comme lui, et qui urinait sans toucher son sexe et en regardant ailleurs. « Je ne lui donne plus la main, disait-il. Quand il avait besoin de moi, je lui ai toujours donné un coup de main et quand j'ai eu besoin de lui, l'autre jour à Cesenatico, il m'a laissé tomber. »

La porte de fer s'est refermée avec fracas. Ariel revient de sa nuit de garde.

— Je suis confus, dit-il à Éric, apparu à la porte de son bureau, la tasse à la main.

— Ne vous inquiétez pas, ce portail fait ce boucan depuis toujours. Venez prendre votre petit déjeuner.

Ariel entre pour la première fois dans la pièce interdite. Les voilages jaunis filtrent le soleil en rais dorés. Venise se réveille au-delà des fenêtres, avec ses bruits de canal labouré par les hélices de moteurs marins, violant l'antre où Éric cherche asile pour préparer ses journées de travail. Les photos d'Orson Welles, de Bondartchouk et d'Emil Jannings dans le rôle d'Othello, épinglées sur le grand abat-jour, sont autant d'icônes qui écrasent le réalisateur de leur terrible grandeur. Aux murs, les ancêtres eux-mêmes deviennent de bénins conciliateurs aux mines cartonnées par les vernis antisalinité, à côté de ces sombres héros à l'œil de Caïn. Ariel remarque l'argenterie disposée sur la petite table ronde devant la fenêtre. Des pièces de musée. Difficiles à voler, avec leurs armes gravées sur les manches bombés. La table est mise pour deux.

— Asseyez-vous, dit Éric, en voyant le jeune homme intimidé. Je vous attendais. Vous prenez du café, le matin ?

— J'adore le café italien, répond Ariel, en s'asseyant.

Masqué par sa grande tasse, Éric observe le garçon. Ce jeune homme pourrait-il être mon fils ? Non, il serait blond… Quel âge, mon Dieu, aurait-il aujourd'hui ? Son œil est si embarrassant qu'Ariel en renverse sa tasse de café. Une tache s'étale sur le revers de sa veste. Éric tire un cordon de passementerie :

— Tiens, Domenico, essaye de faire quelque chose.

Le brave homme n'est pas le champion du nettoyage. Tant qu'il s'agit de brioches ou de *risotto nero*, on peut compter sur lui mais, pour le reste, il y a longtemps qu'Éric a renoncé aux chemises de soie et aux cols empesés.

Un silence s'installe entre les deux hommes. Ariel boit son café en tenant sa tasse de porcelaine à deux mains, avec la concentration qu'Éric avait remarquée au téléobjectif. *Il faut que je fasse développer les photos, tiens, je vais les prendre avec moi sur le tournage, je les confierai au photographe de plateau.*

Domenico est revenu avec la veste. La tache s'est étendue en ronds moirés sur tout le devant. Il s'en dégage une forte odeur de détachant et de pétrole, *celle qui empeste Venise, les jours de sirocco, depuis les raffineries de Porto Marghera*, pense Éric.

— Elle a besoin du teinturier…, fait Domenico, dépité.

Elle a besoin de la poubelle…

— Ne t'inquiète pas, Domenico, donne-la au teinturier, je vais prêter une des miennes à Monsieur en attendant. Venez, Ariel, vous allez la choisir avec moi. Ariel ? Ce n'est pas un prénom géorgien ?

— Je suis juif, répond le jeune homme vivement.

J'ai trouvé ton point sensible, petit violoniste sur le toit. Tu me faisais douter de mes capacités. Je sais lire un visage, j'en ai fait un métier. Choisir et diriger un comédien, n'est-ce pas cette intuition ? Un acteur exprime ce qu'il pense, *pas ce qu'il dit : un texte appris souvent inutile. Combien de coupes dans les dialogues ai-je dû faire dans les* scenarii *au risque de brouilles avec leurs auteurs les plus fameux. Comment ne comprennent-ils pas la force des images, du gros plan, qui dénude un personnage et se glisse sous sa peau. Les mots, alors, sont de trop. Ils n'ont d'utilité que par leur musique. Et pour le mouvement des lèvres. Quand Mélusine parle, ce qu'elle dit importe peu. On regarde la façon dont elle remue la bouche, le front et le nez, ensorcelante magicienne. Comment vais-je te trouver, ce matin ? On m'a dit que tu étais sortie, hier. Carlo, le concierge du Gritti, a fait son devoir, il m'a appelé comme convenu. J'arrive, je sais que tu m'attends.*

*

— *Il ne m'avait jamais parlé sur ce ton depuis…* depuis… Crotte !…

— C'est à cette heure-ci que tu apprends ton texte ? fait Nicole, en mettant un demi-sucre dans son thé. Au lieu d'aller faire la folle, le soir…

— Chut!… Ne me dérange pas. *Il ne m'avait jamais parlé sur ce ton depuis notre mariage.* Etc. *Je suis lasse de ses scènes. Feu mon père m'avait…* Bon Dieu, que c'est nunuche. Je ne peux pas dire un truc pareil. Ce n'est pas la peine que je m'use la mémoire sur ce charabia. Je vais en parler avec Éric. Quel est le petit génie qui l'a aidé à écrire ces dialogues?

Mélusine lit la page de garde du scénario. *Scénario et dialogues d'Éric d'Albarosa.* Flûte. Il va falloir prendre des gants. Depuis la mort de sa mère, il est crépusculaire, mon Cahier du Cinéma. Heureusement qu'il est coulant avec les acteurs. Il préfère toujours qu'on dise des mots qu'on a bien en bouche, il n'est pas de ces auteurs qui croient écrire *La Divine Comédie.* Avec lui on peut discuter.

Mélusine referme le scénario. Elle repose sa tasse vide sur le plateau du petit déjeuner.

— Ils sont trop légers, ces cafés espresso. Je n'arrive pas à leur faire comprendre que j'en veux deux dans une grande tasse. Avant de filer sur le plateau, tu crois que j'ai le temps d'appeler Anémone? Dit-elle, en prenant le téléphone.

— Non, répond Nicole, mais tu vas l'appeler quand même, alors je ne sais pas pourquoi tu prends la peine de me demander mon avis.

— Tu es de bonne humeur ce matin, dis donc.

— Anémone ne répond pas? Elle dort, la pauvre petite, à cette heure-ci.

— Elle n'a qu'à se réveiller. Je l'engraisse à ne rien foutre en ce moment à Paris. Allô, Anémone? Je te réveille? Je suis désolée, ma poulette, je voulais avoir des nouvelles… Oui… Oui… Ils l'ont libéré avant les autres? Sur mon nom? Ils vont être contents, ses petits copains. S'il leur reste de la peinture rouge, il risque de la prendre dans la gueule, le fils de la star capitaliste. Ça me ferait bien marrer, tiens. Qu'est-ce que tu as comme autre bonne nouvelle pour me mettre en train ce matin ?... Catherine ? Son anniversaire ? C'est infernal, les anniversaires. Tous les jours, une collègue me fait la vacherie d'être née. Je n'en peux plus, moi, de faire des cadeaux. Tu fais le télégramme numéro trois, oui, le plus court, et tu envoies mon livre de recettes, *Le Cinéma et la Cuisine.* Dédicacé bien sûr. C'est un peu jeune mais je suis fauchée en ce moment. La splendeur ce sera pour l'année prochaine, après ce film... Claude Lelouch ? Ah oui, ça m'intéresse. Donne-lui mon téléphone au Gritti. Éventuellement je pourrais faire un saut. Un dimanche. Si ce bourreau d'Éric me le permet. Allez, ma chérie. Je t'embrasse. Il faut que j'aille travailler.

*

La première impression qui saisit Ariel en entrant dans la chambre d'Éric, c'est l'odeur. Le vieux garçon est présent sous les parfums subtils comme un parchemin sous l'encre des gravures. Chez Mélusine, les savons étaient les mêmes, exotiques et têtus, ils envahissaient tout.

Le grand lit recouvert d'un plaid de fourrure mordorée se niche dans une alcôve tendue de chamois naturel bordé de fines lattes de palissandre. Les draps de lin jaunis par les mauvais lavages de Domenico portent les chiffres entrelacés et illisibles qu'Ariel a déjà remarqués dans le grand lit de leur propre chambre. Lena avait dit : « Travail volé au peuple » et Ariel l'avait vivement grondée. Le passé est le passé, il faut le respecter. Lena s'était excusée et avait dit : « Le luxe me gêne », ce qui était la vérité.

— C'est en désordre, pardonnez-moi, dit Éric. Domenico n'a pas encore fait la chambre.

Il ouvre les quatre placards installés depuis la mort de la comtesse d'Albarosa qui, fidèle à ses vieilles armoires et à ses murs blanchis à la chaux annuellement, les avait en horreur. Les lumières intérieures éclairent une série de costumes, de vestes et de manteaux rangés par ordre de couleur comme dans un magasin.

Éric sort un blouson de daim, de ces peaux incroyablement souples que seuls les Italiens savent travailler. Le rêve d'Ariel.

— Essayez, dit Éric, simplement.

Il va ouvrir tout grand les rideaux de velours orange, le même qui recouvre les deux crapauds de part et d'autre du lit. Il jette un regard vers son débarcadère : les moteurs du Riva ronflent déjà, Fulvio a desserré les amarres.

Ariel enfile la veste avec délices et se regarde dans les glaces intérieures des portes de placard, sans pouvoir dissimuler son plaisir.

— Elle est à vous, dit Éric.

Il s'approche du garçon et le prend par les épaules, de dos. Leur reflet ensemble se répète à l'infini dans les miroirs face à face, tels Faust et Méphisto à la signature de leur pacte.

— Merci, monsieur d'Albarosa, c'est trop beau…

Comme une veste peut transformer son homme. Ariel a fière allure. Sa beauté orientale est relevée par la teinte claire du daim.

Je suis vraiment un metteur en scène. Je sais deviner les désirs secrets de mes acteurs et les vêtir de leurs justes rôles. Mes propres désirs ? N'y pensons pas. Ce sont les autres qui comptent. Va, mon garçon, ne me remercie plus. Mon film m'attend, là-bas, dans le décor inerte. J'y rôde avant les autres pour me familiariser avec les démons qui m'accompagnent sans trêve : le trac, le doute, l'inquiétude, le désir de fuir, d'être invisible. Les techniciens arrivent, serviles avec leurs offres de café en poudre, soucieux de ne pas être pris en faute. « Il est bien huit heures, ma montre marche bien ? » Oui, Bébert, il est bien huit heures, vous n'êtes pas en retard. Une médaille pour Bébert, puisque vous vous contentez de ces minimes récompenses et que je dois être votre dieu. Vous ne m'avez pas vu, dans l'obscurité de ce plateau éteint où flotte encore une odeur de mastic, me battre contre un dragon dont vous ne soupçonnez pas l'existence : mon film, ce monstre à mille pattes qui veut me dévorer ? Billy Wilder se cachait dans les cintres du studio de la Paramount quand il tournait Sunset Boulevard *et laissait souvent son assistant dire Action à sa place tant la terreur lui serrait les tripes. À l'apogée de son succès. Il observait les acteurs de là-haut comme des fauves dans une cage. Pourquoi les jeunes cinéastes ne parlent-ils jamais de cela ? À lire leurs déclarations, ils n'ont que des certitudes, ils savent exactement quel film ils sont en train de faire, de quelle manière ils toucheront au but, immanquablement.* « Just another film », *me dit Anthony Mann, après que le public du Festival de Venise eut sifflé* La Promesse, *un film ambitieux et confus, mais auquel je tenais. Sois honnête, Éric, ce film n'est pas « un autre film ». Cette fois-ci, nous jouons notre vie, Mélusine et moi. Birgitt…*

*

— Il faut que je vous parle de Mélusine.

Ariel s'assied dans un des petits fauteuils orange. Parmi les cadres d'argent disposés sous la lampe de la commode, une photo frappe au milieu des portraits de famille momifiés par leurs nobles poses. Une petite fille rit aux éclats dans les bras d'un jeune homme, un peu flou : il a tourné la tête vers l'enfant au moment du déclic. La fillette a la frimousse constellée de taches de rousseur et porte un petit chapeau attaché avec un ruban. La vie explose dans ce visage joyeux.

— Vous avez bien deviné, dit Éric. C'est une photo de Mélusine petite. Avec son père, en Belgique. J'adore cette photo. Je l'avais utilisée pour le générique du film *Une femme.* Elle n'a pas changé, n'est-ce pas ? Une enfant. C'est de cela que je souhaite vous parler. Nous vous avons chargé de la protéger des gens qui la dérangent constamment, mais en réalité, c'est d'elle-même qu'il faudrait la protéger. Elle administre très mal sa vie et se sent en défaut partout, surtout depuis que son fils lui donne tant de souci. Puisqu'elle vous aime bien…

— Vous croyez ? coupe Ariel.

— Elle a de la sympathie pour vous, croyez-moi. Je la connais bien : sinon, elle n'aurait pas supporté votre présence. C'est une femme habituée à avoir les coudées franches…

Éric s'assied à son tour sur le lit, en face d'Ariel. À la hauteur du jeune homme, il peut continuer son discours avec plus de chaleur.

— Il faut que vous m'aidiez, et pour cela, c'est *elle* qu'il faut aider. Il faut l'aider à ne pas se dépenser inutilement, à ne pas tout accepter, à ne pas sortir tous les soirs. Je sais, ce n'est pas facile, ajoute-t-il, en levant la main pour empêcher Ariel de protester. Mélusine est sortie cette nuit et vous ne me l'avez pas dit… Non, ne vous défendez pas. Vous vouliez la couvrir à mes yeux, et c'est cela que je retiens, qui me plaît. Alors, je vous dis : le bien de Mélusine Marvel, c'est ce film, c'est son travail. Le cinéma lui a tout donné : une identité, l'argent, le succès, la beauté, l'humour, oui, la vigueur de l'humour qui se nourrit de la notoriété, une position sociale, des amis, les honneurs. Avez-vous jamais vu un film d'elle ?

Ariel allait répondre : « En URSS, on ne montre pas ces films-là », mais il suppose que ce serait une gaffe.

— Non, fait-il.

— C'est très bien, reprend Éric. Ça amusera Mélusine. Une actrice n'a pas besoin qu'on voie ses films pour être célèbre… Devenez son ami. Je vous dirai ce qu'il faut faire, au fur et à mesure, soyez sans crainte. Mais je dois vous quitter. Ma journée commence, moi. Nous aurons l'occasion de bavarder encore. Et croyez-moi, cette couleur de veste vous va à ravir…

Ariel sort de la chambre, empli de la confiance qui lui a été faite, pendant qu'Éric passe dans la salle de bains. Un dernier coup d'œil dans le miroir familier où il se rase un jour sur deux, car sa peau ne supporte pas le rasoir quotidiennement. Ce matin, il ne s'est pas rasé, aurait-il dû ? Il revient dans la chambre et complète sa tenue classique avec une casquette pied-de-poule. Elle lui donne la tête du *metteur en scène en tournage*, mais ne lui enlève pas un poil de chic. « Votre chic est intérieur », lui avait dit la journaliste de *Vogue* venue l'interviewer habillée en petit marin. Le sien devait l'être aussi, pour être si caché.

Chic, ça rime avec toc, je l'enlève cette casquette. Je la mets dans ma poche avec le découpage *méticuleux que j'ai révisé cette nuit.*

*

Sur les photos reçues de New York, pour la plupart faites en studio pour les couvertures de ses disques, Wilson Robin avait l'air d'un séducteur de boîtes de nuit au bouc taillé au compas comme un jardin à la française. Quelle ne fut pas la surprise de Rémi quand il vit débarquer de l'avion, à l'aéroport Marco-Polo de Venise, un adolescent en t-shirt bariolé, le nez chaussé de lunettes de soleil en forme de cerises déboulées d'une *slot machine*. Epstein, ne voulant pas quitter le plateau une seconde, avait chargé l'attaché de presse de l'importante mission : accueillir la star américaine et l'accompagner au Danieli, hôtel choisi par son agent depuis l'Amérique. Puis, s'il n'était pas trop fatigué, il était attendu sur le plateau, où il pourrait faire enfin la connaissance d'Éric, de Mélusine et de toute l'équipe. L'anglais baragouiné par Rémi devait suffire à expliquer tout cela et livrer une bonne impression du film et de la production.

D'abord, Rémi eut du mal à reconnaître le crooner américain parmi les trois *teenagers* noirs qui débarquèrent ensemble de l'appareil en un peloton de sportifs vêtus, à quelque chose près, des mêmes oripeaux : c'étaient son valet de chambre et son coach, sorte d'entraîneur attaché à sa personne comme une moule à son rocher. Les trois se ressemblaient vraiment, avec leur façon de se balancer et d'être en mouvement même à l'arrêt, la mâchoire martelant sans cesse un chewing-gum.

Après des démarches colossales où Rémi avait pu mesurer sa ténacité française face aux lenteurs bureaucratiques italiennes, on l'avait autorisé à avancer la limousine avec chauffeur sur la piste d'atterrissage afin de cueillir le chanteur dès sa descente de la passerelle. Voiture à air conditionné, absurde et inutile, réclamée à tout prix par l'agent de Wilson, alors qu'une vedette spéciale des hôtels Ciga les aurait conduits directement au Danieli en moitié moins de temps et par un trajet agréable à travers les canaux de l'arrière-Venise, prélude à cette ville unique au monde. Mais il n'y avait rien eu à faire. Toutes les modifications de contrat apparaissaient comme des restrictions aux yeux des avocats de cette *company* ultra-américaine, plutôt froide à l'idée d'immobiliser son poulain pendant un mois et demi pour un film européen de moyenne portée. C'est Wilson lui-même qui avait insisté, désireux de se frotter à la culture de l'Ancien Monde. Il espérait avoir l'occasion de franchir, pour la première fois de sa vie, le seuil de la Scala de Milan, temple des chanteurs d'opéra, ses idoles.

Élève de Leontyne Price, Wilson Robin avait débuté avec des espoirs de *bel canto*. Son physique exceptionnel avait vite fait de lui une vedette de spots publicitaires, puis de disques. Sa voix chaude déchaînait les adolescentes, et sa beauté de culturiste, entretenue avec constance par le sport et la vie saine, fut largement exploitée pour faire de lui l'*American lover* qui recevait plus de lettres que le président des États-Unis. Ce film était son premier rôle au cinéma. C'était un honneur pour lui de tourner avec Éric d'Albarosa. En vrai pro, il s'était fait projeter tous ses films en version originale non sous-titrée, copies de la cinémathèque du Museum of Modern Art de New York. Il avait retenu des traductions qu'un pauvre employé soi-disant bilingue tâchait de lui faire en simultané, le lyrisme de certaines images et l'usage fréquent de la musique d'opéra. Son engouement n'était partagé qu'à demi par les boss de la MTCA, qui auraient préféré pour lui un premier film plus américain, axé sur sa vie et truffé de chansons. Il avait pu affirmer sa volonté pour la première fois depuis le début de sa carrière. On lui posa un *out-out* financier, mais il ne voulut pas entrer dans ces questions et chargea son manager de les régler, avec consigne absolue de ne pas lui faire perdre le rôle pour lequel il savait que Sydney Poitier avait été pressenti.

— *We are very happy… to see you in Venice. My name is Rémi Louvier. I am the press agent.*

— *Nice to meet you, Rémi. We do have a press agent, I mean my company…*

Les ennuis commencent. D'accord, Othello a un attaché de presse personnel, c'était à prévoir. Mais il va falloir qu'il me laisse travailler. Sinon, il ne me reste plus qu'à plier bagage. Déjà que ma conférence de presse a été un bide : trois articles dans les quotidiens, avec une seule photo tellement moche que je ne l'ai pas montrée à Mélusine, et rien dans les hebdos. Fort heureusement, le casse de son fils nous a permis de noyer le poisson. C'est mou autour du film. Il va pas falloir qu'il me fasse chier, le Black, sinon, je le balance dans le canal avec sa guitare électrique et ses trémolos.

La spacieuse 130 Fiat, seule limousine disponible chez Avis, où Epstein avait obtenu des réductions, les avait à peine contenus tous les cinq : Wilson et ses deux suivants, le chauffeur et Rémi. Heureusement qu'il n'avait pas amené Xavier. La route est longue et déplaisante, à travers une banlieue indéfinissable qui change de nom tous les dix kilomètres, et ne laisse jamais supposer la beauté de cette région riche en palais de Palladio et en rizières d'une nébuleuse poésie. Après deux ou trois interventions qui tombent à plat, Rémi renonce à décrire les paysages traversés, peu aidé par leur triste absence de caractère. Tout ce qu'il annonce est niché au fond des parcs et dans les livres. Un silence poli s'installe dans la voiture où l'air conditionné, bloqué au max, fait régner une température de congélateur. Le chauffeur, n'y résistant plus, allume la radio qui entonne une *canzonetta* salvatrice. L'accordéon remet tout le monde à l'aise jusqu'à l'arrivée *piazzale* Roma, où le problème sera de trouver des porteurs pour les trente-six valises empilées dans deux taxis d'appoint.

Les valises multicolores sont enfin embarquées sur la vedette-taxi où les basketteurs noirs se sont installés, l'appareil photo en bandoulière.

L'arrivée au Danieli est tout aussi pénible. Le canal d'accès au ponton latéral est bouché par un livreur et ils doivent attendre pendant dix minutes, secoués par les fréquents départs de vaporetti dont l'arrêt est mitoyen. Débarrassé de sa cargaison, Rémi s'accorde enfin un peu de repos. Rendez-vous dans le hall de l'hôtel dans une heure. Affable, le concierge du Danieli prend la relève et enregistre ses nouveaux clients, bienvenus dans l'hôtel le plus prestigieux de Venise. *Welcome!*

*

— D'où vient cette veste ?

Elle l'a vue tout de suite. Cette enfant du ghetto flaire les mauvais génies autour de son Ariel. Il est si jeune. Débrouillard, certes, mais impulsif, curieux et généreux de sa personne. Il faut le mettre en garde contre les dangers de ce monde car il voudrait quelquefois les ignorer. *Libe* Ary (cher Ariel, en yiddish).

— J'ai déchiré la mienne. C'est... le costumier du film qui m'en a prêté une...

Impossible d'avouer la vérité, ce matin. Il est plein des paroles d'Éric et n'est pas de taille à affronter Lena en ce moment. Un fossé se creuse entre eux, inévitable : elle, immuable femme hébraïque, et lui, grisé par l'air nouveau de l'Occident. Il a besoin d'elle pourtant, comme la montgolfière a besoin de ses plombs, mais rien n'empêchera son envol, c'est d'en haut qu'il veut voir le monde, avec les grands oiseaux. *C'est l'oie sauvage au long cou des fables de notre enfance que Mélusine me rappelle, Lenotchka. Tu te souviens des dessins de Bilibine ? Je les revois chaque fois que Mélusine redresse la tête… Comment te raconter cela ? Il y a des choses que l'on vit seul, pour soi.*

Elle se lance dans une longue diatribe en russe, entrecoupée de yiddish, plus incisif pour les arguments familiaux.

— Arrête, Lena, coupe Ariel. Je ne veux plus entendre ça. J'ai travaillé toute la nuit pour nous, moi. Je suis fatigué.

Un mot de reproche et Lena se tait aussitôt. Il en a toujours été ainsi entre eux.

Sans un mot, elle se déshabille en pliant ses vêtements au fur et à mesure, et en les posant méthodiquement sur une chaise. Elle plie ceux qu'Ariel a enlevés à toute allure pour se glisser au plus vite entre les draps de lin du grand lit et pose avec soin la veste de daim sur le dossier de la chaise. Puis, elle ferme les persiennes intérieures et les rideaux pesants et vient se coucher près d'Ariel, écroulé de sommeil. Elle garde sous les draps sa combinaison de coton et s'allonge près de lui dans le coin laissé par son corps endormi. En se retournant, Ariel s'abat de tout son poids sur elle. Leurs deux corps se collent l'un à l'autre, en une moite chaleur.

*

Éric avait mis Fulvio à la disposition de la production pour aller chercher Wilson Robin au Danieli et le conduire à Murano, sur le lieu de tournage. Une vedette privée avait plus de classe, avec ses acajous passés à la cire une fois par semaine et ses coussins de toile aux couleurs marines. Le fanion bicolore de la maison d'Albarosa, qu'Éric trouvait prétentieux, avait été sorti pour l'occasion, et flottait fièrement à l'arrière du bateau fraîchement dessalé à l'eau douce d'une fontaine proche de la Riva degli Schiavoni.

Wilson descendit de sa chambre accompagné seulement de Percy, le coach.

— Est-ce qu'on attend Bill ? demanda Rémi.

— *Oh no. He's got to unpack...* Oh non. Il doit défaire les valises..., répondit Percy, sur un ton qui en disait long sur la division des fonctions auprès de leur star.

Bill était chargé des soins corporels tandis que Percy, assistant musical, était l'intellectuel du clan.

Le voyage en bateau les enchanta. Ils ne cessaient de poser des questions auxquelles il était impossible de répondre :

— Combien de pigeons y a-t-il à Venise ?... Combien coûte ce *palazzo* ?... Combien de temps a-t-il fallu pour construire cette île ?... À qui appartient ce cimetière ? Etc.

Fulvio, habitué à l'ingénuité des touristes américains, répondait à tout en racontant ce qui lui plaisait. Il était assuré du succès de ses histoires de doges et de Marco Polo, mises au point avec un cousin gondolier beau parleur. Rémi se sentait malheureux, à l'arrière, où Wilson avait voulu absolument s'installer. Le vent faisait voler ses pauvres cheveux autour du nez comme d'agaçantes mouches.

Leur arrivée, attendue, interrompit le tournage, qui avait lentement démarré après deux heures de préparation atroces pour Epstein. Wilson sauta du bateau à quai d'un bond illustrant sa forme physique, malgré les changements de fuseaux horaires et le long vol intercontinental. La première main qu'il serra fut celle de Bébert, qui se trouvait justement sur le quai en train de rincer un seau. Mais il n'oublia personne, avec un *hello* pour chacun.

Éric et Mélusine, restés dans le décor où la suite de la scène d'hier allait enfin se tourner, furent les derniers à lui être présentés. Star jusqu'au bout des ongles, Mélusine resta mollement étendue dans le lit, prête à enfiler le grand peignoir du Gritti enfin obtenu. Elle obligea ainsi le showman américain à lui rendre hommage comme à une reine – ce qu'elle était en ce moment dans la peau de *Madam* Othello, tenta-t-elle d'expliquer. Rémi, du fond, apprécia la manœuvre. Éric, saisi d'un mutisme incompréhensible, fut enfin présenté par Delaunay, dévisagé par Wilson avec force sourires. Il le prenait pour le metteur en scène.

*

On décida la pause déjeuner puisque l'atmosphère de la scène était rompue. L'équipe, profitant du mouvement, avait disparu, les uns pour rejoindre la cantine, les autres pour respirer un peu, dehors, l'air gris de l'automne précoce, toujours meilleur que celui laissé par les projecteurs dévoreurs d'oxygène.

Une *trattoria* de Murano avait été chargée des repas pour la durée du film. Les propriétaires, simples pêcheurs de coquillages, n'en revenaient pas de l'aubaine et se prodiguaient en services et menus spéciaux réclamés par les techniciens, pour lesquels tout tournage en extérieurs est synonyme de vacances trois étoiles et de dépaysements culinaires.

On déplaça une table pour Éric et les deux Noirs à l'écart de la bruyante tablée occupée par la troupe. Mélusine était allée se changer et enrouler quelques bigoudis indispensables à la lutte contre l'humidité. Yves, le coiffeur, s'était déjà enquis des soins nécessaires à Wilson. Le chanteur avait répondu qu'il avait apporté tous ses produits des USA, Bill se chargerait de leur application. Ses cheveux étaient en effet lisses et brillants, donnant à son visage un manque d'authenticité préoccupant pour Éric.

Abrité derrière des lunettes fumées, le metteur en scène scrutait son Othello. Il cherchait, dans ce visage rondelet malgré la barbe de fakir, les angles marquants qu'il pourrait utiliser chaque fois que le talent manquerait. Souvent, il y avait fort à craindre. Une chose le rassurait : Wilson est un homme de scène. Un artiste, quel qu'il soit, capable de tenir un public pendant deux heures, fût-il des moins exigeants, est un pro. Le problème, ce sont ces cheveux. Comment expliquer à un Noir qu'il est beau s'il est noir, pas s'il singe les Blancs ? Les Noirs de sa génération ont compris. Ella Fitzgerald continue à se lisser les cheveux en douloureuses et fréquentes permanentes à l'envers, mais Peter Tosh et Dillinger, ses fils, arborent de magnifiques chevelures crépues en auréoles glorieuses autour de leurs visages. Le problème, c'est surtout qu'il tourne demain. D'ici demain, inventer un chapeau. En parler rapidement à Valentin.

— *Will you excuse me…*, dit Éric, en se levant.

Le costumier est attablé avec les autres devant un plat fumant de *spaghetti alle vongole.*

— Qu'est ce qu'on va lui mettre sur la tête ?

— Un béret basque, répond Valentin, sur qui le vin blanc fait un effet immédiat.

À l'air courroucé d'Éric, il voit que ce n'est pas le moment de plaisanter.

— Excusez-moi, je rigolais. Je ne sais pas, moi. Tout dépend s'il est américain ou africain d'éducation anglaise, comme dans le premier scénario. Les Noirs anglophiles ont plus souvent tendance à porter des chapeaux. Chez les Américains, c'est tout de suite un peu *cheap*, ça fait chauffeur de taxi ou pasteur.

L'étalage de ses connaissances ne sauvera pas Valentin : Éric l'a choisi comme victime. Il lui en faut une. Vieux truc que lui a enseigné Rossellini, toujours lui, avec sa sagesse socratique : dans les premiers jours il faut pousser un coup de gueule et affirmer son autorité en martyrisant un subalterne, quitte à l'en rendre complice auparavant. Il vaut mieux être craint et passer pour un tyran que de ne pas tenir son film.

— Va me les chercher. Je veux les voir sur lui.

— Maintenant ?

— Maintenant.

— Mais… je n'ai pas déjeuné… et une partie des costumes est encore à Venise…

— Ça m'est égal. Je veux ces chapeaux avant la fin du déjeuner. Après, je n'aurai plus le temps de m'en occuper.

Éric tourne les talons. Valentin passe son assiette de spaghetti à son voisin et se lève, mortifié.

Mélusine vient d'entrer, suivie de Nicole et d'Epstein, atteint d'une étrange urticaire attribuée aux moules, mais en réalité d'origine nerveuse. Le serveur est déjà là avec une bière Peroni Nastro Azzurro, la meilleure bière italienne, que Mélusine a acceptée comme compromis.

Un nouveau problème se pose. Les rougeurs d'Epstein redoublent. Wilson est végétarien, il ne mange que des légumes et des œufs. Ce sera simple au pays du poisson et des *luganeghe*, saucisses fraîches dont on assaisonne les pâtes et le riz. Pour aujourd'hui, il se contentera d'une salade et d'un morceau de parmesan sauvé du râpage, mais les aubergistes promettent pour les prochains jours des épinards succulents et des blettes du jardin. On échange des banalités sur le temps, l'Amérique et l'Europe, ponctuées de longs silences.

Éric ne touche pas son assiette et propose une promenade dans Venise à la fin du tournage, puisque Wilson a accepté de rester cet après-midi pour faire les essais de maquillage et de costumes. Percy demande si la scène de demain figure dans le scénario traduit en anglais qu'ils ont reçu il y a quinze jours. Il croit comprendre, fine mouche, qu'il y a de grands changements. Ne faudrait-il pas en parler ?

— Certainement. Voulez-vous que nous dînions ensemble, ce soir ?

« *Of course* » est la réponse disciplinée de Wilson, habitué à trouver un programme tout fait où qu'il aille.

Mélusine a fini ses moules farcies et demande la permission d'aller se préparer pour le tournage.

« *See you later* », dit-elle à l'Américain qui est en train de se curer les dents avec l'ongle démesurément long de son petit doigt.

Nicole lui emboîte le pas sans finir son dessert. Le Noir n'est pas la seule star, ici. Mélusine est aussi bien entourée que vous, *mister* Wilson !

— *You always wear this hairdo?* (Vous portez toujours cette coiffure), attaque Éric.

Où est Valentin ? Ça va barder. Je vais le faire pleurer, cet après-midi. C'est sa faute. Il m'a énervé, avec les froufrous sur le dos de Mélusine. C'est un film intemporel, pas *La Vie parisienne.* C'est Venise qui leur monte à la tête. Si on avait tourné en Suède, ils auraient tous été plus sobres. *Venise, vieille catin, séductrice, tu corromps mes petits Descartes. Fais-toi belle, ce soir. L'Amérique vient te rendre visite, opère ta magie pour que je puisse travailler tranquille. Allez, ne sois pas méchante, donne un coup de main à ton fidèle serviteur, tu verras comme tu seras belle dans ce film.*

*

Othello n'a jamais existé, pas plus que les ponts et les demeures qui lui sont attribués aux détours des circuits touristiques composés par les agences rivales. Pour éviter les embouteillages de gondoles dans les mêmes canaux, on a découpé le réseau comme la mafia de Chicago se partageait les bars entre bandes adverses. Passé les monuments connus de tous, les guides brodent un peu dans les canaux secondaires. Ils se ressemblent tous, après tout, et il serait bien difficile de s'y retrouver dans ce dédale habilement embrouillé par les gondoliers. *Il Moro*, fantôme errant sans demeure fixe, se promène ainsi d'une façade à un balcon, d'un pont à un canal, sous les fenêtres de Desdémone.

Éric se taille un franc succès avec ces anecdotes, c'est vrai qu'il joue sur du velours, il connaît sa Venezia comme sa poche et c'est vraiment la plus belle ville du monde. Il leur fait le grand jeu, ce soir : la vitesse au large de Murano, les embruns aux parfums de jasmin en côtoyant les jardins de la Certosa, l'arrivée triomphale devant San Marco dont les lumières se sont allumées sous leurs yeux, le Canal Grande et les palais amis où nous serons certainement invités à des dîners aux chandelles, le pont du Rialto si laid mais sans lequel Venise ne serait pas Venise, comme Paris ne serait pas Paris sans la tour Eiffel. Wilson et Percy auraient continué toute la nuit, mais Éric a pitié de Mélusine qui bâille au fond de la cabine, recroquevillée dans une veste de laine insuffisante pour la fraîcheur du soir.

— *Torniamo al Gritti*, dit-il au marin.

Joyeusement, il entonne :

Ed io vedea fra le tue tempie oscure
Splender del genio l'eternea beltà...

C'est l'acte II de l'*Otello* de Verdi.

E tu m'amavi per le mie sventure

Ed io t'amavo per la tua pietà..., reprend Wilson.

Il a étudié *Otello* à ses cours de chant et leur duo continue comme un concours de mémoire : aller jusqu'au bout de la scène sans se tromper, Wilson dans le rôle d'Othello, Éric dans celui de Desdémone, Percy dans les deux, à l'unisson. Ils chantent de plus en plus fort, les passagers des vaporetti se retournent en souriant, ils rient entre les phrases musicales. Wilson estropie l'italien avec délices et tous trois se sont pris par les épaules devant le noble pont de l'Accademia en chantant de plus belle pour les passants ébahis. Impassible, Mélusine regarde sa montre.

— *Do you like your part in the film?* se hasarde Éric, profitant d'un si bon climat.

— *Oh, yes!* répond Wilson. J'aime beaucoup ce rôle. Mais j'ai changé la fin. Percy vous donnera le nouveau texte. Je ne peux pas la tuer, *I can't...* La compagnie avec laquelle je suis sous contrat a bien précisé que je ne devais jamais être méchant, dans aucun film. C'est contraire à mon image... Image, vous comprenez ? Comment dit-on en français, imaaage, c'est ça ?...

Éric le regarde, éberlué. Mélusine, du fond de la cabine, est prise d'un fou rire. Percy ne comprend pas ce qui la prend et la fusille du regard. Il n'a pas de sympathie pour cette greluche blanchâtre qui lui a tout juste dit bonjour.

Ils sont arrivés devant le Gritti. Éric descend avec Mélusine et charge Fulvio de raccompagner ces messieurs à leur hôtel. La discussion est renvoyée à plus tard. Dans une heure au restaurant du Danieli, OK?

*

Mélusine est entrée la première dans l'ascenseur.

— Je peux monter une minute ? demande Éric.

Elle se doute de ce dont il veut lui parler.

— Monte, papa.

La même émotion saisit Éric chaque fois qu'il entre dans la suite 109 : c'est dans cette même chambre qu'il a été reçu par Toscanini peu avant sa mort. Rien n'a changé, les tissus sont plus neufs mais les teintes toujours bleutées. Ils avaient parlé longuement comme s'ils avaient senti qu'ils se voyaient pour la dernière fois. Ce soir-là, le vieux maître dévoila des secrets qui semblèrent au jeune Éric une sorte de testament. En quittant la chambre, il s'était appuyé contre le mur, les larmes aux yeux. Il s'en souvient comme si c'était hier. Vingt ans ont passé pourtant. Le temps n'existe pas, il n'y a que nos émotions et leur persistance dans la mémoire à marquer d'une touche le cadran de nos vies.

Mélusine boit une bière avec des lapements de petit chat. Le vrai petit chat a été libéré ce matin, son odeur de fauve était vraiment trop insistante.

— Ils voulaient le couper, tu comprends. Je n'aurais pas laissé faire ça.

— Habille-toi plus chaudement pour venir dîner, dit Éric, négligemment. Avec les Américains, pas de manières à faire. Tu peux rester en pantalon.

— Quoi ? bondit Mélusine. Je suis morte, mon vieux, je n'ai aucune envie de sortir. J'ai fait ma BA, je vous ai accompagnés à la balade touristique, ça suffit, il me semble. Je n'ai pas à dîner avec ce monsieur, il me fait chier et je n'ai rien à lui dire.

Elle en rajoute un peu, mais elle est soulagée qu'il ne s'agisse que de cela. Elle craignait qu'on parlât de la journée de travail, pas plus brillante que la première. Éric a ses responsabilités, son humeur sombre et ses bagarres avec Valentin, mais elle n'est pas en forme et n'arrive pas à entrer dans le film. La nuit d'hier ? Mélusine est habituée à tourner les pages sans coup férir. Un malaise général tout nouveau l'oppresse comme l'approche d'un orage. Elle ne devrait pas être fatiguée, elle a passé quinze jours à Quiberon avant le tournage. Il y a autre chose. Quoi ? L'accumulation des films passés a-t-elle atrophié sa capacité à se surpasser ? Éric est mécontent, Mélusine n'est pas dupe de son silence. Ce rôle est-il trop lourd pour elle ?

— Sois gentille pour une fois, insiste Éric. Tu crois que ça m'amuse, moi, d'aller entendre Othello revu et corrigé ? Mais Robin amène cent cinquante millions de la MTCA et il le sait. Pas question de se le mettre à dos. Tu dois faire un effort. C'est ça, être une star, c'est comme la maîtresse de maison du film, c'est à toi de recevoir les étrangers. Et puis, il n'est pas si mal, avoue-le.

— Non, j'ai dit non ! J'ai déjà donné. Je me le suis tapé toute la journée, avec son écho, son coach, là. Un cataplasme ! Je vais me coucher, séance tenante, je ne dînerai même pas. Bonne nuit.

C'est un « point final », Éric la connaît assez pour savoir qu'il ne faut pas insister. Elle est en train de se déshabiller. Dans deux secondes elle sera au lit et aura éteint la lumière.

Éric sort en claquant la porte. Sur le palier, Ariel vient prendre son service. Avec sa nouvelle veste de daim, il ne l'avait presque pas reconnu.

*

Mélusine dort profondément, couchée sur le ventre, les bras en croix. Elle s'est effondrée de fatigue. Après la nuit d'hier, elle a du sommeil en retard et s'est levée à six heures ce matin. Elle ronfle légèrement, signe d'un sommeil absolu. Une trêve animale pendant laquelle elle ne sera pas attaquée. Ponte des truites et période de chaleur des faisanes, grossesse des biches, premiers jours de leurs faons, une parenthèse réservée aux femelles et dont la violation entraîne des sanctions drastiques dans toutes les jurisprudences. Mélusine s'est retirée dans ce *woman's land*, hors d'atteinte, au fond d'une saine léthargie. Son corps de gisante a l'immobilité des statues et des pierres anciennes. Le phare tournant d'un bateau de pompiers balaye son visage de ses rayons bleus à travers la fenêtre ouverte. Les éclats d'une dispute entre deux cuisiniers résonnent au rez-de-chaussée, amplifiés par les parois du canal en goulet. Rien ne dérange Mélusine, enfouie dans un sommeil ancestral. Mélusine n'est plus là, elle a rejoint l'aurore du monde.

6

Nuit blanche

Sur le chemin du Gritti, Ariel était passé au consulat d'Israël. On lui avait dit qu'il fallait faire une déclaration de perte des documents au commissariat du quartier où le vol avait eu lieu. M. Éric avait raison, c'eût été préférable de le faire tout de suite après l'agression.

Après la vexation d'hier, il avait bien failli se sauver. La parole donnée l'avait retenu. Et le besoin d'argent. Puis, au cours de la nuit, il s'était repassé la scène plusieurs fois. La rage calmée, une conclusion se dessinait : les ongles de Mélusine dans sa chair avaient une autre intention que celle de l'écarter. Le sourire, tête penchée, dont elle avait accompagné son geste en atténuait la brutalité. Le message était-il : *Tu t'y prends comme un balai* ou *C'est moi qui choisis* ? Le refus n'était pas catégorique. Par ce sourire et cette tranquillité, elle avait laissé une petite porte ouverte.

Rémi arrive en courant dans le couloir.

— Elle est là ?...

— Oui..., répond Ariel, qui découvre derrière l'attaché de presse deux messieurs dont Rémi a l'air de faire grand cas.

— ... Elle ne se fait pas passer les communications, mais je puis entrer chez elle quand je veux, leur explique-t-il, volubile. Vous voyez comme elle est protégée, je ne vous disais pas de blague quand je vous ai promis l'exclusivité...

Un des deux hommes est bardé d'appareils photo, de lampes et de Balcar, tandis que l'autre garde les mains dans les poches de son élégante veste de tweed.

— Vous ne pouvez pas entrer, fait Ariel, fermement, en se glissant devant la porte.

— Je vous présente Ariel, notre gardien antipaparazzi qui protège magnifiquement la *privacy* de Mme Marvel! dit Rémi, mielleux. Vous voyez que nous faisons bien les choses. Merci, mon garçon, laissez-moi passer...

— Non, monsieur. J'ai des consignes strictes.

— Mais enfin, c'est insensé. Je sais bien ce que je fais, je suis l'attaché de presse de Mme Marvel, et son ami, je puis entrer quand je veux. Ce n'est pas vous...

— Si, c'est *moi* qui vous en empêcherai. Je suis là pour ça.

— Ça, c'est le comble. C'est moi qui vous ai engagé, je suis maître de décider ce que... Allez, mon ami, cessons ces bêtises, dit Rémi, courroucé. Poussez-vous, s'il vous plaît, et laissez-nous passer.

Ariel serre les poings. Il ressemble à un videur de boîte de nuit.

— Vous ne passerez pas.

Rémi s'approche pour le pousser, mais Ariel, d'un coup d'épaule, le fait voler au pied du canapé. Le guéridon se renverse, entraînant dans sa chute le vase de grès, intact par bonheur, qui roule sur la moquette au milieu des œillets épars, frais de ce matin.

— Vous vous rendez compte de ce que vous faites, ulule Rémi, dès qu'il a repris son souffle. M. Bergeron, directeur de *France Dimanche*, est venu lui-même de Paris pour rencontrer Mme Marvel. Il repart demain et vous vous permettez de...

— Je suis désolé. J'ai reçu des instructions formelles de M. Éric ce matin.

Résignés, le journaliste et le photographe se préparent à redescendre, tandis que Rémi fulmine.

— Je vais en parler à M. Epstein immédiatement. Quant à M. d'Albarosa…

Il sait qu'il ne trouvera d'allié ni chez l'un ni chez l'autre.

Comme toujours la publicité est méprisée, quel sale boulot quelquefois. Tout le monde contre. Il va être de bonne humeur, mon journaliste, quand je vais lui annoncer qu'il ne loge pas ici, mais dans une petite pension derrière San Marco. J'en ai marre, je ferais bien de me mettre à mon roman. Avec un sujet sur les cinglés du cinéma, au moins je gagnerais de l'argent et j'aurais la paix.

Ariel, bon prince, l'aide à se relever après avoir ramassé le vase. Le dos de Rémi fait *crac*. Pourvu qu'il ne se soit pas démis à nouveau sa maudite septième vertèbre…

— Laissez-moi tranquille…, fait-il à Ariel, en se dégageant.

Puis, aux journalistes :

— Venez, chers collègues, allons dîner, je connais une *trattoria*… Vous m'excusez une seconde, je vais dans ma chambre prévenir Xavier. Attendez-moi en bas.

Ariel finit de remettre les œillets à leur place, enflé de son premier succès sur ce palier. Enfin. Les redoutables journalistes se sont montrés. Les grands lustres s'éteignent, ne laissant que la faible lumière des appliques. A-t-on avancé l'heure des économies d'énergie ? Il n'est que neuf heures à la montre d'Ariel. Il s'installe sur le canapé. Ce soir, il n'a pas sommeil, il a dormi toute la journée. *Quel jour sommes-nous ? Quelle date ?* Il a du mal à s'en souvenir, il a perdu la notion du temps. Il y a un an, à la même date, l'année universitaire reprenait à Koutaïs. Dès le premier jour de cours, il avait repéré les jolies filles parmi les nouvelles étudiantes, Zora, en particulier, avec ses longs cheveux noirs... Elle était belle, excitante... Mais quelles chances aurait-elle aujourd'hui face à une femme telle que Mélusine, resplendissante dans la puissance de ses trente-cinq ans ? Trente-cinq ou quarante ?

*

— N'hésitez pas, Lena, ma bibliothèque est à votre disposition, avait dit M. d'Albarosa.

J'ai retrouvé Sang réservé, *tu sais, Ary, la nouvelle de Thomas Mann dont je t'ai tellement parlé. Des jumeaux juifs doivent se séparer à cause d'un goy et finissent par l'écarter à force de patience et du fait de leur* différence. *As-tu compris, Ariel, que c'est cela notre force, à travers les siècles, à travers le monde : notre* différence *! Être juif est une chance, nous sommes voués à un destin d'élévation, de justice rendue à nos qualités enviées par tous les peuples. Ils nous en veulent. Nous serons leurs ennemis quoi que nous fassions. Tu ne pourras conquérir que leur estime, jamais leur amour. C'est moi qui t'aime. Je suis toi, ta moitié, ton origine et ton miroir, la seule qui te dira toujours la vérité. Tu me manques, j'ai un peu peur, ici, toute seule, sans mon violoncelle et sans musique. M. Éric met des disques, en bas, très fort, et je les entends. C'est peut-être une gentillesse pour moi, il est si bon. Je pensais descendre tout à l'heure car il avait mis un quatuor à cordes de Brahms.*

Cela semblait une invitation. Mais il était minuit. J'ai entendu les douze coups au clocher d'une église et j'ai eu peur de déranger. Les heures passent si lentement sans toi, reviens vite.

*

La grande horloge de San Marco sonne minuit. Venise trempe dans une nuit brumeuse qui soude les maisons en une seule ligne d'horizon azurée. Mélusine s'est réveillée. Elle reste un long moment les yeux ouverts, les bras derrière la tête : elle n'a plus sommeil.

Elle est complètement reposée. Sa faculté de récupération a toujours étonné ses collègues. Quelques minutes de sommeil, dans un fauteuil de plateau, en plein vacarme, lui suffisent à se débarrasser de cernes ou de traits tirés : aucune compresse d'eau glacée n'est utile pour elle. Dix minutes et elle redevient comme au début de la scène, fraîche et rose, sans l'aide des maquilleurs. Prête à redémarrer sans accuser les longues heures de tournage. L'adieu à une journée, si éprouvant quand on n'a pas vu la lumière du jour, enterré au fond des studios, semble au contraire décupler l'énergie de Mélusine.

Elle allume une cigarette, puis presse l'interrupteur en poire de la lampe de chevet. Une bonne bière ? Dans la journée, Mélusine ne boit jamais. Une bière ou un verre de vin à table, si elle va déjeuner, pas toujours. Elle préfère avaler un verre de lait dans sa loge et téléphoner, ou encore dormir un peu. À Murano, sa loge est un cagibi infâme où elle ne met les pieds que pour s'habiller et se déshabiller. Le chauffage électrique d'appoint réclamé par Nicole brûle toute la journée inutilement et rend l'atmosphère irrespirable. Elle a bien repéré un petit coin de plage sous des tamarins au fond du jardin abandonné qui aurait fait l'affaire par beau temps pour les siestes. Le brusque changement de saison rend la cachette impraticable, essuyée par le vent et les vagues de brouillard glacé. Le bistrot voisin est donc devenu le quartier général où elle passe les heures d'attente.

Mélusine se lève. Elle traverse la suite dans l'obscurité, pieds nus. Sa chemise de pilou achetée au marché de Ramatuelle lui bat les mollets. Elle prend une bière dans le frigo de cuisine qu'elle a fait installer au milieu du salon pour contenir les caisses livrées de Belgique. Elle s'assied sur une table basse, jambes écartées, éclairée par la lumière du frigo entrouvert, et boit à la bouteille, les coudes sur les genoux, dans une attitude terrienne à mille lieues de la *bombe sexuelle* clamée par ses films.

Le plaisir de la bière, c'est le rot. Le voilà ! Quel bonheur ! C'est pour ça que ça se boit seul, *la bière, ou bien avec d'autres buveurs de bière qui rotent et qui pissent sans honte contre les murs des tavernes, comme dit Jacques Brel. Que diraient les gens si je rotais à leur visage comme j'en aurais envie. Ils en feraient une tête. Une actrice célèbre pétait en scène, par trac. C'est pire. On l'appelait le Pet Respectueux, à cause de son âge respectable et parce qu'elle avait joué* La P… respectueuse *pendant des années. Pauvre vieille, comme elle devait craindre les silences des pièces de théâtre.*

Les rots de papa… inoubliables, dignes d'un championnat, longs de plus d'une minute quelquefois, modulés et caverneux, ou aigus et étranglés, ou bien simplement soufflés sans tonalité. Les « louffes » comme il les appelait pour me faire rire, un assortiment infini de bruits comiques qu'il émettait pour moi, écroulée de rire. Où rotes-tu, mon papa, en enfer ou au paradis ? Le paradis des roteurs, une barrique d'où giclerait éternellement le bon liquide jaune fleurant le malt et le houblon. Tiens, je vais commander des barriques à l'avenir, ça sera plus joli que ce char d'assaut dans mon salon. Avec des pains de glace autour, ce sera très sympa, je me sentirai chez nous, mon vieux papa flamand gueusard et mort. Pourquoi m'as-tu fait ça ? J'avais besoin de toi, tu m'aimais et tu es parti quand même.

*

Mélusine ferme le réfrigérateur d'un coup sec et va fouiller dans un sac en plastique Air France où sont entassés en vrac les cartouches de Milde Sorte, les cigarillos, les briquets, un trictrac portatif et des cartes à jouer achetés au duty free de Roissy. Elle sort les cartes, allume un lampadaire près d'une table de jeu. Elle bat les cartes et commence une patience.

— Dame, roi, valet… Non, c'est roi, dame, valet, ou bien deux dames, deux as ou un roi et un valet ? Zut…, je ne me souviens pas…

Elle abandonne la réussite et brouille les cartes. À quel jeu peut-elle jouer, toute seule ? *Eurêka.* Elle va à la porte sans remettre en ordre ses cheveux décoiffés et sort sur le palier. Ariel est là, fidèle au poste.

— Tu sais jouer aux cartes ? lui demande-t-elle.

— Oui, bonsoir, ça dépend quels jeux de cartes…, répond Ariel, un peu surpris et soudain intimidé.

— Viens. Entre.

Ariel suit dans le salon la silhouette blanche en chemise paysanne peu avantageuse.

— Tu sais jouer au gin rummy ? demande Mélusine, sans se retourner.

— … Non.

— À la belote ?

— À la quoi ? Non... Je sais jouer au bridge, un peu, et aux échecs.

— Au black jack ?

Ça, il n'en a jamais entendu parler.

— Au chemin de fer ?...

— Non plus...

— Tu n'as jamais joué de l'argent ?

— Non.

— Jamais ? Tu n'as jamais été dans un casino ?

— Jamais mis les pieds.

— Mais, c'est extraordinaire.

Voilà l'idée. Elle a beaucoup joué à une époque et a conservé les tics des flambeurs : quelqu'un qui n'a jamais approché un tapis vert porte bonheur. Il faut aller jouer immédiatement.

— Déshabille-toi, lance-t-elle à Ariel, et elle sort de la suite royale en coup de vent.

Elle trottine en chemise de nuit, heureuse d'avoir trouvé un jeu, fêtarde incorrigible. Toute son énergie revient quand il s'agit de s'amuser. Elle frappe à la porte de Rémi. Elle descendrait bien se faire donner un passe pour se servir sans le réveiller, mais dans cette tenue, c'est un peu difficile. Elle frappe encore, c'est Xavier qui ouvre, endormi et mal luné.

— Qu'est-ce qui se passe ? Demande-t-il, en se frottant les yeux.

— Rien, j'ai besoin d'un smoking... Le tien ou celui de Rémi... ou les deux... Rémi dort ?

— Oui, il n'est pas bien ce soir. Il a mal au dos. Entrez. Prenez ce que vous voulez.

Et, dans un bâillement :

— Vous vous déguisez ? À cette heure-ci ?

Il connaît les lubies de Mélusine, ça ne l'étonne pas tant que cela.

— Aide-moi à trouver la chemise et les boutons de manchettes, et ne discute pas, ça va te réveiller.

Xavier ouvre les tiroirs et tend toutes les chemises blanches en vrac, elle trouvera bien la bonne à la lumière.

— Prenez tout, vous verrez bien…

Mélusine emporte les deux smokings, les chemises, plus le tiroir entier de chaussettes, dont elle se sert comme d'un plateau pour poser le tout, escarpins compris.

— Bonne nuit. Chaperon rouge, mes amitiés au grand méchant loup !

Dans le couloir elle croise un vieux monsieur anglais en smoking qui la salue aimablement : une cliente du Gritti est forcément une femme du monde, peu importe sa tenue et son air de rat d'hôtel.

— Tiens, essaye ça ! fait Mélusine à Ariel, en lui lançant un smoking.

Elle dépose par terre tout son barda.

— Il doit y avoir tout ce qu'il faut, dit-elle, débrouille-toi. Je vais me préparer. Je t'aiderai pour les boutons de manchettes. Je me dépêche.

Elle ferme la porte de la chambre sur elle, en laissant Ariel à ses questions. Qu'est-ce que cette femme a derrière la tête ? Il a promis de l'aider à être raisonnable, à se reposer. Il faut empêcher cette sortie, résister. Il fait deux pas vers la porte en enjambant le tas de chiffons noirs et blancs à ses pieds et pose la main sur la poignée. Un bruit de douche lui répond, elle n'entendra pas sa voix.

Banco. On sort, mais tu la ramènes dans une heure, pas plus, elle sera fatiguée et elle se rendormira comme un ange… Avec moi, peut-être. Ariel, ne recommence pas, ne te mets pas dans une situation défavorable. Ne sois pas idiot, tu as affaire à une ceinture noire. Avec tes passes de débutant, elle te met au tapis en deux mouvements. Laisse faire Madame et va t'habiller. À propos de ceinture noire, je n'en vois pas, comment ce pantalon trop large va-t-il tenir ?

Sans miroir, Ariel doit juger au toucher de ce qui lui va. Le pantalon de Rémi est vraiment trop large, mais la veste de Xavier est trop étroite. Ariel fait un panaché des deux smokings. Les étoffes différentes ne sont pas exactement du même noir, mais peu importe. Le pantalon est trop long de jambes. Il faut l'enrouler à la taille. Le problème est toujours la ceinture. Une cravate fera l'affaire et sera cachée sous le gilet. Restent les chaussettes : il ne peut pas utiliser ces bas de soie noire fragiles comme des toiles d'araignées. Non, il gardera ses socquettes marron foncé, ça ne se verra pas sous le pantalon. Les chaussures vernies vont très bien. Une chance. Qu'elles sont jolies avec leur nœud plat. Leur pointe luisante les fait ressembler à la vieille machine à coudre de la tante Sarah. Il accroche le papillon heureusement déjà noué et monté sur un élastique, en se regardant dans le petit morceau de miroir qui orne une applique. Il n'est pas mal tout en noir.

La porte s'est ouverte sur Mélusine, moulée dans un long fourreau noir à couper le souffle. Ses yeux gris à peine maquillés brillent dans le visage clair. Les cheveux relevés dégagent la longue ligne du cou battu par deux boucles d'oreilles en larmes de diamant.

— Tu m'aides ? dit-elle, en tendant le bras. Je n'arrive pas à fermer ce putain de bracelet.

Ariel se penche sur ce poignet offert. En fermant le bracelet, il y pose ses lèvres.

— Vous êtes très belle, madame, dit-il.

— Appelle-moi Mélusine, ce sera plus simple.

Elle part d'un éclat de rire et soulève les basques de sa veste de smoking : un bout de la cravate transformée en ceinture pend derrière comme une queue.

— Qu'est-ce que tu as fabriqué ? C'est quoi, ça ? Fais-moi voir...

Elle le retourne dans tous les sens en riant à gorge déployée. La soirée commence bien. Ariel, en pingouin de fortune, est hilarant.

— Viens, on va arranger ça.

Elle l'entraîne dans la chambre en le tenant par la main et va chercher une ceinture parmi les siennes. Celle de Gucci devrait aller, même si la boucle est un peu féminine, elle sera cachée par le gilet.

— Et ces chaussettes ? Tu ne penses pas les garder ? Mets celles-ci, dit-elle, en rapportant du salon les plus belles trouvées dans le tiroir des garçons.

Dans la salle de bains, Ariel ose prélever un peu d'eau de toilette *Joy* après s'être lavé les mains. Oui. Il n'est pas mal dans cet habit, il fera bonne figure auprès de Madame... Pardon, auprès de Mélusine.

Elle l'attend enrobée de sa cape de queues-de-renard blanches, droite sur ses sandales à fines lanières. Un dernier coup d'œil à son cavalier. Un petit coup sur l'épaule pour enlever un cheveu. L'aplomb du nœud papillon est OK.

— En route, Al Pacino !...

*

— Bonsoir, madame Marvel !

Comment ces rusés annoncent-ils son nom avant qu'elle ait montré ses papiers d'identité ? Croupiers et gérants de casinos sont physionomistes et informés.

Mélusine est déjà venue au casino du Lido à l'occasion d'une Biennale de Venise, il y a plusieurs années. Sa fiche est toujours là, tenue à jour. *On vous a reconnue, chère madame, votre présence à Venise est un événement que nous ne pouvions ignorer.*

Courbettes très opportunes, car elles permettent de faire entrer Ariel sur la parole de Mélusine. *Il a laissé ses papiers dans l'autre veste, pardonnez-le, nous avons décidé de venir si rapidement...*

On débarrasse la diva de sa houppelande en peaux de bêtes et on les conduit dans la grande salle à moitié vide. Mélusine fait le tour des tables et observe les joueurs et les croupiers. À sa démarche, on comprend qu'elle est familière de ces lieux. Elle a pris l'expression neutre de ces messieurs distingués qui sont attablés autour de ces immenses jeux de l'oie. Elle passe d'une table à l'autre, rapide et décidée. Les hommes se retournent sur son passage. Quelle femme. Son fourreau noir ne laisse rien échapper de sa silhouette tout en courbes. Ariel est fier d'être avec elle dans ce temple de l'argent et du grand monde.

Le décor n'a rien de palpitant en soi : les amples salles aux parois nettes éclairées par des tubes de néon cachés dans les moulures ressemblent à un préau d'athlétique légère. Le long bar modernisé évoque un buffet de gare. Mais tout, ici, sent le fric. L'air feutré est le même que celui qui règne dans les banques. Les brefs *Faites vos jeux*, *Rien ne va plus* sont des couperets fatals qui vident ou remplissent les portefeuilles des joueurs. Les millions sont étalés sur le tapis vert en de pudiques plaquettes.

Mélusine a choisi une table. Le croupier a déplacé un joueur pour la faire entrer. Un frémissement parcourt la tablée. Mélusine a déposé devant elle sa pile de fiches. Une petite fortune.

— Touche-les, dit-elle à Ariel, à voix basse. C'est important.

Ariel, debout derrière elle, se penche pour poser ses mains à plat sur le tas multicolore. Son visage a frôlé les cheveux de Mélusine qui embaument l'iris. Elle fait un geste cabalistique en lui souriant.

— Reste ici. Tu vas voir ce que tu vas voir.

Ariel n'a aucune intention de s'en aller. Comment se détacher de Mélusine, droite sur sa chaise, l'œil alerte qui brille dans la lumière basse des suspensions coniques ? Elle est magistrale, précise, impassible. Ses gestes des doigts et des poignets ont l'élégance d'un tour de prestidigitation. Ariel n'y comprend rien, mais il ne saisit qu'une chose : elle gagne. Elle avait flairé la soirée magique.

Ils gagnèrent pendant deux heures d'affilée, dans une montée régulière sans longs retours de fortune. Mélusine avait dit à la première série gagnante :

— Ne chantons pas victoire. Ce n'est pas bon de gagner au début. La roue tourne.

Mais à présent, elle exulte. Une baraka de ce genre, elle n'a pas vu ça depuis longtemps. Ils gagneraient encore si le casino ne fermait pas ses portes. *Nous vous attendons demain, nous ouvrirons quelques tables spéciales dans les petites salles.* L'enjeu ne sera pas pour les enfants…

Royale, Mélusine offre une dernière bouteille de champagne aux clients restés autour de sa table pour admirer le spectacle. Elle trinque avec les croupiers à qui elle a généreusement distribué des pourboires. Un industriel de Padova la serre d'un peu trop près, selon Ariel, qui se glisse entre eux :

— Heureux au jeu, malheureux en amour… On dit ça en français aussi ? demande-t-il, en prenant Mélusine par les épaules.

— Penses-tu. Des bêtises. Tous ces dictons sont toujours faux, répond-elle en se retournant vers lui, radieuse. Et maintenant, où on va avec tout ça ?

Les billets n'entrent pas dans la mince pochette de velours noir. Elle en tapisse les poches d'Ariel. Il en a dans la veste, dans les poches du pantalon, dans le gilet même, où elle a découvert une poche intérieure. Le taxi qui les a amenés les embarque au ponton du casino. Il avait réclamé un prix astronomique pour la course en voyant la fourrure de Mélusine mais elle ne l'a pas payé, finaude, pour être sûre d'être attendue.

— Comme il fait bon ce soir, nous avons bien fait de sortir, dit Mélusine, emmitouflée dans sa fourrure, pieds nus dans les sandales, posés sur le rebord du bateau. Des petites giclées invisibles lui font pousser des miaulements de plaisir.

— Où allons-nous ? se hasarde Ariel.

— Surprise !..., promet Mélusine.

*

Il ne reste qu'un client à la Casina Valardin, endormi dans le lit de la chambre *Pétunia*. On connaît ses sommeils de plomb, on le réveillera demain à dix heures, pour le ménage. Les amies de Mélusine s'apprêtaient à aller se coucher, mais la vue de l'argent les décide à rallumer les lumières et à mettre le disque de tango argentin qui plaît tant à Roberta.

Ils vont dans la cuisine faire des œufs au plat, pour tout le monde tant qu'à faire ! Ils mangent tout ce que contient le garde-manger, les biscuits, les olives, les amandes et les chocolats, arrosé de *spumante*, puis de grappa. Mario, le conducteur du taxi, est monté avec eux et c'est lui qui s'amuse le plus, un bras autour de la taille de Loredana, une blonde platinée aux biceps révélateurs d'une enfance ouvrière. Il rit de toutes ses dents cariées, en se tapant sur les cuisses. Ils font un tel bruit que M. Giannini, docker chef de la gare maritime, une personnalité, dormeur de la chambre *Pétunia*, a été réveillé. Il entre dans la cuisine, en maillot de corps, les mains sur les hanches. Les rires redoublent, on lui colle une coupe de *spumante* dans la main.

— On danse ? lui fait Mélusine.

Les voilà lancés dans un tango vengeur. Mario invite Loredana. Roberta a empoigné Benedetta et lui enseigne le pas. Un-deux, un-deux-trois. Ariel, bien élevé, a dû inviter *signora* Amelia, qu'il tient à distance en cherchant le regard de Mélusine. À la fin du morceau, il s'incline devant elle :

— M'accorderez-vous, madame, la prochaine danse ?

— Volontiers, monsieur. Est-ce si difficile de dire *Mélusine* ?

Le morceau suivant est un tango canaille aux accents poignants. Ariel a serré Mélusine contre lui. Il sent le corps mince aux larges hanches se plier contre le sien. Les yeux fermés, ils oublient les autres danseurs et les claquements de pieds. Ils oublient où ils sont, pourquoi et comment. Ils dansent, ancrés l'un à l'autre en un bonheur que seul le contact de deux corps peut donner : immédiat, total et sans remords. Ils s'immobilisent sur le dernier accord pathétique du tango, mais ne se détachent pas. Leurs joues se touchent. Un baiser est imminent, mais Mélusine tourne la tête :

— Si on allait chez le jules de Roberta manger du poisson frais ? lance-t-elle à la cantonade. Il est pêcheur pour les grands restaurants et cuisinier formidable. Allez, les filles, habillez-vous ! On y va.

Le baiser s'est sauvé, feu follet malicieux disparu d'un tour de passe-passe. La main de Mélusine cherche celle d'Ariel. Les doigts se croisent selon la volonté de la femme, ferme, sans discussion.

— Descendons. Je veux prendre les places de tout à l'heure dans le bateau.

La grosse vedette se remplit de ses passagers aux pieds peu délicats. La patronne, *signora* Amelia, s'est décidée à venir elle aussi, mais la petite Benedetta est restée là-haut, elle range la cuisine et se couche. Mélusine proteste et veut monter la chercher. Il faut qu'elle soit de la fête, mais on la convainc qu'il ne vaut mieux pas, Benedetta est farouche, elle n'aime pas sortir de la maison.

*

La cargaison disparate, des dondons en tenue de jour, pulls colorés et boléros de fourrure synthétique sur des pantalons collants, le couple en smoking et robe du soir, encadrés par le docker et le conducteur du taxi en blousons imperméables à capuchon, se lance dans le Canal Grande. Ils se mettent à chanter des chansons populaires, comme à la fin de toute fête en Italie :

— *Teresina imbriaguna, non ha voglia di lavurar!...*, entonne Mario.

— *Diririndindi...*, répondent les autres en chœur, Ariel et Mélusine avec eux.

Ils se balancent de droite et de gauche au rythme des ritournelles cadencées. Ariel, un peu paf, chante à pleine gorge.

— Tu n'as pas une guitare, *una chitarra* ? demande-t-il au chauffeur du taxi.

Il y a une vieille mandoline crasseuse au fond du bateau, Ariel sait en jouer. Les instruments à corde sont assez semblables entre eux et celui-ci ressemble à une balalaïka, dont il connaît quelques accords, suffisants pour accompagner les chanteurs. Il entonne des chansons russes pour la joie de toute la compagnie, de Mario surtout, ému comme un enfant.

— *Sono communista, io, dal 1945, quando avevo 13 anni, viva la Russia, viva Lenin e il partito!* Fait-il, en sortant de son portefeuille une carte du PCI rongée aux angles. *Guarda! Leggi la data? 1945! Son della vecchia guardia, io, vieni compagno che ti dia un bacio!*

Il pose un gros baiser sur la joue d'Ariel et de Mélusine. La compagne d'un Russe est un peu russe elle aussi, le plus beau peuple du monde qui a fait la plus grande révolution de tous les temps. Et puis un Géorgien, compatriote du camarade Staline, c'en est trop pour le cœur sensible de ce brave homme. Ariel, fuyard de ce monde-là, se tait pour ne pas rompre une illusion. Ils chantent de plus belle des chants de partisans dont les airs ont été pris au folklore russe. Leurs voix font écho dans le silence du canal endormi. Toutes les lumières de la ville sont éteintes, sauf quelques réverbères aux filaments jaunes.

Une seule fenêtre est éclairée, à la façade d'un palais. C'est celle d'Éric, penché sur sa longue-vue pour voir ces braillards qui dérangent la paix de sa nuit de travail et de réflexion. Mélusine. Ça ne pouvait être qu'elle. Qui sont ces personnages pittoresques qu'elle traîne avec elle dans Dieu sait quelle expédition folle ?

Le bateau passe devant ses fenêtres sans qu'elle se retourne, prise par des chansons qui ne lui appartiennent pas.

Le garçon, près d'elle, n'est-ce pas Ariel? Où vont-ils, ils font demi-tour. Non, ils ont l'air de se diriger... Mais oui, ils s'approchent de mon ponton, freins moteurs, marche arrière, cela veut dire qu'ils vont s'arrêter. C'est ici qu'ils viennent, Mélusine, ma petite Birgitt, tu veux me faire une bonne blague... Je t'attends.

*

Les mains dans les poches de sa veste d'intérieur, Éric les accueille devant la porte ouverte. Ils débarquent en piaillant.

— *Buona sera, siate i benvenuti!* dit-il, en baisant les mains de ces princesses d'alcôve, flattées et minaudières. Bonsoir, ma chère Mélusine, quel plaisir de te voir. Tu es superbe, comme d'habitude. Bonsoir, Ariel.

Inutile de réveiller Domenico, ils vont se débrouiller tout seuls. Il a toujours du champagne au frais pour des occasions comme celle-ci. Une fête improvisée, il les adore...

... Tu parles que tu les adores. Tu les as en horreur et tu veux me donner une leçon. Mes putes et mes dockers ne sont pas de ton goût, mais tu les supporteras stoïquement jusqu'au bout, pour faire échouer mon plan de petite fille capricieuse : te choquer et te rendre fou de rage. Ton flegme et ta bonne éducation me vaincront chaque fois. Bien joué, vieux renard. Tu m'as eue. Tu ne me donneras pas la vraie gifle que je mérite en ce moment, tu me prives des insultes que je suis venue chercher, éperdument, et que tu es le seul à pouvoir m'infliger. Tu ne comprends donc pas. Hurle, gueule, frappe, casse-moi la gueule. J'ai besoin de toi, tu m'abandonnes depuis le début de ce film. Sans toi,

je n'y arrive pas, triste comédienne aux mille astuces qui ne te trompent pas. Aide-moi, je sais que je suis à côté de mes pompes, dis-le-moi, au lieu de m'offrir ton meilleur fauteuil.

Je t'ai exaspéré aujourd'hui. J'appelais Yves toutes les cinq minutes alors que tu ne supportes pas la présence des coiffeurs sur le plateau, toujours devant la caméra au moment importun, avec leur laque, leurs peignes et leurs réflexions futiles. Ils rabaissent le sens du plan à une photo de magazine de beauté. Et, pauvre Valentin : c'est moi qui l'encourageais à m'affubler de cette grotesque liseuse à collerette de Valenciennes. J'ai tout fait pour t'agacer et provoquer en toi la saine colère dont j'ai besoin et que tu déverses sur Valentin, très injustement. Il était en larmes ce soir dans ma loge, à me prier d'intervenir pour que tu arrêtes le massacre.

Je hais ta courtoisie, tes bonnes manières, le sourire avec lequel tu me tends cette coupe de champagne que j'ai envie de te balancer à la figure, au lieu de m'asseoir en croisant les jambes comme une grande dame dans le bon fauteuil Cassina que je t'ai fait acheter avec le canapé, seuls sièges confortables dans cette maison hautaine. Regarde-moi. Ne fais pas la sourde oreille. Je te supplie de m'expliquer ce que je dois faire, comme autrefois, quand tu me prenais par les épaules pour éponger, après nos disputes, les pleurs bénéfiques que mes yeux secs ne connaissent plus. J'en ai assez de mon pouvoir de femme, de star, d'emmerdeuse jamais contestée, seule, seule au centre des flatteries comme une statue au milieu d'une fontaine, imperturbable sous les jets continus de la même eau croupie sans cesse recrachée.

— L'eau, ça rouille !..., dit Éric, en tendant une coupe à Ariel, qui avait demandé un verre d'eau.

Les dames de petite vertu se sont installées en rang sur le canapé et ressemblent à une brochette de poules pondeuses sur une barre de poulailler, muettes et vaguement inquiètes du regard porté sur elles. Sont-elles bonnes pour la casserole ou pour la pendaison ? Elles regardent autour d'elles avec leurs yeux ronds, impressionnées par la noblesse de la maison et l'affabilité de leur hôte. Mario et le docker parlent politique avec des gestes persuasifs, mais leurs voix n'ont pas le timbre clair de tout à l'heure, quand ils chantaient à gorge déployée «*Fischia il vento e soffia la buffera*» en souvenir d'une guerre qu'ils n'ont pas faite. Mélusine est enfoncée dans son fauteuil, les yeux fermés. Elle ne peut plus voir ça. Elle enlève ses boucles d'oreilles qui la pincent et les range dans son sac.

Ariel et Éric en sont aux confidences, là-bas, près de la fenêtre. Ariel parle avec fougue, il récite du Blok, puis du Maïakovski. Le russe poétique chante dans l'oreille d'Éric, il croit comprendre ces mots impossibles à relier aux racines connues, ni latines ni saxonnes. Éric est si pris par l'échange avec Ariel qu'il ne voit pas Mélusine sortir du salon et se diriger vers l'escalier.

Elle monte les marches lentement en laissant sa main courir sur la rampe comme la ligne d'un pêcheur à la traîne, effleurant la pierre de ses doigts détendus. Pour un film de la Nouvelle Vague, elle avait dû recommencer cinquante-huit fois un plan de main le long d'une rampe d'escalier. Le réalisateur maniaque dont elle a oublié le nom, et elle ne doit pas être la seule, se plaignait qu'on ne voyait pas les cinq doigts. C'était indispensable à l'émotion de la scène. Ses doigts inertes devaient éveiller en lui des fantasmes irrésistibles. Petite main effilée, trop petite pour le grand corps à la croupe majestueuse que regardent de leurs yeux écarquillés les pages noirs de faïence aux turbans rayés. Un derrière royal, de la lignée des grands culs célébrés au début du siècle, fermement accroché sur le haut des hanches. Mélusine porte cette partie de son corps comme une mère africaine trimballe fièrement son rejeton sur son dos, consciente des droits conférés par le fardeau. Ce derrière est à elle et personne ne peut le lui enlever. C'est l'assise de sa plantureuse féminité. Elle peut le montrer, l'exhiber pour des millions.

Mais moi, qu'est-ce que j'en fais ? Je mène depuis des mois une vie de retraitée. Nicole cède à mon premier juron. Éric ne se saisit pas de moi. Laurent me frappe par presse interposée. Les Youri Atkine tombent à la première chiquenaude. Je n'ai que des amis-serpillières dont je me torche… Et le petit Ariel ? Culotté, pour un communiste en vadrouille. Il m'a mis la main au panier dès le premier soir. Un petit homme, pas une lavette. Et si…

Mélusine se dirige vers la salle de bains d'Éric mais elle fait volte-face et revient vers la chambre rose. D'en bas personne ne l'a vue. Elle ouvre la porte sans bruit et se faufile à l'intérieur de la pièce faiblement éclairée par un réverbère du canal à travers les volets disjoints.

*

Vite, se déshabiller. Se glisser dans le lit pour que le garçon l'y trouve quand il montera. À en juger par ses regards lancés de loin, il ne tardera pas. La tactique insolente donne à Mélusine des picotements de plaisir. Le môme en sera chaviré, pourvu qu'il n'en perde pas ses moyens. Il est de la pâte des coriaces, sentimental au coin d'une chanson, mais armé de dents solides, coupantes et pointues s'il le faut. Des dents que je veux sentir sous des baisers durs et pénétrants que les bouches de femmes, exquises, mais d'une douceur parfois écœurante, ne savent pas donner.

Des yeux jaunes se sont ouverts dans le lit. Leur lueur est braquée sur Mélusine, nue, de dos, qui déroule dans la pénombre l'écheveau phosphorescent de ses cheveux. Lena s'assied contre l'oreiller en un glissement imperceptible. Mélusine entend le froissement des draps derrière elle et s'immobilise sans se retourner, lionne chasseresse flairant le danger. La jungle est habitée.

Le silence est revenu dans la chambre. Une porte claque en bas, suivie d'un bruit de moteur assourdi sous la coque d'un bateau. Mélusine, les cheveux mouvants en guise d'antenne, sent le regard de Lena. Sa nuque se raidit. Elle se retourne très lentement, contrainte, comme sous les objectifs grossissants d'une caméra, à des mouvements sans secousse, et se trouve nez à nez, dans le feuillage de son propre fourré, avec une panthère noire qui la défie sans ciller. Les deux femmes se toisent, la pupille dilatée à l'extrême dans une joute muette où chaque seconde dure un siècle, antique combat entre deux guerrières se disputant un mâle. Leurs deux corps nus s'affrontent à distance, sein à sein, chevelure noire à chevelure blonde, ventre à ventre. Laquelle des deux est la plus belle, la plus forte, la gagnante d'un duel sans pitié ? Leur nudité annule la différence. Elles sont deux volontés ennemies, dressées l'une contre l'autre comme deux dragons, viragos infernales, plus violentes que les armes à feu des hommes.

Mélusine sait qu'elle a perdu, mais son adversaire a reçu un coup mortel. Les yeux jaunes ont cillé une fois et ne sont plus que deux lames émoussées par l'atroce douleur. Elle va à la porte, en ramassant sa robe au passage, et sort sans la remettre, laissant ses épingles à cheveux sur la table de nuit comme des flèches empoisonnées dans la chair de Lena.

7

DANCING IN THE NIGHT

L'agent de Wilson Robin l'avait vu sur le dépliant : le Danieli était bien au bord de la mer. On pouvait donc se baigner. Les tables dressées sur une terrasse devant l'eau bleue, les maillots rayés des gondoliers en canotiers aux joyeux rubans rouges avaient un air de plage. C'était aussi l'hôtel le plus cher de Venise, célèbre ville de vacances *in Italy* où Sam Cohen n'avait jamais mis les pieds. Le palace conviendrait parfaitement à son client, Wilson, dont il connaissait les nécessités sportives. Les premiers télex qui lui arrivèrent de Venise à Los Angeles furent des plaintes et des insultes. Il devait d'urgence régler le problème. Robin s'en foutait, des plafonds dorés et des boiseries en ogives, il exigeait un sauna et une piscine. Le Danieli était à une heure de bateau du premier établissement balnéaire, d'ailleurs fermé à cause de la saison avancée. Sam n'avait qu'à se démerder et mieux se renseigner à l'avenir.

En attendant, Wilson et ses acolytes sont en survêtement et font des mouvements de gymnastique au rythme d'une cassette de George Benson, le rival de Robin au hit-parade, devant la fenêtre ouverte de la plus grande chambre de leur appartement. Ils ont poussé les meubles pour laisser la place à ce ballet à trois. Percy est le chorégraphe et le professeur. Il commente avec conviction la succession des exercices, leur vertu plastique sur le corps et leur portée spirituelle. Une philosophie simplette se dégage de ses enseignements : le corps-roi, dépositaire de nos perceptions terrestres et extraterrestres, permet de *voler* au lieu de traîner des pieds esclaves du sol. Le trio se balance et virevolte à l'unisson en un véritable spectacle de music-hall si beau que le maître d'hôtel, entré derrière son chariot du petit déjeuner, reste en arrêt pendant cinq minutes. Il en oublie de relever les battants de la table roulante et de disposer correctement les trois couverts sur la nappe rose empesée, identique à celle du dépliant. *Les Noirs ont une façon inimitable d'épouser la musique que nos danseurs de night-clubs n'auront jamais*, pense-t-il, en plaçant le bouquet de fleurs au centre de la table.

— *Buona colazione, signori. Good breakfast!* dit-il.

Sa voix ne couvre pas la musique à plein tube dont les voisins risquent de se plaindre à sept heures du matin.

Les trois hommes saluent sans interrompre leurs mouvements rotatoires pour le cou et les épaules commencés sur la nouvelle phrase musicale. Avant de sortir de l'appartement, le valet se donne encore quelques minutes pour admirer les boys en vérifiant si la commande est complète : les œufs, les cornflakes, un grand broc de jus d'orange, le lait, le chocolat, les toasts, les confitures, les bananes, le beurre de cacahuète et le miel en petits pots confectionnés pour la Ciga avec son sigle blanc sur le couvercle noir. Tout y est, les calories ne manqueront pas aux danseurs.

La musique est finie, Wilson va rapidement prendre une douche avant le petit déjeuner. Il revient torse nu, la serviette autour du cou, en roulant les épaules et en boxant l'air du droit en signe de bonne humeur. Il mange en sautillant autour de la table, la position assise est pour lui une punition et un effort. S'il n'avait pas réussi dans le show-biz, il aurait été *cop*, policier de la rue à New York, pour vivre au grand air, debout. C'était le rêve de sa mère, la pauvre, clouée dans un lit par une forme d'arthrose généralisée. L'uniforme lui inspire plus de confiance que les vestes mauves portées désormais par son fils sur les photos, malgré les gerbes de fleurs et les cadeaux qui arrivent ponctuellement avec les chèques à la clinique de Phoenix, Alabama. La réussite de son fils lui fait peur, au fond d'elle-même. Les Noirs de sa génération craignent de se mettre en avant, la meilleure façon de s'exposer au ressentiment des Blancs. Être flic met un Noir parmi les *bons*, serviteurs de l'Amérique et protégés des soupçons du quartier chaque fois qu'il se passe quelque chose et qu'un coupable est recherché, dans la communauté noire en premier. Aucune louange, aucun honneur, aucune popularité de Wilson ne console tout à fait la vieille *Mum.* De grosses larmes d'émotion et d'inquiétude coulent de ses yeux chaque fois qu'ils se voient – de moins en moins souvent, hélas, au hasard des tournées qui amènent le crooner dans cet État éloigné.

— *Let's go, andiamo, amigos*, dit Wilson. *It's late, I want to be on the set first.*

La ponctualité des acteurs américains est à la mesure de leur professionnalisme, condition première de la puissance d'un show-business pris au sérieux au même titre que la sidérurgie, la conquête de l'espace ou l'électronique, avec ses magnats, ses cotations en Bourse et ses contrats draconiens. L'humilité et la patience des vedettes américaines étonnent leurs partenaires européens, dont l'indiscipline est courante.

Epstein a frété pour Wilson un deuxième bateau identique à celui de Mélusine en espérant que, les jours passant, ils deviendraient amis et accepteraient de voyager dans le même, chaque fois que leurs horaires coïncideraient. Le portier a prévenu par téléphone : le marin attend en bas. Wilson et ses anges gardiens partent pour leur première journée de tournage avec leurs provisions matérielles et spirituelles. Bill a rempli un thermos de jus d'orange commandé en grande quantité, où il a mis à fondre quelques pastilles de vitamine. Le script sous le bras, Percy porte un lecteur de cassettes stéréo Sony en bandoulière avec la bande enregistrée par lui de tous les dialogues du film. Il a pris aussi quelques cassettes neuves du dernier Wilson Robin pour les offrir aux personnes utiles.

Le soleil s'efforce de percer la brume du matin, promettant une journée moins grise que les précédentes. Sous cette voilette, Venise fait la coquette. Les trois Américains sont emballés. Ils se penchent à la proue du bateau malgré les recommandations du marin. Trois morceaux de quatre-vingt-dix kilos chacun à l'avant et rien à l'arrière : on risque le retournement à la moindre vague vicieuse, plus fréquente et dangereuse qu'on ne peut l'imaginer sur ces eaux apparemment plates. Les gesticulations admiratives des trois hommes n'arrangent pas les choses et le marin finit par exiger :

— *Seduti! Sit down! Santo Cielo! Qua finiamo in acqua!*

Il obtient au moins que les gaillards s'asseyent, emmêlant leurs grandes jambes dans l'étroit cockpit.

Delaunay les attendait au débarcadère de Murano, et les accueille dans son anglais de coproduction ou alternent le *slang* et les grosses fautes. Des enfants jouent au foot sur le quai. Wilson ne résiste pas : il donne quelques coups de pied au ballon. Cela ne fera pas de mal à sa popularité dans le quartier.

Mélusine n'est pas encore là. S'il veut, les maquilleurs peuvent commencer avec lui. Le coiffeur voudrait lui proposer quelque chose... Éric, lâchement, a chargé Yves et Delaunay de convaincre Wilson de laisser ses cheveux reprendre leur pli naturel. S'ils sont trop volumineux, on pourra les effiler. Yves est un maître du ciseau, il peut avoir confiance. Contrairement à toutes les prévisions, l'Américain demande calmement si c'est Éric qui le désire. Dans ce cas, il fera tout ce que le metteur en scène réclame. Il est le patron et d'Albarosa est un grand maître dont on ne peut pas discuter la volonté. Il souhaite simplement continuer le henné qui fait tant de bien au cuir chevelu, mais qui colore légèrement les cheveux de reflets roux. Concession faite, on se lance dans les premiers préparatifs. Delaunay se réjouit d'apporter à Éric la bonne nouvelle.

Éric et Mélusine viennent d'arriver par le même bateau. Ils entrent en silence dans la maison en se tenant à distance l'un de l'autre, comme s'il y avait un grand froid entre eux.

— Ça n'a pas l'air d'être la joie, ce matin, dit Jojo, à l'oreille de Bébert. Regarde la tête qu'elle tire. Ils ont dû se bagarrer.

Mélusine est blafarde. Elle est d'une humeur de chien. Percy et Bill se demandent quel talent auront les maquilleurs pour transformer en reine de l'écran ce chiffon froissé. Wilson, plus indulgent et sensible à ce type de blonde, prend des nouvelles de la nuit de Mélusine, souffrante hier soir, lui avait dit Éric, en l'excusant pour le dîner.

— Tout va bien, répond-elle sans lui prêter attention. Yves ! Qu'est-ce que tu fous ? Grouille-toi de me mettre ces bigoudis, je dois aller téléphoner.

Cette nuit, elle a couché au *palazzetto*. Éric l'a accompagnée directement avec son bateau en refusant de faire une halte au Gritti qui les aurait mis en retard. Elle doit demander à Nicole de lui apporter les amphétamines qui sont dans le tiroir de sa table de nuit.

— *Do you want some orange juice?* propose Wilson.

Elle accepte le jus d'orange. Avec sa désarmante gentillesse, il lui a arraché un sourire. C'est le premier jour que les deux stars tournent ensemble. Synchrones, ils s'assoient dans les deux fauteuils de coiffeur devant la table de maquillage couverte de nombreux vases où fleurissent des petits bouquets de pinceaux et de crayons. Ils se sourient une dernière fois dans la glace avant de se renverser en arrière sur les appuie-tête, unis dans un sort commun.

*

Il est midi. Les pensées tournent dans sa tête comme une chauve-souris dans un sous-sol. Assise dans la cuisine devant une tasse de thé refroidi, Lena est plongée dans des silences auxquels Domenico répond par des essais de conversation. En anglais, en français et même en grec dont il a gardé quelques mots depuis le front sur la Voyoussa dans les bataillons de Mussolini. Il se fait comprendre.

Ce matin, Lena s'est hasardée à sortir acheter à la pharmacie le coton dont elle a eu brusquement besoin. En fouillant dans les poches d'Ariel, endormi comme un caillou, elle a découvert les liasses de billets tenus par des épingles. Elle a détaché une coupure de dix mille lires pour faire ses achats. Que s'est-il passé cette nuit? Ariel est monté peu après la terrible rencontre avec cette femme blonde qui ne peut être que Mme Mélusine, elle l'a deviné. Il portait un smoking incroyable et sa bouche sentait l'alcool. Elle a allumé la lumière pour s'entendre gronder : pourquoi ne dort-elle pas, c'est infernal à la fin, il a des horaires particuliers en ce moment. Ariel avait un ton et une assurance soutenus par son costume noir dans lequel il était beau comme un prince. Lena s'était tue et s'était faite petite de son côté du lit. Ariel avait été englouti par un lourd sommeil mais, pour elle, il n'était pas question de dormir. Ses grands yeux pailletés d'or se repassaient sans répit les images bouleversantes d'il y a quelques minutes, quelques heures, des siècles, elle ne sait plus. Rien ne peut atténuer l'offense cuisante qu'elle a ressentie dans sa fibre de femme tapie dans l'ombre. Ariel n'a jamais parlé d'elle. Cette femme ne connaît pas son existence. La surprise était nette sur son visage quand elle s'était retournée, lumineuse et innocente. Ce lit aurait très bien pu les accueillir tous les deux. Amants futurs ou consommés ? Lena se torture à se le demander, les mains serrées autour de sa tasse glacée. Elle se sent de trop, elle voudrait disparaître, mourir. Son Ariel chéri est-il perdu dans un tourbillon infernal ? Cette femme. Ce smoking. Cet argent. Elle doit le sauver, quel que soit le sacrifice attendu d'elle.

C'est samedi. Demain, Domenico a son jour de congé. Il explique à Lena ce qu'il a préparé pour le week-end. Les achats sont dans le réfrigérateur. Elle sera la maîtresse de maison en son absence et devra se débrouiller toute seule. Le gratin de macaronis est prêt à mettre au four, une bonne demi-heure pour que ce soit bien doré, et la salade lavée est emmaillotée dans un torchon noué. Il y a du fromage, du jambon, du lait et du café. Il n'a pas eu le temps de faire des brioches mais il a acheté une *ciambella* à la boulangerie, sûrement moins bonne que la sienne mais pas mauvaise du tout pour une pâtisserie du commerce. Il n'est pas certain que Lena ait tout compris mais tant pis, Monsieur saura bien ce qu'il faut faire. Domenico est attendu à Chioggia pour une virée avec des copains le long du Pô et ses *bettole* où l'on mange des petits poissons frits, sa passion. Son car est à une heure, il doit se dépêcher.

Pour ne pas réveiller Ariel, Lena reste seule dans la cuisine, petite marchande d'allumettes dans la froideur de sa solitude.

*

Epstein peut être content. Dès ce soir, Mélusine et Wilson ont décidé de rentrer à Venise dans le même bateau. La journée a été courte. Le samedi, on ne peut pas demander à l'équipe de faire des heures supplémentaires : en fin de semaine, tout le monde est fatigué et le rendement médiocre. Epstein, grand seigneur faux-jeton, a offert à la troupe une heure de rab en interrompant les prises de vues avant l'horaire prévu.

— Vous êtes libres jusqu'à lundi ! Bon week-end, les enfants ! a-t-il lancé à la fin d'une prise.

Personne ne s'y attendait. Il connaît ses effets, le singe, et sait surtout qu'il aura besoin bientôt de la sympathie de tous.

Mélusine et Wilson ont quitté le set bras dessus bras dessous, en faisant des projets pour le dîner. Pas tard, elle désire se coucher tôt ce soir. Éric a disparu de son côté. Mélusine n'a pas demandé son programme pour le week-end. En quelques minutes, le plateau est désert.

Epstein est resté en dernier pour s'assurer que les vases chinois réclamés par Éric pour le décor ont bien été mis sous clé par Bébert dans le coffre prévu pour les objets de valeur. Il jette un coup d'œil à ce ring abandonné. La victoire n'est pas encore de son côté. Les nouvelles de Gilbert de Grandville, égrenées au cours de la semaine après vision des rushes à Boulogne-Billancourt, étaient les suivantes. Premier télégramme : « *C'est de la merde.* » Deuxième télégramme : « *Je mange de l'argent.* » Troisième télégramme : « *Où est le film ?* »

Le vieux producteur est célèbre pour l'acuité de son jugement, et son avis ainsi exprimé n'a rien de réjouissant. Epstein et les autres ne verront le matériel que lundi soir, rapporté par le directeur de production lui-même, qui part ce soir pour Paris. Samson est chargé de délicates missions auprès de la banque et d'une liste d'objets les plus divers à collecter, des médicaments pour Mélusine, des photos pour Rémi, un châssis neuf pour la caméra. Epstein a tablé sur la chance, mais le malheur est arrivé jeudi. Un des châssis, imparfait, obligea toute l'équipe à perdre une heure pour la réparation.

Le point positif est l'entente entre Mélusine et Wilson. Après leur première rencontre plutôt tendue, Epstein avait frémi. Les acteurs sont de drôles de bêtes, on ne peut pas prévoir leur comportement, il ne les comprendra jamais. La scène tournée aujourd'hui n'a pas été époustouflante mais elle a servi à mettre Wilson en confiance. Docile et de bonne composition, il a rapidement conquis la sympathie de toute l'équipe.

Le hic, c'est Mélusine. Elle a beau soigner son maquillage et s'y connaître en éclairages, elle a l'air tapé, la buveuse de bière, et les jours qui passent aggravent la situation. Deux solutions. La remplacer, le plus rapidement possible pour ne pas perdre trop d'argent – celui de la semaine seulement car son contrat n'est pas signé, j'ai habilement fait traîner –, ou bien diminuer son rôle et modifier le scénario. Sa pureté *et sa* fraîcheur *sans cesse évoquées au fil des pages… Laissez-moi rigoler. Il faut en parler à Éric au plus vite. Ça le turlupine lui aussi. Il n'y a qu'à voir toutes ses lenteurs de la semaine. Il ne sait pas quoi tourner, le vieux.*

Les appels téléphoniques alarmés de Pascal Labourdette, l'agent de Mélusine, prouvent que des fuites ont transpiré après les projections à Paris. On s'agite dans les agences pour être les premiers sur le coup. Les possibilités ne manquent pas. Des inconnues à la pelle, et deux ou trois actrices de moyen calibre. Toutes libres. Toutes dix ans plus jeunes que la mère Marvel. Certes, un renvoi tronquerait la carrière de Mélusine. *Mais le film avant tout, nous ne sommes pas une entreprise de charité. OK, laissons passer ce week-end, nous aborderons la question après les rushes de lundi. Après tout, Grandville se trompe peut-être, il est vieux et ne produit pas depuis longtemps.* Epstein soupire. Il est épuisé après cette semaine éprouvante. Il veut passer le dimanche tranquille avec Joëlle, à laquelle il n'a pas fait l'amour depuis lundi. Elle commence à piaffer.

— Bon dimanche, Bébert. Non, merci, je rentre par mes propres moyens.

Il ne dit pas qu'il a commandé un somptueux taxi personnel qui doit passer prendre Joëlle au Gritti et venir le chercher, pour les emmener dîner chez Cipriani où il a réservé depuis une semaine.

— Ne vous en faites pas pour moi, je fermerai la baraque, dit-il à Mélusine qui descend la dernière, démaquillée. Je reste un peu avec le comptable, nous avons les fiches de paye à terminer.

Wilson tend les mains à Desdémone pour la faire sauter dans le bateau. Le moteur ronfle déjà et il la tient soulevée dans l'air, comme une fillette dans les bras d'un ogre qui ne demande qu'à être aimé. Leurs rires s'estompent au large tandis que Nicole, reléguée au vaporetto de ligne, les regarde disparaître dans l'écume, aussi loin que ses yeux le lui permettent.

*

Le retour prématuré d'Éric au *palazzo* d'Albarosa avait arrangé Ariel, qui voulait lui emprunter des vêtements ; il ne pouvait décemment pas circuler en smoking dans la journée. Éric choisit lui-même un pull en cachemire bleu marine et un pantalon gris, mais il fut bref et s'enferma dans sa chambre.

Il fallait rapporter le smoking et l'argent du casino, répétait Lena, très nerveuse. Passe pour la folle soirée – dont il n'avait raconté que l'épisode casino –, passe encore pour les lubies de Mme Marvel – son rôle de gardien lui impose de la suivre partout –, mais il ne doit pas se laisser embringuer dans des histoires d'argent avec les goys. *Ça finit toujours mal, avec ces gens-là.* Il trouvait qu'elle exagérait un peu, mais il ne le dit pas. Lena était jalouse. Ivre de jalousie. Pauvre Lena, il la comprend, cloîtrée toute la journée dans ce château fort d'où elle ne voit la vie que par la fenêtre. Il la rassure du mieux qu'il peut et lui promet de ne pas dormir toute la journée de dimanche, mais de l'emmener déjeuner au soleil quelque part avec l'argent qu'il va certainement toucher.

— Et Mme Mélusine, sait-elle que j'existe ? Demande-t-elle, jouant avec le feu.

— Bien sûr ! Tu penses bien ! Elle est très sympathique, tu sais. Un jour tu la connaîtras.

Lena sut alors qu'elle ne la connaîtrait jamais.

Ariel s'en va, le smoking sous le bras, enveloppé dans un vieux bout de papier de Noël trouvé dans l'armoire à balais de l'entrée. Il est heureux de sortir et de marcher un peu. Il a fui l'Union soviétique pour être un homme libre, il ne va pas s'enfermer dans le monde des autres, fussent-ils des êtres aussi chers que sa Lena pour laquelle il fera quelque chose un de ces jours, il va y penser, c'est promis. Pour le moment, il a d'autres chats à fouetter.

Un petit chat lui passe entre les jambes, se retourne et le toise avec dédain.

Eh oui, kissik, *comme on dit chez nous, j'en ai fait du chemin depuis lundi dernier. Je ne suis pas comme toi, je n'ai qu'une vie à vivre, pas sept, et je n'ai pas l'intention de la laisser échapper. Ce soir, je serai dans le lit de Mélusine, qu'elle le veuille ou non. Toute star qu'elle est, elle a des appétits de femme et il n'y a qu'une manière de les assouvir. Sa Nicole et ses* puttane *peuvent toujours y aller. Rien ne peut remplacer l'homme dont tu as besoin avec tes grosses fesses dont je rêve la nuit.*

*

C'est dans ce sain état d'esprit qu'Ariel se présente à la porte 109, à laquelle il frappe pour la première fois. Mélusine lui ouvre en robe de chambre. Elle finit de se préparer pour sortir et s'enferme dans la salle de bains pendant un bon moment, après avoir allumé la télévision et proposé qu'il se serve à boire. Ariel boit une vodka Moskovskaya en regardant les mauvaises nouvelles qui arrivent de Pologne, avec la sensation pénible d'être dérangé par cette dure réalité à un moment où il n'est disponible pour rien. Il boit à la santé de Solidarność dans la chambre d'une femme qu'il désire, c'est tout ce qu'il peut faire pour ce peuple martyr.

— Mon petit Ariel, je n'ai pas besoin de toi, ce soir, dit Mélusine, en sortant de la salle de bains en jean et chemise cloutée. Je sors dîner et je rentre me coucher tôt, juré.

— Avec qui sortez-vous dîner ? demande-t-il le plus naturellement du monde.

— Tu es bien curieux, dis donc ! Avec Wilson Robin, c'est mon partenaire dans le film.

— M. Éric m'a dit que je devais vous accompagner partout.

— Il est gonflé. Même le samedi soir. Le samedi et le dimanche sont des jours syndicalement fériés. Je peux faire ce qui me plaît. Tu n'es pas content d'avoir la soirée libre ? Tu dois avoir mieux à faire que de veiller sur une vieille actrice insupportable, ajoute Mélusine perfidement, en pensant à la fiancée secrète de ce drôle de garçon, qui a déjà une femme esclave attendant à la maison.

« Allez, file, je ne veux pas te voir ici, on a assez parlé, je suis pressée.

Mélusine s'est levée en un signal irrévocable de congé et accompagne Ariel à la porte comme elle le ferait pour un invité.

— Le smoking est sur la table, avec l'argent, dit Ariel, les narines pincées, en fermant la porte derrière lui.

*

Quand il rentre au *palazzetto*, après une longue promenade indispensable à calmer le bouillonnement de son dépit, Ariel trouve Éric et Lena attablés à la cuisine devant le gratin réchauffé dont il se réjouit qu'il reste une grande part car la faim lui tenaille l'estomac. Une soirée morne et fade s'annonce, lente comme un train de marchandises. Lena l'observe constamment sous ses longs cils noirs qui n'ont jamais connu de rimmel. Il explique que Mélusine est sortie, en lui laissant la consigne de ne pas rester ce soir, il a quartier libre, il l'a mérité après la soirée d'hier. Éric émet quelques considérations sur les enfantillages de son amie, en racontant des épisodes arrivés au cours d'autres films. Il tâche de les faire rire, mais Lena est un poids impossible à soulever, il y a des gens comme cela qui cassent les atmosphères par leur seule présence. Lena est de ceux-là, pense Ariel. *Depuis qu'elle n'est plus une petite fille, l'ai-je jamais vue rire?*

— Allons-nous coucher, dit Éric.

L'idée de s'allonger près de Lena répugne à Ariel après sa défaite auprès de Mélusine. Il se procure *in extremis* un sursis : il a vu dans le salon un échiquier d'albâtre et d'une pierre noire qui doit être de l'onyx.

— Non, c'est de la pyrite de fer, précise Éric, c'est fragile, faites attention ; mais bien sûr, vous pouvez y jouer. N'oubliez pas d'éteindre. Bonne nuit, mes enfants. Vous me manquerez quand vous serez partis...

C'est la première fois qu'il faisait allusion à leur départ.

— Il en a assez de nous, dit Lena, il faut que nous partions vite...

Vite. Ariel frissonne. L'idée du départ l'a quitté, ces derniers jours. Cette tranche de vie, ici, mérite bien un arrêt. Ils sont de passage, certes, mais les choses ont changé. La rencontre avec Mélusine, avec Éric, avec le cinéma a rempli ces jours de transition d'une densité qu'il serait criminel de nier. Les occasions d'échapper à la banalité sont-elles si nombreuses ? Le sort a désigné Ariel Goral. A-t-il le droit de se refuser à cette opportunité ? Comment faire admettre cela à Lena ? *Est-ce ma faute si la chance me sourit plus qu'à elle ?*

— Tiens, dit-il, en sortant de sa poche les billets qu'il avait détachés à tout hasard de la liasse, ils m'ont donné un acompte. Demain, nous pourrons faire des achats.

La lune se reflète dans l'eau du canal, il y a même quelques étoiles dans le ciel limpide.

— Demain, il fera beau. Je te laisse les blancs, joue la première.

*

Le dîner avec Wilson l'avait amusée. Éric avait raison, ce type a sa personnalité. Ses histoires de *showman* ne manquent pas de pittoresque et Mélusine pense que l'Amérique est un pays de cocagne. Autre chose que les horizons bouchés de nos spectacles étriqués. Quelle fantaisie, quelle liberté, quelle invention. Et quel pognon. Un terrain à la juste mesure de sa vitalité...

Elle dansa toute la nuit dans le dancing Number One où toute l'équipe s'est réunie sans s'être donné le mot. Après avoir dîné dans les restaurants les plus divers de Venise, du plus élégant au plus populaire, selon les bourses, ils se sont retrouvés là pour décompresser un peu. C'est le seul endroit ouvert, dans cette ville morte après la fin des vacances. Les gondoliers y défoulent leurs envies d'être John Travolta face à des aides-comptables déguisées en Marilyn Monroe d'un soir. Les jeunes de la bonne société sont partis vers les écoles et les lycées de Rome ou de Milan. Ceux qui restent sont les petits employés à l'année de l'industrie hôtelière, qui se prépare dès maintenant aux vacances de la prochaine saison.

L'arrivée de Wilson et de Mélusine fit sensation. Plus personne n'osa danser quand ils entrèrent sur la piste. Mélusine n'est pas une grande danseuse, mais elle est spectaculaire à regarder. Elle invente des mouvements tout à elle, étourdissants et sensuels. Sa bonne humeur entraîna les autres à se lancer. L'avantage des danses narcissiques modernes, c'est que tout le monde danse avec tout le monde. Mélusine se trouve, par le hasard de ses déplacements sur la piste, en face de Jojo, déchaîné après trois whiskies, de Delaunay, la mèche en bataille, de Xavier, appliqué à faire voir ses talents, et même d'Epstein, qui gigote frénétiquement. Joëlle, bien décidée à ne pas le laisser devant Mélusine trop longtemps, reprend sa place d'un coup de coude. Elle se trémousse en agitant les mains comme une danseuse de Bali. L'absence d'Éric n'étonne personne, il ne vient jamais dans ce genre de réjouissances, pourtant si utiles à la libération des tensions de la semaine : on pose les fusils et on danse tous ensemble, oubliant pour un soir les inimitiés et les distances.

Mélusine, l'exubérante, tournoie sans pause sur la piste. Elle est seule à présent, gagnante incontestée de ce marathon que même Wilson, arrivé en finale, vient de perdre en s'écroulant sur un tabouret, en nage.

C'est la force des nerfs, mes chéris. Vous dansez pour danser, moi, je danse pour arriver au bout de ma colère, une saine colère qui me fait gagner à tous les coups. Tu as vu comment j'ai empoché la scène avec toi, ce matin ? Tu ne t'y attendais pas, hein, quand tu m'as vue débarquer au maquillage ? J'avais lu la déception dans ton regard et dans celui de ton Percy, ce Raspoutine noir qui te bassine de critiques à mon égard. Le matin, je ne suis pas flamboyante, je te l'accorde. Mais tu as vu après ? Tu en roulais tes yeux de stupeur. Un phénomène, miss Marvel. Deux touches de fond de teint et allez. C'est parti. Une diablesse qui vous bouffe tous. Éric n'en revenait pas, lui non plus. Je vous ai bluffés, avec la réplique du chat. « Tu aimes les animaux, maintenant… », pendant que tu torturais cette pauvre bête. Dit avec ce ton, si doucement, cela prenait une importance qui a surpris tout le monde. Comme je me suis retournée, Éric a dû faire un gros plan sur moi. Il n'a pas vu ça, ton Percy. Pour récolter les gros plans, je suis imbattable.

Je vais finir par faire ce film toute seule. Oui, ce n'est pas plus mal. Qu'Éric s'occupe de ses plans séquences, de Venise, de son Othello. Ne l'ai-je pas fait cent fois ? Combien de films ai-je tournés dans le dos du metteur en scène ? Avec ce qu'ils ont dans le crâne, je n'avais pas d'autre solution. Je n'allais pas me sacrifier pour leurs mauvaises idées. Je sais ce que mon public attend, je ne peux pas le décevoir.

Je suis la meilleure. Ce film sera mon apothéose, vous verrez. Préparez vos mouchoirs, je vais vous faire rire et vous faire pleurer. Laurent, sale bête, tu n'as pas oublié d'être mon fils pour être libéré avant les copains. Et avec quel pognon, mon coco ? Au rancart ? Au rancart, mon œil, je suis une vieille qui fait bander les jeunes. Il n'y a qu'à voir Ariel. Ce gosse en bave, je pourrais me le taper quand je veux. J'aurais dû l'amener danser. Il aurait vu une femme qui pète le feu. Autre chose que la fouine aux yeux jaunes qu'il cache dans son lit. Irrésistible, je suis irrésistible. Ils sont bien, ces médicaments que j'ai pris ce matin. Il va falloir que je m'en fasse rapporter de Paris.

8

Dimanche

C'est dimanche. Les cloches carillonnent à toute volée inutilement. Mélusine dort, les bras en croix, écrasée d'un sommeil thérapeutique. Elle a pris le petit déjeuner dans la chambre de Nicole, puis elle est venue se recoucher dans son grand lit, plus confortable que le lit à une place de son habilleuse. Elles se sont donné rendez-vous à une heure quelconque de l'après-midi, quand elle se réveillera, pour que Nicole lui fasse une épilation des jambes, des aisselles et de l'aine avec l'appareil à cire qu'elle emporte toujours sur les tournages. Elle doit être impeccable pour les scènes de nu : avec le changement fréquent du plan de travail, ces scènes peuvent tomber n'importe quel jour. Dès que Nicole est sortie de la chambre avec le linge de corps à laver, elle a pris un somnifère. Elle a fermé les rideaux et les persiennes, la lumière et le bruit la dérangent ce matin, elle a mis des boules Quies et, sur ses yeux, un masque de satin noir. C'est un sommeil besogneux, un sommeil de clinique, consciencieux et volontaire.

*

Éric ne dort plus. Il est assis à son bureau, pas rasé. Il a dormi un peu cette nuit, d'un sommeil agité d'après les couvertures trouvées par terre ce matin. Depuis longtemps, il ne connaît plus les nuits de sommeil dans son lit, devenu un tapis de judo nocturne pour ses empoignades avec ses fantasmes. Ses seuls moments de vraie détente sont recueillis par la bergère de son bureau, conque amie où il va se réfugier à l'abri de lui-même. Il relit le scénario et prend des notes. C'est son habitude, pendant le tournage d'un film, de relire le scénario entier le jour de repos, pour reprendre une vision globale du récit et y apporter les retouches nécessaires à la lumière des scènes tournées. C'est la deuxième fois qu'il relit, il est inquiet et perturbé. Ce n'est plus l'angoisse de la semaine dernière, avant de commencer le tournage. Il s'agit du film, et de Mélusine. Le déroulement de la semaine lui laisse entrevoir, à travers les résultats obtenus avec des trucs de métier – sa mauvaise humeur, ses exigences névrotiques auprès de Valentin, excellente tête de Turc parce que travailleur et dépressif –, un ratage magnifique et la quasi-certitude de la fausse route. Il n'a pas besoin de voir les rushes : ce qu'ils ont fait est mauvais, il le sait. Ils partaient pour un chef-d'œuvre. Ils accouchent d'un non-film. L'image de trente personnes affairées, penchées sur un berceau vide le fait sourire. Comme le télégramme de Gilbert de Grandville, reçu personnellement hier sur le plateau : « *Quand commencez-vous le film ?* »

Vieux tapir, avec ton grand nez sur ta bouche lippue, tu as senti cela, de loin ! Tu es un producteur, toi, pas comme ton petit ersatz qui énerve tout le monde, diplomate de mes semelles. Gilbert, comme j'aimerais te parler ! Le dimanche, tu es injoignable, occupé à tes champs de courses dès le matin. Tu dois casser les pieds aux chevaux eux-mêmes. Ils t'écouteront, s'ils sont fins, et te rapporteront la victoire. Tu as raison, le film n'a pas commencé. Je te fais perdre de l'argent ?

Je m'en tape. En revanche, il y a Mélusine. De cela, je ne me fous pas. Ce film est capital pour elle. Je ne trouve pas le moyen d'accéder à elle, c'est vrai. Mais j'y arriverai, je dois y arriver. Coûte que coûte. Il s'agit de sa vie et de la mienne.

Il faut commencer par réviser ce scénario. Quelque chose m'échappe. Je dois trouver la clé qui mettra tout en place. Son personnage est-il vrai ? Correspond-il à la réalité des femmes d'aujourd'hui ? À celle de Mélusine ? Et le mari noir… Un beau pensum que la requête de Wilson. Que faire s'il ne veut pas la tuer ? Comment Desdémone peut-elle mourir ? La fin change totalement de signification si ce n'est pas lui qui la tue. Mais le problème n'est pas là. Je sens que la fin découlera d'une nouvelle histoire *que nous devons raconter, naturelle et évidente. Évidente pour Mélusine ? Où sont ses photos ?*

*

Vers onze heures, le soleil triomphant écarte tous les nuages, faisant place à une journée radieuse. Les plages se sont remplies peu à peu, retrouvant leur gaieté de l'été. Delaunay et une amie venue de Paris dorment sur le sable de Malamocco, une plage éloignée du Lido où ils peuvent faire du nudisme. Son sommeil est si profond qu'une guêpe peut faire sans encombre une promenade dans ses poils broussailleux qui grimpent de l'arête de son ventre à son menton. Le soleil de midi commence à rougir son nez et ses épaules mais il ne sent rien. La fatigue s'est abattue sur lui, brisant ses dernières résistances nerveuses et le répandant sur le sable comme une flaque échappée d'un pot cassé. Il est liquéfié, vidé, lessivé, mort. Se réveillera-t-il ?

La jeune rousse qui prend le soleil près de lui se le demande derrière ses lunettes noires. Elle n'est pas sa femme, elle ne connaît pas bien ses habitudes. Doit-elle le réveiller ou pas ? Ça fait deux heures qu'il dort en plein soleil. *Moi, je ne tiens plus le coup et je suis plus bronzée que lui depuis Saint-Tropez. Et puis zut, c'est pas mes oignons, je vais me baigner si l'eau n'est pas trop froide.*

*

Au large, trois planches à voile tendent leurs triangles de couleur aux vents changeants de la lagune, manœuvrées avec grâce par Wilson, Percy et Bill, sombres timoniers aux silhouettes que les bas-reliefs égyptiens relevaient déjà. Leur peau se moque de ce soleil pour touristes allemands, les seuls encore présents avec leurs roulottes et leurs odeurs de *Würstel.* Les trois papillons colorés voletteront longtemps le long des plages interminables où l'on a pied très loin, à des centaines de mètres de la rive. À Malibu, en Californie, c'est autre chose, avec les grandes vagues du Pacifique qui roulent sous les surfs en grondant. Mais Wilson est content, il fait beau. Il a découvert un nouveau sport et les gens sont gentils, ici. *A great place!*

Dans la chambrette de sa pension, choisie un peu à l'écart pour ses goûts solitaires, Valentin écrit une lettre. Il est en tenue de voyage et sa valise, sur le lit, est à moitié faite.

Cher Monsieur,

Ce n'est pas sans amertume que je constate ma totale inutilité au tournage de votre film pour lequel mon intérêt ne laissait pas présager le traitement que vous m'avez réservé depuis notre arrivée à Venise. Mes qualités de décorateur et de costumier vous devaient être connues puisque vous m'avez contacté pour ce film depuis plus d'un an, et que notre entente artistique ne se démentait pas au fil de la pré-préparation et de la préparation même, principalement axée sur la documentation que je vous avais fournie et sur nos orientations, dont je crois pouvoir revendiquer la paternité, avec vous, bien entendu. Vous avez le droit de faire un film différent de ce que nous avions prévu, si différent que rien de ce que je vous propose aujourd'hui ne vous convient, mais vous n'avez pas le droit de m'accuser comme vous le faites et de me mettre en difficulté devant mes camarades, moi qui sors de la difficile période que vous savez et dont les nerfs sont à peine guéris d'une dépression consécutive à la mort de mon père. Le matériel envoyé de Londres est celui que vous aviez approuvé vous-même au cours des essayages et sur les dessins très précis que je vous ai remis, et dont je déposerai une copie chez mon avocat. Le peu de temps que j'ai eu pour réaliser les décors m'a suffi pour vous permettre de tourner à la date prévue dans les décors conformes à nos décisions sur plans, en date du 9 juin courant, au bureau de la Mega-Film, 41 rue Lauriston, Paris XVIe, en présence des témoins suivants, Mme Suzanne Jobert, secrétaire de direction, M. Philippe Epstein, producteur, M. Wang Phong, assistant-décorateur.

Je vous prie donc d'accepter ma démission justifiée par mon impossibilité de poursuivre ce film, tant pour raisons morales, artistiques, que physiques. Je m'empresserai de fournir au plus vite un certificat médical dans ce sens et je vous prie, cher Monsieur, de recevoir mes salutations peinées et mes vœux de bonne continuation pour ce film auquel mon apport est refusé.

En souvenir d'une amitié,

Votre Valentin.

PS – Je charge Me Dreyfus, 30 avenue du Maine, Paris XIVe du règlement de mon contrat avec la production.

Des larmes coulent le long de ses joues et se perdent dans sa barbe. Son air médiéval en prend un vieux coup. Il humecte l'enveloppe sans besoin de salive et écrit: « M. d'Albarosa, Palazzo d'Albarosa, Venezia. »

*

Bébert et Jojo ont eu un tuyau. Dans un coin de rochers à fleur d'eau entre Murano et Torcello, il y a des crabes, des coquillages et même des anguilles. Le fameux *bisato* se mange grillé sur la braise. Nicola, le menuisier de Murano engagé sur place pour l'assemblage des décors, les a conduits ici. Ils ont monté avec lui, sur des lignes spéciales, les petits chiffons blancs, appâts pour cette pêche typique de la région. Ils ont enlevé leurs chaussures et roulé leurs pantalons au-dessus des genoux. Ils s'amusent beaucoup à expliquer avec leurs mains la pêche à la carpe de nos rivières, de moins en moins poissonneuses, hélas. Un pique-nique préparé par Nicola les attend dans une gibecière. L'heure n'est pas idéale car leur ombre projetée dans l'eau avertit les poissons, mais tant pis! L'humeur est bonne, on est ici pour passer un moment et respirer le bon air de la mer. Bientôt, il va falloir se fabriquer un chapeau car le soleil tape.

— Avec quoi je vais bien pouvoir me faire un galurin? Y a pas un bout de papier quelque part? fait Bébert.

— Si. Y a le chèque d'Epstein. Je crois qu'il est juste bon pour en faire un chapeau, si tu veux mon impression!

— Ah bon! Tu crois? Qu'est-ce qui te fait dire ça?

— Son autre film vient de sortir. C'est le bide de l'année. Il avait encore des dettes dessus. Je ne vois pas avec quoi il va les payer. Sauf nos salaires...

— T'as téléphoné à Lucien ?
— Naturel. Demain, il passe à leur banque, à l'ouverture. Il m'appelle après.
— S'ils sont en bois, qu'est-ce qu'on fait ?
— On avisera. Je sais pas. Comme d'habitude, leur foutre une grève. Fais gaffe. Ça tire chez toi. Nicola !!
Nicola explique qu'il ne faut pas crier comme ça. Les anguilles ne sont pas des carpes, elles entendent tout. Il ne faut pas faire de gestes brusques non plus, c'est une pêche pirate où le plus malin gagne. Une ombre noire a filé sous leurs yeux.
— *Caspita, com' era grosso!*
Ils passent la journée à attendre une autre occasion comme celle-ci. Un *capitone* de cette taille, ils n'en avaient jamais vu.
Ils rentrent à leur petit hôtel, fourbus, de cette bonne fatigue qui les fera bien dormir. Demain, ils seront en pleine forme pour attaquer la semaine. Bébert a quand même pris un mauvais coup de soleil qui dessine son maillot de corps sur sa poitrine rougie.

*

Epstein est assis dans son lit, torse nu. Il parle au téléphone. Son interlocuteur de Paris lui lit les ciné-chiffres, compte rendu quotidien des recettes d'un film dans toutes les salles où il est projeté. Epstein serre le combiné entre sa joue et son épaule, et prend des notes sur un calepin.
— Et Saint-Germain-en-Laye ?... Déjà enlevé ? En plein week-end ? De quel droit ?... Ah... une séance par jour... L'après-midi... Je comprends, je comprends.

Il comprend surtout qu'il est ruiné et que sa situation financière est catastrophique. Mais il ne veut pas inquiéter Joëlle, étendue à poil sur la moquette devant la fenêtre ouverte. Elle prend le soleil intégral sur ses seins marqués par le maillot obligatoire d'une croisière en Turquie. Elle lit le scénario et s'exclame toutes les cinq minutes :

— C'est nul ! Mon Dieu, que c'est nul ! Qu'est-ce qui t'a pris de produire ça ?

Il n'avait pas le choix. C'était la seule façon de boucher les trous. L'argent frais de Grandville et la première traite d'à-valoir de la distribution ont épongé ses deux comptes-sociétés, à sec depuis un moment. Par le roulement d'un film sur l'autre, son bilan reste plus ou moins en équilibre. Les frais d'un film sont payés par le financement du suivant, qui sera payé à son tour par les recettes du premier, etc. Ce n'est pas vraiment de la cavalerie, mais tout juste, c'est ce qu'on peut appeler du risque calculé, dans le meilleur des cas. Mais si le mécanisme s'enraye, si quelque part les calculs déraillent, toute la chaîne s'écroule, dans un patatras inévitable. Ce qui est en train d'arriver en ce moment. Pas de panique. D'abord, parer au plus pressé : les salaires de l'équipe. Les trente-deux chèques qu'il a signés samedi mettront quelques jours pour arriver à Paris, avec les lenteurs de la poste italienne. Cela lui donne un peu de répit pour trouver la couverture de ces quinze briques. Grandville ? Impossible de lui demander de l'argent liquide. Sous forme de prêt ? Ça ne fera pas bon effet. Et à quel taux le lui ferait-il, le vieux sagouin ? Non, il faut trouver une solution plus…

— Tu sais, il paraît que le petit mec de Mélusine lui a fait gagner quatre millions de lires vendredi soir au casino, dit Joëlle. C'était la première fois qu'il jouait de sa vie. C'est Nicole qui me l'a dit.

Le casino. Comment Joëlle a-t-elle l'idée de lui parler de casino en ce moment précis ? Lit-elle dans ses pensées ? Elle est bien la fille qu'il lui faut. Tant pis si elle n'est pas très distinguée. Le casino. Aujourd'hui, il n'y a pas d'autre solution. Ce ne sera pas la première fois qu'il aura recours à cette planche de salut, Lourdes des producteurs, mère de plus d'un miracle. Il saisit le téléphone et demande au concierge :

— À quelle heure ouvre le casino, l'après-midi ?

*

Nicole n'a que l'embarras du choix. Les églises ne manquent pas, à Venise. Sur toutes les places, quelquefois face à face, elles se font concurrence à coups de statues, d'œuvres d'art et de prouesses architecturales. Il faut marcher le nez en l'air pour ne rater aucun des angelots de sucre ni des saints souriants juchés sur les frontons et les piliers lancés vers le ciel en une redondante foi baroque. Nicole a relevé sur son guide les horaires des messes. Aucun problème, il y en a toutes les heures le dimanche, elle peut se promener un peu. Elle a opté pour la cathédrale San Marco, qu'elle aura ainsi l'occasion de visiter. La journée est belle, les commerçants ont sorti leurs bibelots et colifichets pour touristes, elle musarde devant les sujets de verroterie et les gondoles miniatures dont elle ne demande pas le prix. Elle le fera après la messe, comme si le marchandage impur était parjure avant. Elle a promis un souvenir à chaque membre de sa famille. Elle a même des commandes précises, réminiscences de voyages de noces ou de cartes postales reçues : elle doit trouver un canal sous la neige dans une boule de verre et une série de petits chats dans toutes les poses.

Le dôme de Saint-Marc fait penser au Kremlin, avec ses multiples coupoles et ses mosaïques dorées. Nicole est entrée une fois dans une église orthodoxe et elle retrouve la même atmosphère dans cette grande basilique aux recoins sombres et effluves d'encens. Il y a des stars aussi parmi les saints et les saintes devant lesquels brûlent des cierges en plus grand nombre, sans cesse renouvelés par des petites vieilles assignées par elles-mêmes à cette tâche. Deux messes sont psalmodiées simultanément, des deux côtés de l'abside. Les clochettes de la communion sonnent dans l'une tandis que le *Pater noster* débute dans l'autre. Nicole, le cœur en paix après la douce nuit serrée contre sa Mélusine, s'attendrit devant une allée de confessionnaux d'où s'échappe un murmure de péchés derrière des petits rideaux indulgents. Elle voudrait s'agenouiller dans une de ces cabines et dire à la Sainte Vierge : « Priez pour moi parce que je n'ai pas péché. Je confesse que j'aime Mélusine de tout mon corps et de toute mon âme. Chaque fois que je la prends dans mes bras, je me sens proche de Vous et de Votre pureté virginale qui déborde de mon amour de femme mortelle. »

Elle se signe. L'eau fraîche du bénitier lui semble parfumée. Elle se trompe, c'est le savon américain de Mélusine pour laver la soie et les nylons qui imprègne la peau de ses mains. Mais son extase est si forte que tout lui paraît béni des cieux, ce matin. Elle laverait tout le dallage de San Marco, à genoux, le front baissé, reconnaissante d'avoir été choisie pour cet honneur suprême.

*

Rémi et Xavier ont fait monter un déjeuner dans la chambre, summum du luxe. Les deux hommes vivraient toute l'année dans les palaces, s'ils pouvaient, pour être servis avec des tralalas tous les jours. Rémi est en short de tennis et chemise Lacoste, mais on peut jurer qu'il n'a pas mis les pieds sur un court ce matin. Il a apporté sa raquette, ça fait toujours bien dans les bagages, mais, comme à l'habitude, il n'aura jamais le temps de jouer. Xavier est assis en tailleur sur le lit dans une djellaba de coton blanc rapportée de Marrakech. *Il a toujours les gestes qui conviennent à ses tenues*, pense Rémi, *il devrait être acteur.* C'est son désir secret, Rémi en est convaincu. C'est une question à aborder un de ces jours et une perspective qui peut prolonger leur liaison pendant encore quelque temps. Y a-t-il dans ce film un petit rôle qui pourrait servir à ses débuts ? Le domestique ? C'est un peu dégradant et il faut un acteur achevé pour la scène du bain, doté d'une capacité comique que Xavier n'a pas. Le garçon est bien tourné, mais il n'est pas Alain Delon dont la cinglante beauté rend fous hommes et femmes.

Mon petit Xavier ne rend fou que moi, quand il me rend jaloux par des stratagèmes puérils qui mettent du piquant dans notre relation, maintenue en vie par les beaux objets ou par le luxe facile de déjeuners comme celui-ci, dans l'argenterie des grands hôtels.

— Avec ce soleil, c'est un jour pour faire des photos, dit Rémi, en ouvrant la fenêtre. C'est toujours comme ça, il fait mauvais toute la semaine et beau quand on s'arrête de tourner. On n'a pas de chance. Viens un peu ici, coco. De ce côté de la fenêtre, la lumière est belle. Je voudrais te faire des photos, fait-il, en clignant les yeux pour mesurer sur sa main tendue le contraste des ombres et de la lumière.

Il a vu faire ça aux photographes. Les photos qu'il a faites de Xavier jusqu'à présent n'ont rien de convaincant.

— Je ne suis pas rasé, ce n'est pas le moment, proteste Xavier, flatté et prêt à capituler cependant.

— On s'en fout, ce sont des photos personnelles que je veux faire. Viens.

Le garçon s'approche, un peu déçu. Il sait ce que cela signifie, des photos *personnelles*. Elles seront barrées d'effets lumineux et de flou artistique, son nez en contre-plongée aura l'air d'un donjon au milieu d'un château de Frankenstein, déformé et maudit. Il lorgne les œufs brouillés aux truffes blanches qui refroidissent et son air désenchanté démonte Rémi.

— Bon, d'accord, il n'y a rien à tirer de toi maintenant. Mangeons.

Xavier se précipite à table et sert précieusement le vin blanc du Friuli. Rémi range son appareil photo et vient s'asseoir en se tenant le dos qu'il a sanglé d'une ceinture Gibaud peu esthétique, mais bénie de tous les malheureux aux vertèbres écrasées comme lui. Il mange son toast sans beurre, seule concession au régime qu'il devrait faire, et pense à l'idée de reportage à inventer pour raviver l'intérêt de la presse, avant que ce film d'amour et de haine ne sombre dans un décevant anonymat.

*

Éric leur avait conseillé l'île de Torcello. C'est la promenade classique du dimanche des Vénitiens et le bateau est comble. Lena a accepté les jumelles prêtées par Éric et se cache derrière ce masque noir pour observer les gens amassés sur la place Saint-Marc et devant le pont des Soupirs. Quand ils passent devant le Gritti, Ariel ne résiste pas :

— Tu vois, les deux fenêtres au premier étage, à droite ? C'est la suite de Mélusine. Ça fait l'angle, les volets fermés sont ceux de la chambre.

— Tu es entré dans sa chambre ? demande Lena, froidement.

— Non. Mais je sais que c'est sa chambre. Tu vois ce petit pont, il paraît que c'est le pont de la maison d'Othello, dit-il, en noyant le poisson.

Lena dirige ses jumelles vers le pont mais Ariel les voit glisser vers les fenêtres indiquées. Le soleil à contre-jour lance un éclair dans les lentilles et oblige Lena à baisser la garde.

Lena aurait voulu visiter l'île des Arméniens, leur bibliothèque, une des plus anciennes du monde, et l'île du cimetière juif, mais ni l'une ni l'autre n'étaient reliées par des bateaux de ligne et il eût fallu fréter un taxi privé, trop coûteux pour eux. La bibliothèque était fermée du reste, il faut téléphoner d'avance et être muni d'une recommandation pour être reçu. Lena a accepté les jumelles pour voir les deux îles de loin, quand le vaporetto passera au large.

Il fait si beau qu'ils peuvent monter sur l'impériale. Ariel est heureux de la joie enfantine de Lena, juchée sur le bastingage pour prendre le vent de la lagune dans le visage. Elle a remplacé sa robe grise de vieille dame par une chemisette et une jupe de madras trouvées dans la grande armoire de la comtesse. Des sandales de corde et sa longue tresse noire enroulée autour de la tête lui donnent un air encore plus soviétique. Ariel pense qu'elle est belle fille, tout de même... A-t-elle embelli ou bien sa sensibilité aux femmes s'est-elle accrue après les rebuffades de Mélusine, préludes à de prochaines rencontres? Car, il en est sûr à présent, il fera l'amour à cette femme. Quand? Comment? Il n'en sait rien, mais rien ne presse. Le temps qui le sépare de ce moment lui semble une douce attente épicée de crainte. La moindre erreur commise se traduit en parties remises et en contretemps. Ou en échec total...

Car, soyons sincères, que puis-je apporter à une femme comme celle-là? Je ne suis rien, je n'ai pas d'argent, mon avenir est incertain, je n'ai rien à voir avec le cinéma, je n'ai que mon désir et ma jeunesse. Ce n'est pas mal. Depuis que j'ai dix-sept ans, j'entends les femmes vanter mes talents. Mélusine est une femme libre. Elle n'attend pas mon sexe circoncis pour remplir ses nuits de star. La curiosité? Est-ce suffisant pour qu'une des plus belles femmes du monde me prenne dans ses bras et me dise: « Viens par ici, mon petit Ariel, montre-moi de quoi tu es capable »?

— Tu es toujours capable de faire ça? demande Lena, en s'introduisant dans ses pensées.

Elle lui rappelle un petit exercice des phalanges destiné à assouplir leurs doigts pour les cordes de leurs instruments. Paume contre paume, ils reproduisent ensemble ce jeu de leur enfance qui les ramène aux leçons de musique communes, le soir, à la maison, à la bougie quelquefois quand les pannes de courant, fréquentes, se prolongeaient.

— Ary *moï*, il faut envoyer une carte postale à Koutaïs. Ils ont dû recevoir notre lettre à présent. Pourvu que l'oncle Samuel ne les ait pas appelés avant nous, en ne nous voyant pas au bateau. On aurait pu donner l'adresse de M. Éric, ou bien la poste restante...

— Et avec quels papiers aurions-nous retiré les lettres ? répond Ariel. Ils pensent que nous sommes retardés ou que nous sommes déjà en voyage. Ils ne se font pas de souci. Est-ce nécessaire de les inquiéter avec une carte postale ?

Le regard suppliant de Lena fait comprendre à Ariel qu'elle brûle d'envie d'expédier cette carte, sa seule action de la semaine. À la descente du bateau, ils vont donc aussitôt au bar-boutique et ils achètent une vue de l'église de Torcello. Ils écrivent qu'elle est très belle avant même de l'avoir vue. La place manque sur ce petit carton pour l'adresse rédigée dans les deux caractères, cyrillique et romain.

Ils vont visiter méticuleusement le cloître, le jardin et l'église, où une cérémonie de mariage est en cours. C'est en effet très beau, quoique trop restauré aux yeux de Lena, férue d'art et d'architecture. Ariel se laisse guider. Elle avait eu le temps, dans sa solitude au *palazzetto*, de potasser les livres d'Éric sur Venise… Mais une grappe de raisin mûr jaillissant d'une tonnelle l'émeut plus que les malheurs de l'évêque Machin ou Chose pour construire la cathédrale avant d'être canonisé. Lena lui fait le reproche d'être primaire, ce qui lui procure une franche satisfaction : être proche de la nature lui semble une garantie de ne pas être trop niais.

Éric leur a parlé du restaurant de Cipriani, avec ses tables dressées entre les massifs de fleurs et le potager, et de sa cuisine vénitienne raffinée, la même qu'au Harry's Bar. Elle mérite d'être goûtée une fois dans sa vie, même si c'est un peu cher. Mais Lena trouve que c'est du gaspillage de dépenser tant d'argent pour la nourriture dont il ne reste rien, et ils vont dans une *locanda* le long du canal d'arrivée.

Ils mangent des calamars et de la polenta, très proche du *gomi* géorgien, également de farine de maïs. Ils sont placés à l'intérieur car les quelques tables de la terrasse sont occupées. Quand ils sortent, ils sont saisis par la chaleur du soleil qui, jointe au pichet de vin blanc du déjeuner, donne à Ariel une forte envie de dormir. Il reste une heure avant le passage du vaporetto, ils s'allongent sous un arbre au fond de la pelouse naturelle qui entoure quelques socles de colonnes, derniers vestiges d'un temple romain.

Ariel s'endort, le plan de Venise sur les yeux, tandis que Lena contemple à travers les jumelles des jeunes Vénitiens fraîchement mariés. Sous un arbre écarté, ils font l'amour avec rage, déchirant sans tarder le tulle blanc retroussé. Un parfum de jasmin semble provenir de leurs ébats. En s'allongeant à son tour, Lena découvre le buisson odorant au-dessus de sa tête, entrelacé aux branchages de l'arbre tuteur qui fait de l'ombre sur Ariel. Ariel cherche sa main dans son sommeil et murmure dans un soupir :

— Mélusine, *liubimaia*, ma chérie…

*

Quand la chance tourne le dos, il n'y a rien à faire. Epstein médite sur cette amère constatation, debout dans le vaporetto-espresso bondé que Joëlle a voulu prendre au retour du casino municipal pour rentrer plus vite. Ils n'avaient plus de quoi payer un taxi. La ligne numéro 2 dessert les arrêts principaux, Rialto, Accademia et San Marco, mais ses vedettes sont entièrement fermées. Epstein, légèrement claustrophobe, se sent comme une sardine en boîte, sensation renforcée par l'odeur de fuel mariée à la transpiration *alla cipolla* du bonhomme en manches de chemise accroché à la même poignée que lui. Une odeur à le dégoûter des harengs à l'oignon, à la grande joie des bourgeoises françaises qui ont toutes tenté en vain de le guérir de cette passion. Joëlle, petite prolétaire, est plus tolérante, il l'aime pour cela. Les harengs de son enfance. Il va bientôt y regoûter, menu unique d'un avenir misérable, si la disgrâce continue à le poursuivre. Une poisse pareille au jeu, il n'a jamais vu ça. Les numéros sortaient en le narguant à une case de la sienne, ou bien, le tour suivant, sur une position qu'il avait enfin abandonnée, las de la technique de constance qui rapporte peu, mais finit en général par payer. Rageur, il n'a avoué sa défaite qu'à la volatilisation de son dernier billet de cinq mille lires, gardé dans une poche de réserve par une vieille habitude : toujours avoir de quoi téléphoner ou prendre un taxi. Cette fois-ci, il a trahi même cette sage précaution. La monnaie réunie dans ses poches et dans celles de Joëlle a tout juste suffi pour le vestiaire et le vaporetto, grâce au renfort d'un jeton de téléphone accepté en Italie à la place d'une pièce de cent lires.

Epstein fait signe à Joëlle, assise au fond contre un carreau que les nez d'enfants ont auréolé de ronds. On est arrivé. Philippe monte les quelques marches qui le séparent de l'air frais, agglutiné à une famille dont il est membre durant quelques minutes interminables, encastré entre les seins de la matrone, les coudes du mari et le seau de plage du petit garçon. À la passerelle, il se détache du grumeau humain avec un *grazie* bien mérité pour la liberté recouvrée sur le quai. Joëlle, à l'aise au milieu de la foule, n'ose pas dire en descendant : « Tu vois, ce n'est pas la fin du monde, on se fait des idées sur les transports en commun, c'est quelquefois plus rapide et plus rigolo. » Ils s'engagent dans la ruelle du Harry's Bar en direction du Gritti et elle s'agrippe au bras de son homme qu'elle serre comme un verrou. Il faut lui faire ralentir le pas devant la Bottega Veneta où sont exposés, bien en lumière, même le dimanche, les sacs tressés dont elle rêve.

— Ne marche pas si vite ! Pour une fois qu'on peut se promener ensemble !

Ils arrivaient à la hauteur de la vitrine fatidique quand ils sont abordés par Ariel, descendu, lui aussi, d'un vaporetto. Il a laissé Lena rentrer seule au *palazzetto*, deux stations plus loin, arrêt Ca' Rezzonico.

— Bonsoir, monsieur Epstein, bonsoir, mademoiselle…

— Bonsoir, Ariel. Comment ça va ? Vous avez passé une bonne journée ?

— Très bonne, répond Ariel, heureux de se sentir traité comme un membre de l'équipe. Je suis allé à Torcello, c'est magnifique. Je suis content de vous voir, monsieur Epstein. Je voulais savoir si vous étiez satisfait de mes services et combien de temps vous pensez que je devrai encore…

— Ça, mon vieux, parlez-en avec Rémi ou avec Éric ! Moi, je n'y suis pour rien dans votre affaire, je ne suis que le pauvre producteur !…

— Et pour mes appointements, à qui… ?

— *Idem*, c'est eux qui vous ont engagé, voyez ça avec eux. Moi, je ne vous avais pas prévu dans notre budget. Enfin, je vais leur en parler demain, ne vous inquiétez pas.

C'est la journée. Il ne manquait qu'un quémandeur pour clore cet après-midi néfaste. Epstein reprend le bras de Joëlle avec rudesse. *Viens, ma fille, vite à l'hôtel, ça va être ta fête, il y a quelque chose qu'on ne va pas rater ce soir, ma chérie.* Il entraîne sa compagne vers le Gritti comme une génisse à l'abattoir. Ariel, vivifié par la journée en plein air, lui emboîte le pas, le sourire aux lèvres. Peu importe l'argent. Personne ne peut lui enlever l'espoir enivrant d'une nuit d'amour dans ce palais des *Mille et une Nuits*.

*

Les princesses arabes ont des caméristes. Mélusine a Nicole, eunuque inoffensive tant qu'on ne marche pas sur ses plates-bandes. L'arrivée d'Ariel la met sur le qui-vive, certaine que sa volage maîtresse a planté un aiguillon dans le cœur du gamin.

— Fais-le entrer, dit Mélusine, de la chambre. Il faut que je lui parle.

Ariel entre sans crâner, choisissant, face à ces deux femmes surprises dans leur intimité, les armes de la modestie et de la timidité.

L'âcre odeur de cire le replonge dans le souvenir des synagogues de son enfance et des encens brûlés aux grandes fêtes. Mélusine est assise, jambes étendues sur son lit protégé par des journaux déployés, engagée dans une lutte contre ses poils blonds à peine visibles pour un œil de néophyte comme celui d'Ariel. Sa robe de chambre relevée dessine la forme de ses cuisses bronzées dont la vue active la circulation sanguine du garçon. Nicole reprend son travail. Elle remue la cire brune réchauffée dans une casserole électrique avec une spatule de bois. Mal à l'aise, Ariel doit assister à l'érotique torture : la cire liquide est répandue sur la jambe de Mélusine en une longue bande de miel, puis arrachée d'un coup sec dans un crissement électrique qui donne la chair de poule à Ariel.

— Où tu t'es sauvé, hier ? Tu as filé comme un pet sur une toile cirée. Je t'ai appelé dans l'escalier, mais tu n'étais déjà plus là.

Ariel reconnaît cette intonation. *Tu vas recommencer, mais je ne te laisserai pas faire. Notre histoire m'appartient pour moitié. Je suis un homme et j'empêcherai le saccage.*

— Non, madame, je suis rentré à la maison, je veux dire chez M. d'Albarosa. Vous n'aviez pas voulu que...

— On est allés danser, tu aurais pu venir avec ta petite amie.

— Je n'ai pas de petite amie.

— Aïe, Nicole ! Attends avant de repasser là, ça brûle. Un boucher, cette fille. Tu n'apprendras jamais à être plus délicate, grognard.

Ariel observe Mélusine. Son visage sans fard dégage une vérité qui la rajeunit. Le miroir de la commode lui renvoie sa propre image. Le couple qu'ils y forment lui plaît. La différence d'âge n'apparaît pas. Ils sont beaux ensemble. Elle peut tirer sur sa cigarette avec des airs désabusés, la promesse d'avenir est là, entre eux, et nulle part ailleurs.

Une veine se gonfle, palpitante et secrète, le long du cou de Mélusine, chaque fois que Nicole tire sur la peau. Pauvre Ariel, il ne sait plus où regarder. S'il écoutait ses instincts primitifs, il aurait déjà balancé la cire sur la tête de la duègne et arraché l'ensorcelante robe de chambre rouge pour mordre cette veine émouvante qui se perd dans les cheveux. Il fait deux pas en arrière et dit en montrant une chaise :

— Je peux ?

— Non, tu ne peux pas parce que tu vas aller me chercher une bière dans le frigo et nous commander un dîner dans la chambre. Tu dînes avec nous ?

— Euh... Je ne sais pas... Si vous le désirez...

— Alors, fais monter le maître d'hôtel avec le menu. Ce soir on reste entre nous, OK, Nicole ?

Ce n'est OK ni pour Nicole ni pour Ariel, mais le piège s'est refermé sur eux sans qu'ils aient pu l'éviter. Mélusine s'amuse. *Pas pour longtemps, ma belle*, pense Ariel, *pas pour longtemps.*

*

Pourquoi a-t-il accepté cette épreuve humiliante ? Il a stupidement manqué de réflexe au moment où il en était encore temps. Ces deux femmes, amies de longue date, avaient envie de papoter. Elles parlèrent toute la soirée de personnes et de faits inconnus de lui sans lui permettre de participer à la conversation.

Les deux garces l'ont écarté tout en le cajolant à coups de petits plats et d'attentions matérielles révoltantes. Il écume de fureur intérieure et sent un violent mal de tête le gagner. Ce qui le dérange le plus, c'est le spectacle de Mélusine. La platitude du bavardage avec Nicole la rend banale et vulgaire. Cette femme tire sa maîtresse vers le bas, à son niveau pitoyable de marginale inculte. Naturellement mimétique, Mélusine comble la distance entre elles, donnant l'illusion à l'habilleuse qu'elles sont semblables. La vie ? Une suite de petits événements, avec de petits sentiments et de petites gens. Dans sa mauvaise humeur, Ariel est tenté de le croire, lui aussi. Mélusine n'est en fait qu'une actrice, pas tellement jolie avec son front bombé d'enfant attardé et ses dents qui se chevauchent légèrement. Un poulbot en robe de chambre, oui, qui mange avec ses doigts et ne retient pas ses rots après avoir bu des litres de bière.

— Tu veux du café ? lui demande Mélusine.

— Non, merci. Dois-je garder votre porte ce soir ?

— Tu t'en vas déjà ? répond-elle, en minaudant d'une façon horripilante.

— Oui, Mélusine.

C'est la première fois qu'il l'appelle par son prénom. Les narines de Mélusine frémissent légèrement. Elle a accusé le coup, aussitôt maîtrisé :

— *Ciao!* Demain, il y a projection. Ça se passe au cinéma Alcazar, près de La Fenice. À six heures.

Qu'est-ce qu'elle croit ? Je n'irai certainement pas, pense Ariel, en sortant sur le palier. Un éclat de rire de Mélusine de l'autre côté du mur renforce sa certitude : il est de trop, ici, dans la vie de cette faiseuse qui ne le mérite pas.

9

Nuit de sang

Wilson arrive le premier dans la salle de cinéma de quartier louée pour la projection des rushes*. Il s'assoit tout seul dans la grande salle vide que l'entrée minuscule ne laisse pas soupçonner. Une odeur de tabac froid prend à la gorge. Wilson pense que Percy et Bill auraient pu entrer avec lui, au lieu de rester dehors à fumer leur cigarette. La semi-obscurité l'oblige à enlever ses lunettes noires qui camouflent son terrible trac, le plus tenaillant qu'il ait jamais connu. Il a affronté sur scène des hordes d'adolescents hurlants, prêts à le lyncher autant qu'à l'adorer mais jamais, au grand jamais, il n'a ressenti une angoisse pareille : celle de se voir sur un écran incarner quelqu'un d'autre que lui-même. Éric d'Albarosa s'occupe beaucoup de lui et le guide en toute chose, mais cette dépendance le décontenance. Il avait la sensation de ne plus rien savoir faire et d'être un enfant que l'on soutient dans ses premiers pas. Son aisance physique naturelle a disparu complètement, transformée en une gaucherie incompréhensible. Quand la caméra tourne, il ne sait plus où mettre ses membres et sent chaque partie de son corps comme autant de tronçons engourdis d'un robot maladroit. Il n'aurait jamais imaginé une telle

* Matériel tourné chaque jour.

difficulté et mesure aujourd'hui l'inconscience et la superbe de son *challenge* avec les grandes vedettes de cinéma.

Mélusine vient d'entrer, seule au milieu de l'allée, à l'avant du quartette des maquilleurs, coiffeur et habilleuse dont elle se détache ostensiblement.

— *May I sit next to?* demande-t-elle, pour la forme.

Elle s'assied près de Wilson en posant un gros baiser sur sa barbe en biseau. De tous, ils sont les plus concernés. La chaîne laborieuse de dizaines de personnes qui fabriquent le film est soucieuse des résultats, certes, mais les acteurs, eux, engagent leur visage, leur corps et leur âme. Les deux stars se flairent comme des animaux de la forêt : ils sont dans le même état. Leurs mâchoires tremblent et leur estomac gargouille, martelé par le plexus solaire aux abois. Leur inquiétude est fondée : Mélusine a le métier mais elle n'a plus le désir, Wilson a le désir mais il n'a pas encore le métier. Ils sont traqués tous les deux, unis par une peur colossale qui donne à leurs aisselles des odeurs de coulisses de théâtre un soir de première. Mélusine connaît enfin la fameuse odeur de sueur des Noirs, salée comme la mer de Bretagne, et Wilson sent l'odeur de cadavre que les Blancs dégagent. Ils se serrent la main comme deux tennismen avant un match en un affectueux pacte de non-agression pendant que les lumières s'éteignent et que le rideau découvre l'écran. Le reflet blafard de la toile blanche éclaire les visages de toute l'équipe. Ils sont tous présents pour ce culte, au moins pour la première fois, éparpillés dans la salle par groupes d'affinités. Les derniers bavardages ne cessent que sur un « Silence ! » d'Éric, aussitôt répété par Epstein.

Les premiers plans muets défilent dans un silence de mort. Ce sont de gros plans du chat blanc tournés le premier jour en attendant que Mélusine soit prête. Ils ont été filmés sans le son, plus facile à ajouter par la suite. Tel le fauve de la *Metro Goldwyn Mayer*, le chat angora miaule en silence en montrant sa langue rose qui contredit sa féline férocité.

*

Ariel a été malade toute la nuit. Les calamars de midi additionnés à la timbale de foies de volaille du soir ont fait un mélange qu'il rejeta plusieurs fois, mais qui lui laissèrent une sensation de fin du monde bien connue de Lena. Ariel a toujours été excessif dans ses maladies et donne chaque fois l'impression qu'il agonise. Depuis son plus jeune âge, on avait assisté à ces démonstrations crépusculaires. Lena avait reçu les instructions testamentaires du gamin plusieurs fois, surtout quand il avait la fièvre et distribuait dans son délire ses jouets à des héritiers inconnus, habitants de son monde imaginaire. Il parlait de Vania, de Maxime et d'une certaine Rada, blonde aux yeux noirs qu'il devait sauver d'un sortilège dans une contrée lointaine. Lena pleurait à chaudes larmes.

Ariel est resté immobile dans le lit pendant toute la journée, livide comme une cire de Napoléon à Sainte-Hélène. Domenico voulut lui donner une potion de sa composition, mais Ariel refusa. Il ne s'agit que d'une indigestion, la diète absolue est le meilleur remède.

En vérité, sous la guerre intestinale se cache une lutte acharnée de sentiments ennemis. Mme Marvel, dite Mélusine pour les intimes, dont il ne peut se vanter de faire partie, l'a prodigieusement blessé hier. Depuis plusieurs jours, la douche écossaise, un coup je te caresse, un coup je te bastonne. Une allumeuse. Il n'y a pas d'autre terme. Mais pourquoi se donne-t-elle tout ce mal ? Je l'intéresse, alors ? Son indifférence d'hier était peut-être feinte… Pourquoi m'a-t-elle invité à la projection ? Comprendre les femmes n'est pas simple, mais les aimer…

Ariel regarde l'heure. Cinq heures moins le quart. Il a tout juste le temps de prendre une douche. À la stupeur de Lena, il saute du lit comme un ressort et se précipite hors de la chambre en disant :

— Avec tout ça j'oubliais mon travail. J'allais être en retard. Tu aurais pu me dire l'heure qu'il est.

*

Seul son bon sens de l'orientation lui permit de trouver l'Alcazar dans le dédale de *calle* et de *piazzette* successives qu'il traversa sur les indications fantaisistes des passants interrogés. À la vitesse à laquelle il cavale en faisant des slaloms entre les piétons à la queue leu leu à cause de l'étroitesse des ruelles, il était passé devant sans le voir. Les deux portes vitrées sur le petit hall sombre paraissent l'entrée d'un immeuble moderne sans cachet. Le manque de recul empêche de lire « ALCAZAR » en lettres de néon éteint.

La porte est bloquée, mais la lumière au-dessus de la caisse signale la présence de quelqu'un. Il n'y a pas d'autre entrée. Ariel secoue la porte de verre qui branle dans la serrure avec un bruit mat de fourchette au fond d'une casserole. Un bonhomme apparaît de la porte du fond, les mains au ciel. *Cosa vuole?* Il va casser la porte !

Ariel explique par de grands gestes qu'il fait partie de la troupe de cinéma. Sont-ils à l'intérieur ? En maugréant, le gérant du cinéma lui ouvre avec une clé accrochée à sa ceinture au bout d'une longue ficelle, comme un gardien d'asile de fous.

Le dialogue de la scène en cours provient de la cabine de projection, derrière une petite porte entrebâillée en haut de quelques marches. Les mots résonnent, incompréhensibles et déformés par le mauvais haut-parleur, comme proférés dans une corne marine un jour de grand vent.

Ariel ne sait que faire. Entrer dans la salle ? Il ne s'en sent pas le droit, il ne fait pas réellement partie de l'équipe. Ce serait indiscret, les techniciens du film peuvent prendre ombrage de sa présence de profane.

Son oreille s'habitue au son de la cabine. Il reconnaît soudain la voix de Mélusine. Il ne distingue pas ce qu'elle dit mais la mélodie oscillante de sa voix est celle des moments d'intimité où elle ne prend pas son ton claquant de chef de file. Ne résistant pas à la curiosité, il monte les marches vers la cabine. Le projectionniste, affairé à enrouler des bobines, ne le remarque pas. Ariel peut s'approcher du carré de verre par où passe le faisceau lumineux. De là, il voit l'écran, caché derrière un miroir sans tain.

Le visage de Mélusine lui éclate à la figure : elle est là, toute proche, plus près de lui qu'elle ne l'a jamais été, dans un énorme gros plan. Vraie, sublime, telle qu'il la rêve dans ses visions nocturnes, fragile et nerveuse comme un pur-sang indomptable à la crinière libre, douce et pâle comme une vierge de Piero della Francesca, fière et droite comme une paysanne ukrainienne. Toutes les femmes en une. La Femme. Conquérante absolue des hommes balbutiants à ses pieds, désarmés devant sa beauté. Il est si bouleversé qu'il se brûle contre le projecteur bouillant. La fenêtre magique continue à débiter des Mélusine sous tous les angles en un kaléidoscope enivrant destiné à lui seul. À la fin d'un plan, après le *stop* lointain d'Éric qui libère Mélusine de Desdémone, la caméra a continué à filmer et Mélusine se tourne vers l'objectif, les yeux droits dans ceux d'Ariel.

Le magnétisme, ça existe. Il s'était quelquefois demandé ce qu'on trouvait à cette femme d'une beauté irrégulière et peu classique, pour la porter aux nues et la payer si cher. C'est donc cela, une star. Une femme animée d'un pouvoir que les écrans distribuent aux hommes : celui d'être *leur* femme mieux que leurs femmes, *leur* mère mieux que leurs mères, *leur* amie mieux que leurs amies.

Aux plans de Mélusine succèdent ceux de Wilson. Il n'est pas photogénique, le pauvre, avec sa grosse tête et ce petit chapeau de tweed qu'Ariel reconnaît : c'est celui d'Éric, si élégant sur lui avec sa nonchalance anglaise, rigide et ridicule planté sur le haut du crâne de Wilson, rabattu en arrière pour que les bords ne cachent pas les yeux sombres, déjà difficiles à éclairer. Les répliques en américain, répétées et rabâchées avec le coach, ont le naturel d'une table de multiplication ânonnée. Il lèche ses lèvres à chaque instant, enlevant toute autorité au personnage obscur qu'il interprète.

Les lumières se rallument à l'intérieur de la salle, Ariel entrevoit la chevelure de Mélusine, assise au premier rang à côté des trois Noirs. Wilson s'est levé, remuant ses épaules pour libérer sa musculature comprimée. Mélusine, elle, ne bouge pas. Elle a les deux mains devant le visage, doigts écartés. L'équipe se lève avec retenue, en évitant des bruits de fauteuil. Qui parlera le premier ? Éric aurait de droit cette prérogative, mais il se tait lui aussi, la main sur le front dans une position analogue à celle de Mélusine.

— Les plans du chat sont les essais de la nouvelle pellicule Fuji, fait le directeur de la photo, pour rompre la glace.

*

Oui, Pietro, il vaut mieux parler du chat. Tu n'as pas avec lui les problèmes que tu as avec moi. Bien sûr, tu as voulu que je sois belle et que les gogos se pâment devant ma gueule diaphane de bergère sur le couvercle d'une boîte de bonbons Marquise de Sévigné.

Tu les entends, derrière, Yves et Astor, comme ils sont contents. Ils ont vu une image parfaite, léchée, inodore, asexuée, tout ce qu'ils adorent, tout ce que je leur ai laissé faire, lâche et absente, avec ma peau, mes cheveux et tous les attributs féminins d'une femme creuse et sans vie. Vous ne voyez pas que c'est de la merde. Cette porteuse de cheveux bouclés n'est qu'une poupée de son. Cette bouche luisante imitant un fruit mûr en plastique ne ferait illusion que de loin, dans la vitrine d'un Prisunic. Pas une émotion, pas une goutte de sang frais ne coulent dans ces plans à l'eau de rose où je vogue, entre les filtres contre mes rides, comme une somnambule à la recherche d'elle-même. Où suis-je ? Où vais-je ? Qu'est-ce que je donne ? Rien. Je ne donne rien. Je suis aride comme un désert, morte, vide, inutile femelle. Je suis à chier, à chier. Toute cette mélasse ne veut rien dire. C'est loupé, je n'arriverai jamais à faire ce film. Il faut que je me tire, que je disparaisse. Pourquoi, mon Dieu, pourquoi ? Qu'est-ce qui t'arrive, Birgitt ?

— Ça ne va pas du tout, Pietro. Je trouve cette photo dégueulasse. Ce n'est pas ce que nous avions convenu…

Elle a repris du poil de la bête et attaque la première, fuite en avant bien connue qui ne résout aucun problème, sauf celui de sortir de cette salle et d'aller vite boire une bière à l'hôtel.

— Mais… Mélusine… On avait dit une photo douce, pas contrastée…

— Oui, mais pas une guimauve. Comment veux-tu exprimer des sentiments, dans ce flou. Ça te plaît, toi, Éric ?

— Il y a des plans flous, c'est vrai, les plans au 100, fait Éric, en déviant légèrement la conversation. Comment expliquez-vous ça, Lucien ?

Le pointeur bafouille, pris en faute, mais Éric ne l'écoute pas. Il sait très bien que c'est difficile de faire le point avec les filtres mis devant l'objectif pour rajeunir Mélusine, et lui enlever le regard dur qu'elle a ces temps-ci.

Tu as raison, ma Mélusine, cette photo est très mauvaise, artificielle, trompeuse. Je la déteste tout autant que toi, mais j'ai dû céder à la demande de nos producteurs qui trouvaient déjà le sujet trop dur et m'ont fait promettre d'utiliser les techniques à la mode, celle des pastels et des contre-jours à l'anglaise. « Les gens veulent voir de jolies choses, disent-ils. Ils vont au cinéma pour se détendre ! » Moi qui voulais tourner le film en noir et blanc, comme Rashomon, *comme* Ivan le Terrible, *comme* La Splendeur des Amberson. *Je t'ai trahie, c'est exact. Pauvre idiot, je me suis trahi moi-même. J'avais dit que nous ferions le film le plus important de notre vie. Nous en sommes loin. C'est très mauvais, ce que nous avons fait. La photo est peut-être mièvre, mais toi, tu m'as refilé tous tes trucs d'actrice chevronnée. Pour qui me prends-tu ? Jusqu'à quand vas-tu me déballer cette pacotille ? Tu n'as peut-être plus d'autres ressources, usée par dix ans de mauvais films…*

Dans la salle, la discussion a tourné à la dispute. L'opérateur menace de tout plaquer si on ne lui dit pas quel film il doit faire. Il est limité de toute façon par le peu de matériel électrique qu'on lui a accordé. Éclairer un Noir et une Blanche ensemble, ce n'est pas de la tarte. L'un aura l'air sombre si l'autre est à sa juste lumière et *vice versa*. Astor se plaint de ne pas pouvoir travailler sans costumier. Pense-t-on remplacer Valentin ? Delaunay, le nez rouge pelant comme une pomme de terre bouillie, réplique qu'il s'est tapé tout le boulot aujourd'hui, rien n'a manqué. Percy a entrepris Éric. À son avis, il n'y a pas assez de gros plans de Wilson, comparé à la quantité de plans sur Mélusine. Epstein, un peu ivre après les vodkas bues au bar, en attendant le directeur de production rentré de Paris juste à temps pour remettre les bobines au projectionniste, filerait bien à l'anglaise s'il n'était pas coincé entre Bébert et Jojo. Ils ont quelque chose à lui dire : on leur apprend de Paris que les chèques ne seront pas honorés. Bébert est délégué syndical, il donne jusqu'à la fin de la semaine à la production pour arranger ça, sinon ils lui flanquent une grève. Vendredi prochain, il leur faut des chèques certifiés.

L'atmosphère n'est pas triste. Voyant le cahier de doléances ouvert, chacun s'est mis à exposer ses problèmes et à accuser quelqu'un de quelque chose. Même Nicole, d'habitude si discrète, accuse le directeur de production de convoquer Mélusine à des horaires impossibles le matin, sous prétexte qu'elle est longue à maquiller. Or, elle attend régulièrement, pendant des heures, que les éclairages et le décor soient prêts.

Mélusine s'est lancée dans un examen en règle des fautes commises, les siennes exceptées. L'absurde réquisitoire n'a pour seule valeur que de rappeler à tous qu'elle est la protagoniste de ce film.

Éric est le plus réservé. Il s'est retiré dans son silence de sage et sort le premier sans que les autres le suivent. Ils resteraient à s'engueuler encore des heures, à bout d'arguments comme des ivrognes discutailleurs, si le directeur de la salle ne les prie gentiment d'évacuer le local. Les séances commencent bientôt, il faut aérer et préparer les billets, coupés d'avance par sa propre femme qui tient la caisse.

Ariel, sur le pas de la porte, fait les frais de la mauvaise humeur d'Éric :

— Mon petit, je ne vous fais pas mes compliments. Vous n'étiez pas payé pour aller au casino ou pour danser la mazurka. Je vous avais demandé un contrôle strict et un repos absolu pour Mélusine, quoi qu'il arrive. Vous n'avez été d'aucune utilité. Ça ne peut pas continuer comme cela, vous le comprenez bien.

Ariel n'a rien à répliquer. Il mérite les réprimandes et se sent comme un ver, surtout depuis qu'il a reçu les images de Mélusine à l'écran en pleine figure. Il n'a rien compris. Comment pensait-il qu'on crée cette magie sans efforts surnaturels ? Un tel don de soi n'engendre-t-il pas de formidables déséquilibres ? Mélusine est un monstre sacré. Il n'a pas pris au sérieux les exigences particulières d'un être aussi rare. Ce travail qu'on lui a confié n'est pas un petit boulot tranquille et surpayé. C'est un engagement, une croisade, Éric l'avait bien dit.

Ariel voudrait rassurer son hôte, il ne se conduira plus de la même manière. Il veut que Mélusine puisse accomplir ce film… Il aimerait y contribuer dans sa petite mesure… Mais Éric s'est retourné et parle à un monsieur rouge de visage. Il ne prête plus attention à lui. « Ça ne peut pas continuer comme cela », a dit le metteur en scène. Ariel est-il licencié ?

Mélusine passe devant lui sans le voir. Elle sort du cinéma en coup de vent et disparaît dans la rue, suivie de Nicole et de Rémi, accroché à ses basques tel un mendiant.

Epstein apparaît, lui aussi, encadré de Bébert et de Jojo, temporairement amadoués. Il invite tout le monde au bar « boire un coup, allez, ça nous fera du bien ! ». C'est lui qui a besoin d'un remontant, quelque chose de costaud dans l'état où il est :

— Un Fernet-Branca ! réclame-t-il au patron. *On the rocks!*

*

— Comment veux-tu que je travaille dans ces conditions ? J'en ai marre d'enseigner leur métier à tous les gens qui m'entourent. Bande d'amateurs, prétentieux, en plus. Que croient-ils ? Le cinéma, ça ne s'apprend pas en un jour. Vingt ans, j'ai mis, pour comprendre un peu de quoi il retourne. Tu le sais bien, toi, Rémi, tu te rappelles tout ce qu'on a traversé. Quand j'approchais une grande actrice, je me faisais toute petite et je regardais. Je volais le métier comme une autodidacte que je suis…

— Je ne sais pas si tu es une *auto machin*, mais tu ferais mieux de le rester ! Tes airs d'intellectuelle ne te vont pas du tout. Je ne sais pas où tu as pris ce nouveau genre, mais avec Pietro…

— Parlons-en, de Pietro. Un opérateur de films publicitaires qui n'a jamais vu un film de sa vie et qui lit *L'Équipe* entre les plans. Il n'est bon qu'à photographier les chats et les barres de chocolat. Tu as vu comment il a photographié Wilson ? On dirait un bonhomme de chocolat. Oh, il n'y a pas de quoi rire, Rémi, j'aurai déjà du mal à tenir à bout de bras cet extraterrestre, si tout le monde s'y met pour que j'aie l'air d'une tarte… Et toi, au lieu de faire le malin et de ricaner pendant la projection, je t'ai bien entendu, tu sais, qu'est-ce que tu as fabriqué ? Où sont les articles de la conférence de presse ? Tu ne crois pas que tu vas rester à te tourner les pouces et que je t'engraisse au Gritti pour que Xavier voie du pays.

Rémi prend la gifle en pleine figure et serre le bock de bière refilé d'office par Mélusine. Elle est d'une humeur massacrante, mais il préfère ça. Il va pouvoir plus facilement lui assener ses quatre vérités.

— Eh bien, ma chérie, ce n'est pas si simple que ça… Je travaille toute la journée pour toi, si tu veux savoir. Comme ça a l'air de t'intéresser tout d'un coup, je vais te faire part de mes enquêtes : tu n'intéresses plus les journaux féminins, ils disent qu'on t'a assez vue sur leurs couvertures. Le style a changé, ils veulent de la chair fraîche. Des filles jeunes, quoi, souriantes, pleines de joie de vivre, pas des *Mater dolorosa* qui traînent leurs gueules longues d'un mètre et leurs problèmes de star sur le retour.

Et vlan. Mélusine encaisse cette claque en boomerang. Elle décapsule une deuxième bière.

— Je te parle de la conférence de presse…, dit-elle, impénétrable.

— La conférence de presse. Je ne peux pas faire de miracles si Epstein ne veut pas sortir un sou. Les Français ne sont pas venus, la produc' ne paye pas leur voyage. Tu connais des journalistes qui viennent à Venise à leurs frais pour voir ta tronche visible tous les soirs gratis chez Régine ? Si, tiens, les deux petits de l'AFP, le photographe et sa femme, ils étaient en voyage de noces à

Venise, c'est pour ça que j'ai pu les choper. Que veux-tu que je fasse ? Je bricole. Par-dessus le marché, quand un journaliste se déplace, tu ne veux pas le recevoir...

— Si tu veux parler de Bergeron...

— Son journal tire à huit cent mille exemplaires, ma poule, et tu n'as pas toujours craché sur leurs services. Quand il y a eu l'histoire avec ton ministre à la con...

— Ils y font leur beurre, à *France Dimanche*, tu oublies.

— Ils font peut-être leur beurre, mais c'est grâce à eux que tu es une star !

— Je ne suis pas d'accord ! C'est grâce aux films, et à Éric, que je suis une star...

— Éric. Ton idole. Il est temps que tu voies clair, ma fille. Son film ne fait bander personne. Pas même toi, sois honnête. Les journalistes ne sont pas chauds. Il a beau raconter partout que ce sera du jamais-vu, enfin l'audace au cinéma, l'érotisme moderne, bla-bla-bla, moi, j'ai vu les rushes, c'est pas avec cette eau plate qu'on va gagner le gros lot...

— On n'a vu qu'une semaine...

— Ça ne te paraît pas suffisant ? tranche Rémi, sentant son avantage. Il faut parer à la catastrophe au plus vite, et faire une campagne de presse choc, si tu ne veux pas finir dans la page du tricot à *Bonnes Soirées*. Heureusement qu'il y a eu ton fils, ma vieille. Tu peux le remercier. Sans lui, on ne parlerait plus de toi.

Dans son for intérieur Mélusine sait qu'il a raison. Elle avait été secrètement flattée de mériter la une des journaux. Mais c'était trop douloureux pour qu'elle puisse s'en réjouir, et elle ne veut plus y penser.

— J'ai une idée, continue Rémi, plantant plus profondément le clou. Et tu ne vas pas me casser les pieds avec tes scrupules… Tu me dois bien ça, je t'ai toujours couverte, ma cocotte, quand les journalistes commençaient à fourrer le nez dans ton passé de jeune fille pure avec son duplex rue de la Pompe. Je ne sais pas si ton fils aura la même délicatesse. On dirait qu'il a envie de causer aux journalistes, le petit chéri…

— Laurent n'est au courant de rien… Laisse mon passé tranquille et accouche. C'est quoi, ton idée ?

*

Ariel est sur le palier depuis un bon quart d'heure, perplexe. Devait-il venir ? Personne ne le lui a confirmé. Personne ne lui a payé les nuits passées non plus. Mais il s'en fiche. Il n'est pas ici pour de l'argent. Plus maintenant.

Comme elle était belle sur cet écran quand elle a relevé la tête.

Lena, ma Lena, tu aurais aimé sa contenance fière et pudique. Du cinéma ? Du beau cinéma alors, joué par une championne du self-control, *tu sais, ce mot qui n'existe pas en russe et que nous ne savions jamais comment traduire dans nos versions d'anglais. Nous sommes trop d'une pièce, nous, trop francs. Nous nous en remettons aux autres avec une impudeur qui n'a rien de joli. Faibles et offensés. Quelle horreur. Je préférerais être fort et haï. Tu ne comprendras jamais cela. Tu aurais été une excellente chrétienne, à tendre la joue gauche comme tu le fais. Je suis injuste, pardonne-moi, c'est la timidité qui te paralyse, tu les vaux toutes, en intelligence et en caractère, je le sais bien. Je suis le seul à le savoir, mais je le sais. Tu m'as toujours si bien conseillé, avec une clairvoyance qui me fait défaut quand je suis sous l'effet de mes passions ou de mon orgueil masculin. Maintenant, par exemple, qu'est-ce que tu me suggères ? Que dois-je faire ? Je désire être utile à cette femme, que je sois payé ou non. N'y a-t-il rien de plus profitable à sa protection que de faire le pied de grue devant sa porte ? Oui, elle a besoin de protection. Elle doit souffrir terriblement, bombardée de sollicitations, amies ou ennemies, toutes malsaines parce que intéressées. L'idée de M. Éric était admirable. Il m'avait choisi pour cela, parce que j'étais étranger à ce panier de crabes. J'ai manqué à sa confiance. Pourrai-je jamais me racheter ?*

Des hurlements proviennent de la suite. Une violente dispute a éclaté entre Rémi et Mélusine, dont on reconnaît les voix sans distinguer les mots. Les aboiements superposés montent jusqu'à un bruit de verre cassé. Un « *Fous le camp !* » bien net de Mélusine transperce la cloison. La porte s'ouvre brutalement. Rémi sort tel un bouchon de vin fermenté et claque la porte en gueulant :

— Mégère !

Il passe devant Ariel sans le saluer et s'engouffre dans sa propre chambre en maugréant un chapelet d'injures.

Que s'est-il passé ? Quels soucis supplémentaires ce petit homme huileux déverse-t-il sur Mélusine ? Des questions professionnelles ? À la fin de la projection, Ariel avait entendu, à travers la porte capitonnée de la salle, les échos d'une discussion enflammée entre les membres de l'équipe. Ou bien est-ce le ciel gris revenu et qui ne permet pas de tourner la scène de la plage, comme se plaint Éric au directeur de production dans le hall ? Ou autre chose ? *De nouveaux exploits de ton fils, ma chérie ? Qu'est-ce qui te fâche à ce point ? Je vois tes yeux qui remontent vers les tempes quand tu es en colère ! Je suis là, derrière ta porte. Montre-toi, je suis là, et j'y reste.*

*

— Où voulez-vous en venir, Epstein ?

Éric est dans son bureau, au téléphone. S'il avait dit « *chacal* » ou « *incapable* » – ce qu'il pense en ce moment – cela n'eût pas été aussi cinglant que cet « Epstein ». Depuis le début du film, il s'efforce de l'appeler « mon cher Philippe ». Selon son vieux principe d'homme du monde, les mauvais rapports n'excusent pas la mauvaise éducation. Les bonnes manières empêchent les guerres, disait son professeur d'économie politique à la Farnesina. *Les temps ont changé, mon pauvre Simonelli. Les guerres vous tombent dessus avant qu'on ait ouvert la bouche.*

— Mon cher Éric, vous êtes bien d'accord que nous ne pouvons pas continuer comme ça. C'est une erreur pour elle comme pour nous... Disons que nous nous sommes tous trompés... Ça arrive dans les meilleures familles... Je crois qu'elle comprendra...

— Venez-en au fait, Epstein, qu'est-ce que vous proposez ?

— La petite Dessouches me paraît très douée... Son corps...

— Vous remplaceriez Mélusine, tout simplement..., fait Éric, en gardant son calme.

— Le film reprend son profil immédiatement, pensez-y. Avec une fille plus jeune, l'histoire se replace dans sa dramaturgie...

Ne fais pas l'intellectuel, ordure, tu n'y comprends rien et tu n'y comprendras jamais rien, crâne plat.

— Et les contrats ? demande Éric, d'un ton neutre.

— Il n'y a pas de contrat. Mélusine n'a pas signé. Elle se réserve sans doute la possibilité de se retirer de ce film, car elle refuse de signer… Nous discutons depuis une semaine avec son agent pour une stupide question de place et de grosseur de caractères au générique. Vous voyez, je crois que c'est sans problème. Elle a un autre film après, il me semble ?…

Ignoble faux-jeton. L'autre film est une invention de Grandville pour justifier un programme de production permettant aux autorités italiennes de libérer les fonds bloqués d'un coup sur la promesse d'une collaboration de plusieurs films. Tu le sais très bien, tu ne vas pas me servir pour argent comptant mes propres arrangements. Tu es vraiment un individu repoussant. Tu me donnes envie de t'écraser sous le téléphone comme une punaise gorgée de sang.

— Vous en avez parlé à Grandville ? reprend Éric, imperturbable.

— C'est *Gilbert* qui m'en a parlé, vous voulez dire ! Il pense que nous faisons fausse route et m'a donné jusqu'à la vision des rushes pour prendre une décision. Il serait partisan de tout laisser tomber, vous le connaissez. Je défends le film avec mes dents et je retiens le vieux de faire ça. J'ai confiance en vous, moi. Je suis sûr que nous trouverons une solution ensemble…

De mieux en mieux. La confiance, maintenant. Tu me hais, Epstein, tu penses que je suis un vieux bonnet de nuit et tu m'as combattu pendant toute la préparation, en poussant ton petit metteur en scène tchèque qui t'obéit au doigt et à l'œil, et te fait sous un faux nom les films pornos qui sont ton vrai gagne-pain. Tu crois que je ne le sais pas ? Tout Paris le sait, comme tout Paris sait que tu es une nullité, et que Gilbert, ton vieux, *a un faible pour toi parce que ton père venait du même village podolien. « Une solution ensemble ? » Ensemble. Moi, parler avec toi ? Comment oses-tu ? Je traite avec Grandville, pas avec son caporal. Et avec moi-même. Si ce film ne va pas, c'est moi qui le dirai.*

— Je veux parler à Gilbert, déclare Éric. Ce soir, c'est trop tard, il déteste qu'on le dérange à la maison, depuis qu'il a épousé Marion. Après vingt ans de vie commune, c'est beau, non ? Il faut respecter les amoureux. Ne vous faites pas de souci, demain nous convoquerons une réunion de production. Nous pourrions tourner des scènes sans Mélusine pour prendre le temps de la réflexion…

— Quelle bonne idée. Vous voyez que j'avais raison de compter sur votre bon sens et sur votre objectivité. Seuls les grands artistes ont le recul…

Tais-toi, chien baveux. Je ne suis pas ton allié et je ne te rosse pas parce que je ne connais pas d'autre technique que temporiser, voir venir, ne pas brusquer les événements. Je suis d'une autre époque, du temps où l'on consultait le ciel et les astres longuement avant de se lancer dans l'action, où les sages prévoyaient autour d'une table toutes les conséquences de leurs actes. Je ne parlerai certes pas avec toi des motivations profondes qui me poussent à faire ce film. Tu ne vois dans le cinéma qu'un filon pour acquérir une petite surface sociale. Grandville est un interlocuteur, lui. Tu n'as pas la plus pâle idée de ce qu'est un producteur. Gilbert risquait des sommes colossales sur le talent et l'imagination. Il croyait qu'un nouveau film ne devait ressembler à aucun autre, déjà fait, déjà vu. Il se trompait quelquefois, mais le succès de ses grands films a fait date dans l'histoire du cinéma et a fait connaître les plus grands réalisateurs. Il avait créé, lui aussi, un cinéma qui portait sa marque. Les films de Gilbert de Grandville. Quel label prestigieux et quels films inoubliables. Sais-tu ce qu'il m'a dit de toi ? « Il ne sera jamais un grand producteur parce qu'il aime l'argent. Mais il est économe. » Il savait bien que je te supporterais mal. À l'usage, tu es de pis en pis. S'il faut remplacer quelqu'un, c'est toi qu'il faut expédier à la maison. Je vais parler à Grandville, ce diplodocus du cinéma. J'ai plus confiance en ses conseils de plombier empirique tapant à grands coups de pied sur une chaudière percée qu'en tes études d'ingénieur sur papier quadrillé que tu me produis à tout instant. Avec tes airs de manager à l'américaine, tu n'es qu'une toupie de ta génération sans avis. Bonne nuit, Epstein. Tu m'as encrassé l'oreille de tes compliments fielleux, je vais prendre un bain pour me laver de toutes tes idées idiotes et réfléchir.

Oublier Mélusine ? Hélas, c'est peut-être inévitable…

*

La porte 109 vient de s'ouvrir. Mélusine est prête à sortir. Elle porte son petit tailleur noir. Ses cheveux réunis en une tresse sont sagement posés sur une épaule, retenus par un élastique d'écolière.

— Bonsoir, Ariel ! Fait-elle, en sortant la clé de la serrure intérieure.

Ariel se met devant la porte, en lui bloquant le passage :

— Vous ne devez pas sortir, madame.

Contre toute attente, Mélusine lui sourit :

— Tu as raison, dit-elle. Entre une minute et buvons une bière.

Ils entrent. Ariel n'a pas plutôt passé la porte que Mélusine se glisse dehors. Elle l'enferme à double tour en lui lançant à travers la porte :

— Les bières sont dans le frigo !

Elle s'éloigne sans écouter Ariel qui hurle de l'autre côté :

— Mélusine ! Madame Mélusine !…

Pauvre petit. Qu'est-ce qu'il croyait, que j'allais me laisser impressionner ? J'ai beaucoup à faire ce soir, mon petit guitariste géorgien. La Géorgie. C'est où la Géorgie ? Pour moi, c'était en Amérique, du côté de Autant en emporte le vent *ou quelque chose comme ça… Chacun sa Géorgie, d'accord, désormais ce sera toi, Ariel, ma Géorgie. Un pays de traditions antiques et d'yeux dorés comme ceux de ta petite amie. Elle n'imagine pas encore ce qu'elle va vivre avec un loulou comme toi… La pauvre, elle croit qu'il est mon amant. J'aurais pu, à un certain moment… mais c'est passé. Aujourd'hui, ce ne serait plus possible. Je me suis même conduite d'une façon ignoble avec lui. J'ai tout fait pour piétiner son amour-propre de petit mâle. J'ai vraiment été dégueulasse. J'aurais dû lui faire un cadeau… Un cadeau, oui, je vous entends, docteur Eisenberg, je fais trop de cadeaux. Tous les cadeaux que j'ai faits à Laurent, pour me disculper d'être si souvent absente, de ne pas l'aimer avec assez de dévouement. Je sais, je me servais de mon argent pour liquider sans jamais affronter la question cruciale de ma vie : quand serai-je une adulte, une mère ? Pas foutue d'être une épouse, une femme, Mélusine Marvel. Une galerie d'illusions, de femmes inexistantes… Cinquante films pour en arriver chez vous, docteur Eisenberg. Ma parole, vous m'avez rendue intelligente. Merci de vos services. Je vais chercher un peu de paix ailleurs. Ou bien de tumulte, au choix.*

La seconde porte de la suite est fermée à clé également. Ariel s'est fait piéger. Il se précipite au téléphone. Il presse la touche du concierge, du portier, de la standardiste, de la femme de chambre. Personne ne répond. Le soir, le personnel est réduit. Il pense à la fenêtre, mais l'escalade est impossible : le canal est à pic, sans quai ni rebord. Il insiste au téléphone, en continuant à pianoter sur toutes les touches. On lui répond enfin. C'est le bagagiste, il monte tout de suite. Il n'a pas la clé, dit-il à travers la porte, Mme Marvel ne l'a pas laissée à la réception. Il doit redescendre chercher le passe. Ariel voit les minutes galoper. C'est foutu. Mélusine est loin et ce sera aussi simple de la retrouver dans Venise que de chercher une aiguille dans une botte de foin. Le concierge ouvre enfin avec la clé du 113, tout simplement, et s'inquiète auprès d'Ariel. Que se passe-t-il ? Non, Mme Marvel n'a pas dit où elle allait. D'ailleurs il ne l'a pas vue sortir.

— Vous l'avez vue, vous ? demande-t-il au bagagiste.

— *No! Assolutamente!*

C'est faux, il l'a vue. Il sait même où elle allait. C'est lui qui a donné l'adresse, pense-t-il en serrant dans sa poche le billet de cinquante mille lires qu'elle lui a discrètement glissé sur le pas de la porte.

Ariel soupire et demande un plan de Venise.

*

Campo San Bartolomeo. La porte rouge après la pharmacie. Un barbu d'une maigreur effrayante lui ouvre enfin. Il tremble de tous ses membres et ses yeux absents semblent sur le point de sauter de leurs orbites. Il est en pleine défonce et Mélusine a du mal à engager un dialogue avec lui. Elle comprend finalement qu'il n'a rien pour elle. Elle doit chercher le *biondino* dans une boîte de drag-queens près du port.

Elle a cru qu'elle n'y arriverait jamais. Elle aurait dû mettre des chaussures plus commodes. La bride de ses sandales à talons lui entaille la peau. Elle a oublié combien il faut marcher, dans cette ville. Elle déteste marcher.

Elle s'arrête dans deux bars et boit un cognac, puis une Grappa Julia. Les relents de l'alcool industriel lui remontent à la gorge en marchant.

La boîte de drag-queens est l'arrière-salle d'un café enfumé, décorée sans grâce avec des pans de satin rouge sans ourlets accrochés au mur par des punaises. Un bouquet de gui défraîchi pend au plafond depuis le Noël de l'année dernière. Les garçons sont de solides ouvriers malgré leurs anneaux à l'oreille et leurs cheveux décolorés.

Un travesti invite Mélusine à leur table. Le *biondino* n'est pas là, mais tout le monde l'attend. Personne n'a reconnu Mélusine. Elle dit qu'elle travaille dans la mode. Elle boit du *vino tinto*, vin rouge et limonade, que le travesti, d'origine espagnole, lui verse à grandes rasades.

*

Ariel se rend à la Casina Valardin en premier. Il attend la navette pour l'île de la Giudecca pendant vingt longues minutes car, le soir, le service est ralenti, une traversée par demi-heure. Le marinier le met en garde pour le retour. Après minuit, il va se coucher, Charon est sans pitié pour ceux qui vont s'amuser avec *les jeunes filles* pendant qu'il travaille, lui... Oui, la Casina Valardin est bien de l'autre côté, troisième pont à gauche, la lanterne rouge.

La *signora* Amelia le reçoit avec de grandes embrassades. Non, depuis la fameuse nuit, on n'a pas vu Mélusine, mais Roberta en sait peut-être plus. Elle est chez elle ce soir avec la grippe, mais elle n'a pas le téléphone, hélas. Ariel n'accepte pas un verre de vermouth et prie qu'on prévienne l'hôtel si Mélusine se montre. Il est inquiet et implore qu'on lui rende ce service. Pendant qu'il appelle le Gritti, Mme Amelia dit avec émotion : « *Come le vuole bene!* Comme il l'aime !... »

Annibale, le concierge, lui répond :

— Non, monsieur Ariel, elle n'est pas rentrée. J'ai appelé le Harry's Bar, le Number One, le casino, on ne l'a pas vue. Je quitte le service maintenant, vous vous adresserez à mon collègue, Remigio, je le mets au courant. Bonne nuit, monsieur Ariel, et bonne chance !

Le *biondino* était un truand milanais à chevalière de diamant, menu fretin de la mafia, mais *big boss* ici, au milieu de ces malheureux accrochés à ses basques. Quand il aperçoit Mélusine, seule femme dans ce lieu mal famé, il serre les mâchoires en faisant rouler les muscles de ses joues. Elle est passablement ivre mais sa natte à moitié défaite dévide les cheveux bien soignés d'une femme habituée à l'argent. Un coup fumant. Elle paye sa neige déjà coupée avec du talc le double de son prix.

Roberta habite à la Sacca Fisola. On peut y aller à pied puisque c'est une île artificielle dans le prolongement de la Giudecca. Mais comme c'est loin. Ariel entend son pas marteler alternativement les dalles de pierre ou les passerelles de bois aux lattes desserrées. Il rôde longtemps entre les pâtés de maisons modernes dans les allées mal éclairées. Il ne rencontre pas âme qui vive, à qui demander où se trouvait l'immeuble Gramsci. Le troisième à droite, lui a dit *signora* Amelia, mais à droite de quoi et à partir d'où ? Ces immeubles sont tous semblables. Fruit des grandes lancées urbanistes du fascisme, on les a rebaptisés, tels quels, aux noms des héros de la lutte pour la victoire du prolétariat, gravés sur des plaques illisibles sous les flambeaux sculptés à la gloire de Mussolini. D'une fenêtre, une bonne femme secoue enfin des miettes sur sa tête. Elle lui indique le bon immeuble, pas très loin de là. Il sonne à la seule sonnette sans nom d'un interphone éclairé par une ampoule tremblotante. La voix nasillarde de Roberta lui répond peu aimablement : qui est-ce à cette heure-ci et que lui veut-on ?

Elle est si émue par la préoccupation du jeune homme qu'elle propose de l'accompagner dans sa quête, malgré sa grippe, ses bouillottes et son nez bouché. Ariel s'y oppose formellement. Elle est déjà gentille de lui avoir ouvert, de lui offrir ces tranches de saucisson avec ce pain, et de lui écrire bien lisiblement sur un bout de papier les noms et les adresses des endroits où il pourrait chercher.

Ariel s'assoit sur le banc au dossier manquant d'une guérite de plastique à l'arrêt de la ligne 5 en provenance des Zattere, qui passe toutes les heures et s'arrête au canal Scomenzera. C'est là, du côté de la gare maritime, que se trouve ce bar d'homosexuels indiqué par Roberta et où il a décidé de se rendre en premier.

Le *biondino* dit que ce n'est pas un endroit pour elle, ici, et il l'entraîne dans une boîte plus sélect, à Mestre. En réalité, il veut montrer à la belle Française sa voiture de sport garée au rez-de-chaussée d'un garage *piazzale* Roma, le nez pointé vers la sortie comme un lévrier de course en attente du coup de feu de départ. Il fait les quelques kilomètres jusqu'à Mestre à la vitesse maximale que le moteur, éperonné à mort, peut supporter.

Mélusine pense qu'un pneu crevé sur cette ligne droite entre les bassins de mytiliculture serait la plus merveilleuse des solutions : elle exploserait en mille morceaux qui retomberaient dans l'eau, dévorés par les moules.

Ariel arrive au bout d'une heure chez les homos. Une grande actrice française ? De mémoire de docker, on n'avait pas vu de grande actrice ici, sauf Rita, la grande Rita qui se prend pour Rita Hayworth et se dandine au bar en montrant ses jambes poilues. Mais la description de Mélusine leur met la puce à l'oreille : la dame embarquée par le *biondino* est donc une actrice ! Ils auraient pu s'en douter, avec ses airs distingués et son teint de porcelaine. À Mestre, à huit kilomètres de Venise, une boîte de strip-tease est le quartier général des trafiquants de la zone. Qu'il aille voir. On ne sait jamais.

Ariel serre les billets du casino rangés dans la poche supérieure de sa veste. Dans sa descente aux Enfers, cet argent servira, au moins, à prendre un taxi. Il signe des autographes pour les reines de la nuit attroupées qui croyaient – et pourquoi les décevoir ? – qu'il est un acteur de cinéma lui aussi.

La nuit le happe le long des docks déserts où des vaches, dans un wagon en attente, meuglent inlassablement.

Le night-club de Mestre, ville industrielle aux rues monotones, se trouve dans un hôtel, au premier étage. C'est dix fois plus sinistre que le bar des travelos avec leurs mascarades et leurs Carmencitas. Mais c'est plus rupin. Le *biondino* roule les mécaniques devant d'autres blondinets comme lui flanqués de leurs semi-putes ou futures putes qui dévisagent Mélusine, en se demandant où elles l'ont vue.

Sur le podium que les projecteurs éclairent d'une lumière bleue, un couple d'Africains s'exhibe dans un spectacle *hard*. L'orgasme simulé n'en finit pas de faire rebondir l'Éthiopienne arc-boutée sous son partenaire au sexe d'exposition maintenu en vie par des pommades au camphre.

Mélusine n'arrive pas à se détacher de ce visage. C'est bien elle, souriant toute la journée aux chasseurs de têtes qui l'exploitent et n'en ont jamais assez. Pas assez émouvant, Mélusine. Troisième prise. Trop dur, Mélusine. Sixième prise. Un peu plus sexy, Mélusine. Vingtième prise. Un sourire pour le photographe, Mélusine. Allez, plus convaincue que cela. Il faut sourire à la vie. La vie, c'est beau, c'est gai, c'est *sprint, smash, whiiil, crash, flok*. La vie c'est du ciné, on y danse, on y danse. Jusqu'à en crever.

Elle est tombée ? Exprès ? On ne se suicide pas dans un studio, en pleine journée de tournage. Même avec un coup dans le nez. *Allez, c'est un accident. Mais oui, docteur, vous écrivez : « accident de travail », d'accord ? Merci, docteur. Tenez, docteur. Vous avez été si aimable d'accourir si vite.*

Mourir. Pas si facile, Birgitt, pas si facile.

Le planton de la boîte fait toute une histoire pour laisser entrer Ariel. Il n'est pas membre de ce club *privé* et n'a pas un visage connu. Ariel dit qu'il cherche quelqu'un et qu'il ressortira aussitôt. Il est sur la bonne piste, il en est certain, et regarde autour de lui, dans la lumière verdâtre de cet étrange endroit, tous les visages de femmes qui le dévisagent comme des grenouilles au bord d'un étang. Il fouille partout, même dans les toilettes. Pas de Mélusine. Et pourtant quelque chose lui dit qu'elle n'est pas loin. La danseuse éthiopienne entre en peignoir pendant qu'il se lave les mains, et lui dit, après un sursaut de surprise :

— *Si sta meglio dalle donne, hé?* On est mieux chez les femmes, hein !

Ariel sourit avec un geste d'excuse et demande, en scandant les mots :

— *Avete visto una donna bionda?*

La beauté de Mélusine avait frappé la jeune Noire et elle reconnaît, aux descriptions du garçon, la spectatrice du premier rang qui la regardait dans les yeux. Elle l'a vue sortir avec trois types pendant son numéro, mais elle ne les connaît pas.

Mélusine est assise, seule à la table du centre qu'on leur a réservée, semble-t-il, dans ce bar près des abattoirs. Des types parlent entre eux, près du comptoir, en regardant dans sa direction. Le *biondino* tourne le dos.

Elle remue avec son doigt le champagne français gazé à outrance qu'on lui a servi d'office. La fraîcheur du liquide n'atteint pas son doigt. En vérifiant avec le bout de sa cigarette allumée sur le dos de sa main, elle s'aperçoit qu'elle est arrivée à l'état délicieux où elle ne sent plus rien.

Le barman balafré observe ce garçon rembruni qui serre son verre de whisky entre ses deux mains. À quelle *famille* appartient-il, celui-là ? Il ne l'a jamais vu. Sicilien ? Calabrais ? Ou Grec, la nouvelle calamité qui s'est abattue sur cette région depuis la fin des Colonels. Il veut savoir où est sa poupée. Il n'avait qu'à mieux la surveiller. Toutes les mêmes, les poules. Dès qu'on a le dos tourné…

L'Éthiopienne est revenue, en jean et pull à col roulé :

— *Gente cattiva… bad people… il biondino, Max, il francese, e Pippo. Non so altro…* Je ne sais rien d'autre…

Elle doit hurler pour couvrir la musique assourdissante et file en faisant un petit salut au barman.

Ariel a un moment de découragement. Où doit-il chercher, à présent ? Il demande un jeton de téléphone et appelle le Gritti. Aucune nouvelle. M. Éric a téléphoné. Il a été mis au courant.

Ariel ne finit pas son whisky et sort sans laisser de pourboire, petite vengeance en réponse au mutisme du barman.

*

À cinq heures du matin, Ariel retrouve Mélusine Marvel au Bar dei Pescatori, dans le quartier des abattoirs. Elle gît, allongée sur une banquette, sans connaissance. Son visage porte la trace de coups. De ses yeux retournés on ne voit que le blanc.

10

La dernière nuit

— *Si puó?...*

Les deux femmes de chambre d'étage ont frappé à la porte de la chambre, plongée dans l'obscurité des doubles rideaux tirés. Ariel se réveille. Il est midi moins le quart, peut-on faire la chambre ?

Midi moins le quart ? Ariel s'assied dans le grand lit où il a dormi d'une traite jusqu'à maintenant. Où est Mélusine ? Madame a demandé son petit déjeuner à sept heures, comme d'habitude, puis elle est partie travailler. Monsieur veut-il un petit déjeuner ?

Partie travailler ? Dans l'état où elle était ? Ce n'est pas possible. Nous ne parlons pas de la même personne. Vous dites bien la *signora* Marvel ? Elle est allée tourner ? Mais oui, elle a pris son bateau, on l'a vue embarquer. Ariel n'en croit pas ses oreilles. Quand il avait retrouvé Mélusine dans le bar pouilleux, dernier sur la liste de Roberta, elle était allongée sur une banquette parmi les clochards et les poivrots de Venise, la bouche en sang. Son état de prostration totale était dû à la drogue et au choc nerveux. Elle n'avait pas de contusion grave, les blessures étaient toutes superficielles. Sous l'effet de l'eau fraîche qu'Ariel lui versa sur le visage, elle revint à elle, mais pas un son ne sortait de sa bouche. Elle tournait sans cesse un poignet comme si elle eût voulu se débarrasser de sa main, mais elle n'avait rien de cassé. Pour rentrer à l'hôtel, à cette heure-ci, il ne trouva qu'un moyen de transport : la péniche-poubelle qui partait des Fondamenta Santa Lucia pour faire le tour de Venise. Les éboueurs acceptèrent exceptionnellement de les embarquer et de les déposer au Gritti. Ils remontèrent le Canal Grande en s'arrêtant aux points de ramassage des grands sacs de plastique gris que la mairie distribue aux concierges et aux cuisiniers des restaurants et des hôtels.

Assis sur l'étroite coursive, Ariel tenait Mélusine à l'avant de la péniche grise. Les vibrations du broyeur faisaient trembler leurs têtes appuyées sur le froid métal. Les étourneaux saluaient le jour en tournoyant dans le ciel bas, et en poussant des sifflements qui ressemblaient à des cris d'enfants. Mélusine réagit à l'air frais et aux odeurs d'immondices et vomit par-dessus bord, maintenue par Ariel. Il avait enlevé sa veste et l'y avait empaquetée, frissonnante de froid. Elle serrait ses genoux contre lui et il frotta ses jambes glacées pour les réchauffer un peu. Au Gritti, le personnel de nuit se mit en quatre pour apporter les premiers soins à Mélusine, docile comme une chatte malade chez le vétérinaire. Ariel la déshabilla, lui enfila une chemise qui semblait destinée à la nuit et la coucha, en lui remontant bien les couvertures sous le menton. Il posa un baiser fraternel sur son front. Mélusine s'était accrochée à son bras :

— Viens te coucher, avait-elle balbutié.

C'étaient ses premiers mots.

— Alors, tu es vivante…, avait-il dit doucement.

Elle lui avait répondu avec le sourire d'un ange tombé de son socle la tête la première. Il avait pensé qu'elle s'endormirait d'une minute à l'autre après la piqûre de calmant et s'était allongé près d'elle.

Midi ! Il a dormi comme un loir et n'a même pas entendu Mélusine sortir. Il se lève précipitamment, un drap autour de la taille qui le suit jusqu'à la salle de bains comme une traîne, tandis que les femmes de chambre ouvrent tout grand les fenêtres. Lena ! Elle doit se faire un souci d'encre. Faut-il l'appeler ? Comment expliquer qu'il soit encore au Gritti ? Vite s'habiller et y aller.

Sur la tablette en verre du lavabo où sont alignés les savons et les sels de bain, il ne débouche qu'un flacon d'eau de toilette. En levant les yeux, il remarque une inscription sur le miroir, tracée au rouge à lèvres :

TA SŒUR LENA A APPELÉ

Ariel marche d'un pas vif. Lena a appelé Mélusine ! Elle a vaincu sa timidité et a composé le numéro du Gritti ! Elle doit être dans tous ses états. Elle est trop anxieuse, elle l'a toujours été. Et trop attachée à lui. C'est pour cette raison qu'ils ont quitté ensemble la Géorgie. La famille avait consenti à ce qu'il partît pour Israël, mais pas sans sa sœur jumelle. Jumeaux de deux œufs différents, Lena est née la première de quelques minutes et s'en prévaut quelquefois en plaisantant : elle est l'aînée. Mais les divergences entre eux sont profondes. Ils ne se ressemblent pas à la manière des jumeaux. Elle est très mince et il a tendance à épaissir. Ses cheveux sont lisses et ceux du garçon légèrement crépus. Elle a les yeux dorés et ceux d'Ariel sont d'un noir d'anthracite. Et quelle différence de caractère. Ariel domine sa sœur par son sens de l'action, mais elle l'émerveille par la profondeur de sa pensée. De loin la plus artiste de la famille, la plus sensible, Lena a un ascendant certain sur son frère. Elle en attend tout : un grand destin et son propre bonheur, à l'ombre de leur triomphe commun.

Un lien bride leurs avenirs respectifs : ils ne sont pas que frère et sœur. Ils sont jumeaux.

Comment calmer Lena ? Une idée géniale vient à Ariel tout d'un coup. Il a souvent remarqué que les idées lui viennent en marchant. À l'université, il arpentait les couloirs du bâtiment qu'il connaissait comme personne, jusqu'à l'entrée des souterrains où il s'était même aventuré une fois. Il fera un détour par le consulat d'Israël. Du nouveau les attend peut-être. Mais il est midi dix et le consulat, une délégation qui partage ses locaux avec le Danemark, ferme à midi. Ariel a beau taper aux portes et aux fenêtres, on n'a pas pitié de lui et le silence répond à ses appels.

Il faut trouver autre chose. Lui faire un cadeau ? L'attitude classique du mari qui a trompé sa femme et lui apporte un bouquet de fleurs. Lena s'en fout, des cadeaux. Ce qu'elle veut, c'est partir et ne plus entendre parler de Venise, de cinéma et de stars.

Elle a été exaucée. En arrivant au *palazzetto*, surprise : sa sœur a une nouvelle pour lui, une grande nouvelle. On a retrouvé leurs papiers ! Le commissariat a téléphoné. C'est Domenico qui a pris la communication. Il faut y aller avant cinq heures et demander le brigadier Berengo.

Lena embrasse son frère joyeusement sur les deux joues, cinq ou six fois à la manière géorgienne. Pas un mot du coup de téléphone à Mélusine, pas une question sur la nuit. Ariel la fait sauter dans ses bras avec allégresse, sous les yeux humides d'émotion de Domenico.

— Allons fêter ça dans une *trattoria*, j'ai toujours eu envie de goûter la vraie pizza napolitaine, dit Ariel, en montant les escaliers. Je me rase en vitesse et on y va. Domenico, vous venez avec nous, vous êtes mon invité !

Lena regarde son frère gravir les marches quatre à quatre. Avec cette invitation de Domenico, il esquive le tête-à-tête avec elle. Elle a passé la nuit à préparer ce qu'elle veut lui dire, petit un, petit deux, petit trois, avec calme et pertinence. Les arguments ne manquent pas, mais elle se souvient de ce que disait l'oncle Samuel, avocat : « Meilleure est la cause, plus il faut se méfier. On perd par excès d'assurance. » Après la conversation abrupte avec Mélusine : « C'est de la part de qui ? Ariel dort. Dois-je le réveiller ? », il y avait eu l'appel providentiel du poste de police. Le destin leur tend la main, ils peuvent partir. Mieux vaut ravaler la harangue élaborée cette nuit et laisser les événements agir avec leur efficace simplicité.

Elle monte se donner un coup de peigne, elle aussi. Elle défait sa natte, puis regarde dans la grande glace inclinée au-dessus de la commode ses cheveux défaits qui retombent sur ses épaules en mèches séparées. D'un coup de brosse, elle laisse pendre sa chevelure ondulée en un seul flot uni.

La pizza n'est pas très bonne, mais une percée de soleil leur permet de déjeuner dehors, sur le trottoir où quelques tables ont été dressées pour attirer les clients. Le temps boude. Les autres années, octobre est le plus beau mois, avec le soleil doré des vendanges et les premiers épis de maïs cueillis en braconniers sur le bord des routes pour les griller au feu de bois. Domenico n'est pas de cette région, mais il a appris à en aimer les charmes, depuis des années qu'il vit ici, même si son village natal reste le plus beau du monde. Il décrit avec enthousiasme la campagne du Veneto, sillonnée de cours d'eau où l'on pêche des tanches et des barbues, succulentes à la crème ou *al cartoccio*, en papillote. Toutes les références du brave homme sont alimentaires. Le bonheur pour lui est une table regorgeant de victuailles, comme si la famine le guettait.

Quel dommage qu'ils partent ! Deux enfants d'un coup, un garçon et une fille, bien élevés et modestes, peut-on en espérer de meilleurs ? Il en a parlé à Monsieur, si seul toute l'année depuis la mort de la *contessa.* Pourquoi ne les adopte-t-il pas, lui qui a tant souhaité un enfant ? Il pourrait s'occuper d'eux, leur trouver du travail, les aider à parfaire leurs études. Leur avenir est si incertain. Israël regorge de jeunes débarqués de tous les pays du monde. En Italie, il n'y a pas d'antisémitisme, pratiquement pas, un des seuls pays au monde. Ne seraient-ils pas heureux ici ? Monsieur a souri, songeur.

— Quand pensez-vous partir ?...

Lena et Ariel se regardent : lequel des deux répond ? Lena baisse les yeux en signe de retrait.

— Bientôt..., répond Ariel, vague. Nous devons nous renseigner sur les départs de la Karageorgis, la compagnie grecque qui fait des tarifs étudiants...

— Tous les jours sauf le samedi et le dimanche. Départ dix heures du soir..., récite Lena en italien comme si elle lisait un prospectus.

— Vous voyez qu'elle s'y met, à l'italien ! dit Domenico avec joie. Mes leçons servent !...

Ils rient tous les trois comme de vieux amis, mais Ariel décèle le voile de reproche dans les yeux de Lena. Après que Domenico a marchandé l'addition avec le *pizzaiolo* napolitain, en le traitant de *flibustiere*, ils se rendent au commissariat qui détient leurs précieux passeports.

Tout est là, dans une enveloppe en plastique transparent où les malfaiteurs avaient pris la peine de réunir les papiers répartis dans les sacs et les étuis des instruments avant de jeter le tout dans une poubelle. Ariel pense que, décidément, les éboueurs jouent un grand rôle dans sa vie.

Le brigadier Berengo leur secoue la main après leur avoir raconté une longue histoire de parents à lui émigrés en Argentine, sans aucun rapport avec eux, pour exprimer sa sympathie et ses vœux de bonne continuation.

Dès qu'ils sont sur le trottoir, Lena attaque :

— Tu n'as pas bonne mine. Comment va ton estomac ?

— C'est fini. Tu as vu, j'ai mangé avec appétit.

— Tu n'as rien à me dire ?

— Oh ! si, ma Lena, une foule de choses. Mais supporteras-tu le récit de ce que j'ai vécu hier ?

— Oui, dit-elle posément. Viens, asseyons-nous là.

Ils s'assoient sur des marches qui descendent vers le canal, à l'endroit même où ils avaient été cambriolés. Ariel tourne le dos à Lena, une marche plus bas qu'elle, et parle en regardant l'eau.

— Je ne suis plus sûr de partir. Pas tout de suite.

Lena ne s'attendait pas à cette bombe. Qu'il ait besoin de lui parler de ce qu'il vivait dans le sillage de Mélusine Marvel, elle n'en doutait pas. Mais une déclaration de ce genre, avec cette détermination, elle ne l'en croyait pas capable.

— Qu'est-ce que tu veux dire : « Pas tout de suite » ?

— Pas tout de suite ! Pas ces jours-ci et… peut-être jamais plus.

Lena souffle comme si elle avait reçu un coup de poing au plexus. Ils restent un long moment silencieux, puis elle dit :

— Tu as d'autres projets ?…

— Pas vraiment… Enfin… oui.

— Tu ne peux pas m'en faire part ?

Il remonte ses pieds qu'une vaguelette provoquée par le passage d'une péniche chargée de cageots de choux risquait de mouiller.

— Ce n'est pas encore très clair dans ma tête, mais je crois que le cinéma m'intéresse…

— Le cinéma ou les actrices de cinéma ? coupe Lena.

Ariel relève la tête, suffoqué. Il n'aurait jamais imaginé une phrase comme celle-là dans la bouche de Lena.

— Qu'est-ce que tu veux dire ? demande-t-il, pour gagner du temps.

— Tu as parfaitement compris. Je dis que tu as perdu la tête pour cette femme et que tu ne sais plus ce que tu fais.

Lena observe son frère comme un cardiologue examine un électrocardiogramme : chaque réaction est importante et instruit sur l'état du cœur écouté.

— Lena, je t'en prie, ne dis pas de sottises…

— Toi non plus, Ariel, et fais-moi l'honneur de me traiter comme ta sœur qui t'aime et te connaît mieux que toi-même, pas comme une étrangère à qui on ne peut pas parler.

Cette franchise déchaîne des cataractes de confidences que Lena écoute, héroïque, mais soulagée. Ariel raconte tout : les talents de Mélusine, ses folies, son humour, ses lubies, ses caprices, ses générosités, les chacals qui l'entourent, sa présence cinématographique, son désespoir, et la nuit d'hier où il a eu si peur pour elle. Il est emphatique, éperdu, il n'en pouvait plus de se taire, de garder pour lui toutes ces émotions. Lena a raison. Il aurait dû lui parler plus tôt.

— Est-ce qu'elle t'aime ? demande Lena.

— À vrai dire, je ne le sais pas encore, mais hier soir, j'ai senti… Elle a besoin d'aimer…

— Cela ne veut pas dire que c'est toi qu'elle choisira… Ariel, écoute-moi. Je vais te parler avec tout l'amour que je te porte, et donc toutes les inquiétudes naturelles d'une personne de ta famille qui souhaite pour toi ce que la vie peut donner de mieux. Je suis heureuse du grand sentiment que tu ressens, de l'enthousiasme avec lequel tu as abordé cette nouvelle épreuve de notre existence. Tu as raison, les choses se présentent quand elles se présentent, il faut les saisir et j'envie ta capacité de voir la vie du bon côté. Mais il faut, au sein de cette disponibilité, ne pas se tromper sur soi-même. Ne pas oublier qui on est, d'où on vient, ce qu'on ne peut pas changer. Et moi, je te dis ceci : tu es un garçon follement doué, intelligent, ton physique n'est pas mal, tu as du charme, mais tu es *juif*. On peut, par moment, ne plus y penser ou croire que les autres n'y pensent plus, et puis *zeiss*… – continue-t-elle en yiddish, en entortillant ses longs cheveux autour de ses doigts en un tricot nerveux –, au moment où tu t'y attends le moins, ils te sortent un « vous, les Juifs ». C'est pour ne plus entendre ça que nous avions décidé de quitter notre terre natale, pour connaître le bonheur simple d'être des Juifs parmi des Juifs. Je comprends que tu veuilles saisir la place privilégiée que la chance te tend, mais as-tu pensé à la suite ? Est-ce un bon point de départ ? Tu sais bien que rien ne remplace ce que le temps mûrit. Alors je te le répète : regarde bien autour de toi, sois lucide. Même si ton cœur bat la chamade, n'oublie pas de réfléchir. Je vais partir. Ma présence auprès de toi n'a plus de sens, je prendrai le bateau dès ce soir, s'il est temps, sinon demain. À l'arrivée, j'expliquerai à l'oncle Samuel que tu as trouvé du travail, et que tu viendras, peut-être, un jour… Je te souhaite bonne chance, beaucoup de bonheur, pense quelquefois à ta petite Lena…

Elle se lève sans attendre de réponse de son frère, muet et le visage baigné de larmes. Elle reste debout près de lui un moment, puis elle dit d'une voix brisée :

— Je vais me préparer. Tu restes ici ?

Ariel fait oui de la tête et jette dans l'eau la boule de papier qu'il a faite avec le paquet de Nazionale vide trouvé dans sa poche.

Lena s'éloigne d'un pas qui ne laisse pas d'empreintes au sol, tant elle a peur de déranger, d'être de trop. Ses longs cheveux habitués au tressage se sont séparés à nouveau en petits serpents ondulés qui fourmillent dans son dos en un inextricable barbelé.

*

Wilson est le seul à l'avoir vue, avec Éric, toujours présent sur le plateau une heure avant les autres. Elle porte une robe dont le col et les longues manches cachent le corps. Les lunettes de soleil à grands verres couvrent à moitié son visage. La lèvre fendue l'empêche de sourire. Dans la salle de maquillage, elle montre ses contusions sur tout le corps en soulevant sa robe sans aucune gêne devant les deux hommes. Une agression nocturne, dit-elle, les rues de Venise ne sont pas sûres… Elle donne peu de précisions, qu'Éric, blanc comme un linge, n'écoute pas. Il la prend à part. Ils parlent avec animation et Wilson ne comprend pas ce qu'ils se disent. Au bout de la brève algarade, Mélusine remet son imperméable, embrasse Wilson et disparaît.

Éric s'approche de Wilson et lui dit en anglais :

— Je l'ai envoyée chez mon médecin. Nous allons tourner sans elle aujourd'hui. Ne disons rien à personne, je vous en prie. Demain, elle ira mieux et nous ferons en sorte que ce fâcheux incident ne se divulgue pas. Je compte sur vous, *my dear Wilson*, faites-le pour le bien de Mélusine, votre partenaire.

Le secret crée une complicité entre Éric et lui, dont le travail se ressent. Wilson commence à se délier. Dans la scène avec le petit livreur mouchard, interprété par un enfant choisi dans la rue, il est même tout à fait acceptable. Epstein se frotte les mains et applaudit, à la fin d'un plan, seul au milieu de l'équipe étonnée, en scandant :

— *Wilson, salsa!*

Il se croit *dans le coup*, oubliant que Wilson est originaire de Harlem et ne chante pas de reggae.

Mais Wilson pense toute la journée à l'apparition de sa partenaire, ce matin. Il fait commander par Percy une gerbe fantastique chez le fleuriste à côté du cimetière de Murano et choisit lui-même, à l'heure du déjeuner, un vase rose tigré chez un souffleur de verre de l'île. La gerbe est livrée directement au bateau amarré au débarcadère. Posée sur le toit de la cabine, avec sa forme plate, elle a l'air d'une couronne mortuaire qui intrigue les passants, soucieux d'être au courant de la vie du quartier : « *E' morto qualcuno?* Quelqu'un est mort ? »

*

— La première chose serait, mon cher Éric, d'éviter le moindre alcool, même le plus léger… Ensuite… une prévision ? C'est bien difficile… À mon avis, pas moins d'une semaine…

Éric recueille au téléphone le diagnostic de son ami médecin dans une pièce vide de la grande villa où ils tournent. Il est appuyé contre le bureau rudimentaire composé de deux tréteaux et d'une porte utilisée comme plateau. Sa mine plombée témoigne d'une mauvaise nuit. Une de plus.

— Tu dis qu'elle a été soignée correctement?... Oui, je sais, c'est un jeune garçon que nous avons engagé pour elle, il est étudiant en médecine... Tu l'as renvoyée à l'hôtel?... Merci, tu es un chic type... et, *mi raccomando*, pas un mot à qui que ce soit... *Ti abbraccio.*

Il est impardonnable. Il aurait dû s'en douter : Mélusine a senti la catastrophe après la projection. Avant d'être assassinée par la production, elle est allée chercher une mort plus spectaculaire. La mort dont elle rêve. Mais elle a omis la volonté de vivre de son *corps*, coriace, increvable, son armure, son allié. Combien de temps pourra-t-elle encore le mettre à l'épreuve?

Quelque chose m'échappe. Quand on veut mourir, on a raison de son corps. Il y a en elle une volonté de vivre, *de vivre fort, haut, et c'est pour ça qu'elle n'accepte pas la médiocrité qui lui est imposée de tous côtés, du mien même, puisque Othello va la tuer... Voilà mon crime majeur. Pourquoi dois-je la tuer? Ce film doit-il finir par sa mort? Elle qui est la vie même. Elle doit* vivre, *triompher. Voilà ce que je dois faire pour toi, Mélusine, ma folle Mélusine. J'entends ton cri, j'étais sourd, aveugle, je suis responsable de tout. Panse tes blessures, repose-toi. Je dois aller tourner, on m'attend sur le plateau, mais je te promets que ce soir, dans le silence de mon bureau, je trouverai pour nous deux la solution que tu attends de moi et qui passe, sois-en sûre, par le triomphe de ta vie retrouvée.*

*

Elle a une surprise quand elle entre dans sa chambre au Gritti. Les femmes de chambre ont déposé sur la couverture, bordée pour la nuit, sa robe de mariée de chez Balenciaga bien étalée comme une chemise de nuit, pincée à la taille, à la manière des vitrines de lingerie. Elle s'approche et part d'un grand éclat de rire, bouche serrée à cause du point que le chirurgien lui avait fait à la lèvre, par précaution.

— Regarde, Nicole, ce qu'il m'a collé sur le dos cette nuit, le petit !

C'est une longue camisole de soie ivoire raccourcie et reconvertie en robe du soir jamais mise par Mélusine, mais qu'elle emporte partout avec elle par un attachement superstitieux.

— Il en a déjà trop fait, pour un étranger !... Pourquoi devrait-il connaître tes affaires ?

— Ce matin, quand je me suis déshabillée dans le noir, je n'ai pas remarqué ce que j'avais sur le dos... Il faut dire que j'étais dans le cirage, si tu savais, ma Nicole...

— Je devrais te plaindre, peut-être ?..., dit l'habilleuse, sombre.

Puis, dans un élan d'affection plus fort qu'elle :

— Ma chérie, j'en ai été malade quand je t'ai vue apparaître à ma porte ce matin. Tu me feras mourir avant toi, de crise cardiaque.

Ses yeux rouges, épongés depuis le matin, se remplissent de nouvelles larmes.

— Arrête de pleurnicher, tu as entendu ce qu'a dit le médecin. Il n'y a rien de grave. Demain, je serai sur pied. Je vais me coucher. J'adore dormir quand les autres travaillent, ça me comble.

— C'est ça, couche-toi, je préviens qu'on ne te dérange pas. Qu'est-ce que je dis à Rémi pour les photos ?

— Tu ne lui dis rien. On verra quand je me réveillerai. Tiens, lave cette camisole, je n'ai pas confiance en leurs teinturiers, c'est de la soie pure.

Elle tend la chemise à Nicole après l'avoir examinée de plus près : de petites taches de sang, çà et là, ont durci l'étoffe légère.

— À l'eau froide, pour le sang, toujours l'eau froide.

Nicole prend la robe de mariée et la plie contre elle en un petit paquet pudique où les taches sont dissimulées. Mélusine s'est enfilée dans le lit par le haut sans le défaire. Son visage est moins gonflé que ce matin. Elle jappe de plaisir.

*

Elle a fait un rêve si surprenant qu'elle a été tentée, à son réveil, de téléphoner à son psychanalyste, à Paris, pour le lui raconter. Mais il n'aime pas être dérangé dans la journée, il a peut-être, en ce moment, dans son cabinet, un cas beaucoup plus urgent que le sien.

C'était l'été, son père et sa mère étaient jeunes et se promenaient le long d'une rivière, ou d'un canal. Ils s'allongèrent dans l'herbe et se mirent à faire l'amour. Birgitt, bébé, ou peut-être pas encore née, les guidait de *l'intérieur* du ventre de sa mère. Elle avait une vision très nette, en perspective, des organes génitaux de ses deux parents. Elle voyait le sexe de son père. Elle l'appelait : « Viens, mon papa. Je t'attends, mon papa. » Petit à petit, l'image bucolique de ses parents en voyage de noces se transformait en combat de deux géants. Elle était minuscule au fond de la caverne d'où elle allait sauter quand elle se réveilla.

Ma fille, tu en fais de drôles de rêves. Ta mémoire remonte maintenant aux origines de ta vie. Elle allume une cigarette dont le goût lui paraît infect, mêlé à l'odeur de pommade au menthol qu'elle a dans la bouche. Une étrange paix s'est installée en elle, comme après un sauna.

De la nuit d'hier, il ne lui reste qu'un magma de sensations dominé par le désir de disparaître de la surface de la Terre. Maria Callas souhaitait que ses cendres fussent éparpillées au-dessus de la mer. Elle avait connu Maria Callas. Elle tournait *Medea*, de Pasolini. Dans un studio voisin de Cinecittà, Mélusine tournait un navet italien rayé de sa mémoire. Elles s'étaient parlé souvent. Maria la traitait avec gentillesse sans souligner leur différence de statut. Bien au contraire, elle semblait apprécier le caractère têtu et gouailleur de Mélusine. Ce fut une des personnes dont elle garda un enseignement, un principe de femme et d'artiste dont elle fit sa règle de vie : « N'écoute personne, lui dit Maria, sauf ceux qui t'aiment. » Ceux qui l'aiment ! Où sont-ils ? Hier, le seul qui se trouvait là, c'était le petit.

Elle pense à Ariel, à son visage oriental dessiné au crayon gras, avec ses sourcils noirs qui se rejoignent presque entre les yeux. Elle a envie de le voir et cette idée ne la perturbe pas. En d'autres temps, le besoin de voir quelqu'un déchaîne en elle des résistances et une grande méfiance. Elle a envie de lui parler. En savoir davantage sur sa vie, sur sa sœur, cette petite sœur effacée qu'elle avait prise pour… Fallait-il qu'elle soit tordue, pauvre diva à la dérive habituée à voir la crapulerie partout. Frère et sœur. Unis comme les deux doigts de la main. Ce garçon a du cœur et du courage. Il l'a prouvé cette nuit. *Rien ne l'obligeait à me sortir de… Et s'il m'aimait ?*

Mélusine tire sur sa cigarette avec conscience, comme si c'était un travail. Elle allait sonner pour commander un thé quand on frappe à la porte.

Éric et Wilson entrent ensemble. Le groom de l'hôtel porte la gerbe de fleurs. « De la part de Wilson », insiste Éric. Il est venu les mains vides, lui, il n'a pas eu le temps de penser à un cadeau pour la convalescente.

— Comment, convalescente ? Je suis en pleine forme, ce n'est pas pour quelques égratignures que je ne vais pas tourner demain.

Elle trotte d'une pièce à l'autre, afin de choisir l'endroit idéal pour le bouquet. À la voir ainsi guillerette, les yeux pétillants et le pas leste, on pourrait croire qu'il ne s'est rien passé.

Elle commande trois thés et des gâteaux. Ils bavardent en évitant toute allusion à la nuit précédente. La journée avait été bonne, Wilson est euphorique, il a même un certain humour quand il se sent en confiance. Il va téléphoner, « *overseas, but collect* » (son correspondant aux États-Unis paye). Mélusine reste seule avec Éric.

— Qu'est-ce que je peux faire pour Ariel ? dit-elle, après un long silence. Il m'a étonnée, hier. Tu sais, il m'a couchée, bordée, il a dormi près de moi. Tu avais raison, c'est un garçon impeccable. S'il emménageait ici ? Tu y verrais un inconvénient ?

Éric tousse pour cacher son embarras. Il a compris : Mélusine a jeté son dévolu sur Ariel. Il n'avait pas prévu que cela lui causât une telle douleur.

— Emménager au Gritti ? Tu n'y penses pas ! Epstein ne voudra jamais lui payer une chambre.

— Il pourrait dormir dans mon salon. Le canapé est un lit.

Éric voulait une confirmation : il l'avait, bien claire. Un enfant aurait compris.

— Tu sais qu'il n'est pas seul à Venise ?

— Je sais, coupe Mélusine. Sa sœur est avec lui. Et alors ? Ce n'est pas une enfant de quatre ans, et elle est très bien installée chez toi, non ?

— Elle est très farouche, et ils sont liés comme le sont les jumeaux...

— Ils sont jumeaux ? C'est mignon ! Ça nous en fait un chacun...

— Tu ne desselles jamais... Quand sauras-tu si tu aimes les filles ou les garçons ?

— J'aime tout, qu'est-ce que je peux y faire ?

— Tu n'aimes rien. Si tu aimais, tu choisirais.

Mélusine tord la bouche pour se faire plaindre : le point à la lèvre est douloureux. Mais Éric n'est pas dupe. Le moment est propice à une vraie discussion.

— À quel désespoir faudra-t-il que tu arrives pour être enfin une femme ? Celle que tu dois devenir, plus et mieux qu'une autre. Tu es belle et douée. Tu as pris toutes les libertés avec la vie. Quand on emprunte, il faut rendre, ma chère, avec les intérêts. Je ne suis pas...

Wilson revient du téléphone et l'interrompt :

— *Rémi is downstairs, he wants to come up, says the operator.*

— J'oubliais, en effet, dit Éric, contrarié d'avoir perdu un moment de grâce avec sa protégée. Rémi est en bas avec ses photographes. Il ignore que tu ne fais pas les photos...

— Je ne fais pas de photos ? Pourquoi ça ? À cause de ma bouche ? Ça ne se voit plus, le point est résorbé, regarde. Et puis ce ne sont pas des portraits. C'est un reportage dans la rue, à la sauvette. On reconnaîtra plus Venise que moi. Les types viennent de Paris. Rémi sera fou de rage si on décommande. Yves a été convoqué, j'espère. Et Ariel ? Où est-il ? Je vais me préparer. *Excuse me, Wilson, I must get ready, thank you for the flowers.* À demain, mon Éric. Je sais tout ce que tu as à me dire. Je t'aime, tu sais, tu es mon... mon... mon maître, tiens.

Éric déteste ces effusions qui permettent à Mélusine de se dérober une fois de plus, mais il accepte le baiser de congé sur la joue, heureux que la santé phénoménale de sa star ait le dessus. Sa star. Elle est bien plus que cela pour lui.

*

— Qu'est-ce que vous foutez là ?

Éric fut le premier surpris de sa rudesse. Il rentrait à pied au *palazzetto* et n'avait pas reconnu tout de suite ce type couché sur une marche au ras du canal : son jeune hôte géorgien, les bras sur les yeux.

— Que faites-vous là ? On vous attend au Gritti ! répète-t-il d'une voix plus contenue.

Ariel se relève promptement.

— Je vous attendais, monsieur, justement... Je voudrais vous parler.

Ce n'est pas vrai. Il n'a pas vu passer l'heure depuis que Lena l'a laissé à cette même marche, assommé. L'arrivée d'Éric le contraint à sortir de sa prostration. Il était seul avec lui-même et n'a souhaité l'aide de personne pour débrouiller ses pensées confuses. Il désire soudain s'en remettre à la belle intelligence d'Éric, le seul qui pût le comprendre grâce à la supériorité morale des artistes. Ariel sait qu'il trouvera une oreille attentive et amie.

— Bien. Venez, ne restons pas ici. Nous parlerons à la maison.

La voix d'Éric s'est radoucie.

Je sais bien, mon pauvre garçon, dans quoi je t'ai embarqué ! Oui, elle est capricieuse, gâtée, menteuse, têtue, impatiente, ignorante, égoïste, chapardeuse, insolente, infidèle, mal élevée, rebelle, paresseuse, vaniteuse, impudique, injuste, incompréhensible. Mais va la rejoindre, elle a besoin de toi. C'est la femme de ma vie et je l'aime. Ne m'en veux pas. C'est à elle que je dois penser en premier. Tu es jeune, tu te remettras de tout cela, et tu en tireras, qui sait, un enseignement pour toute ta vie. Mélusine n'est pas n'importe quelle femme, elle est la Femme entre les Femmes. Elle est un personnage de roman. Das Ewig Weibliche, l'éternel féminin. *Tu auras connu cela, cadeau unique de ma part : voir de près une femme absolue, trop importante pour être aimée simplement. Sois heureux : tu es un homme. Un homme se définit par les femmes qui l'ont choisi. Infaillible Mélusine, je t'offre ce garçon, et qu'il soit auprès de toi ce que je ne suis plus.*

— Entrez…, fait Éric, en laissant Ariel passer le premier le portail grinçant.

Dans le hall, Lena est assise sur la banquette en bas de l'escalier. Elle porte le méchant tailleur qu'elle s'était cousu à Vienne et qui a été nettoyé après la chute dans le canal. Près d'elle attend un panier en osier où sont rangés, enveloppés dans des sachets en plastique, quelques affaires de toilette, les papiers dans une pochette publicitaire de la Banca Cattolica del Veneto, des livres et la paire d'espadrilles achetées au marché samedi dernier avec Domenico. Ses cheveux sont serrés en leur habituelle tresse dans le dos, lui donnant, de face, une toute petite tête où les yeux et le nez paraissent immenses. Elle se lève à l'entrée des deux hommes. Éric enlève son chapeau comme s'il sentait la solennité du moment.

— Nous partons, monsieur d'Albarosa…, dit Ariel en regardant sa sœur dans les yeux.

— Je sais que vous partez, Domenico m'a dit au téléphone qu'on a retrouvé vos papiers. J'en suis très heureux pour vous…

— Nous partons… ce soir, continue Ariel, puisant sa force dans les yeux de Lena.

… *Lena Goral, tu es la plus forte. Ton frère est un* schmock, *un couillon. Tu es mon livre, ma sûreté, mon autre moi-même, la meilleure partie de moi. Je pars avec toi, bien sûr, et nous irons construire dans notre pays une vie neuve qui nous ressemble et un bonheur bien à nous sans devoir remercier personne. Merci, ma sœur, souche et fleur de la terre d'Israël. Aide-moi avec un sourire, je suis un homme et je crois que je ne digère pas la pizza.*

— Comment, ce soir ?…

— Notre bateau part à dix heures, déclare Ariel, péremptoire. Je voulais, nous voulions, ma sœur et moi, vous remercier…

— Il n'en est pas question. Vous ne pouvez absolument pas partir ce soir. Vous avez pris des engagements à notre égard. Rémi vous attend d'urgence au Gritti. Il vous expliquera lui-même pourquoi, dit Éric d'une traite en regardant le jour tomber par la lucarne au-dessus de la porte d'entrée. La lumière va bientôt être trop basse pour les photos, dépêchez-vous. Allez. Filez. Mélusine a besoin de vous.

La torture est à son faîte. Ariel supplie sa sœur des yeux.

— Va, Ary. Nous partirons demain.

Le visage d'Ariel s'illumine. Lena est héroïque. Elle lui accorde cette dernière soirée. Comme elle le comprend, experte jumelle à la sagesse innée. Il l'embrasse sur la joue et lui dit en russe :

— Tu es la meilleure…

Il allait embrasser Éric également, mais au dernier moment il se retient, intimidé par l'expression de douleur peinte sur le visage du metteur en scène. Serait-il, lui aussi, au bord des larmes ? Par amitié, par pudeur, par cruauté juvénile, Ariel évite son regard.

*

Xavier l'attendait sur le pas de la porte du Gritti :

— Enfin ! Rémi est aux cent coups. Il a téléphoné deux fois chez Éric d'Albarosa. Où étiez-vous ? Venez, dépêchons-nous, il faut vous préparer. Je vous emmène. Rémi est avec les photographes de Sygma, ils font des portraits de Wilson. Ils nous attendent place Saint-Marc.

Ariel n'y comprend rien, mais il se laisse entraîner au premier étage où Nicole prépare dans sa chambre une garde-robe complète pour lui : un élégant blouson de cuir, un jean neuf, des chemises, plusieurs au choix au cas où les tailles n'iraient pas, des bottillons de cuir brun qu'il faut essayer en premier. Le magasin de chaussures a refusé de confier plusieurs paires à Nicole contre le paiement d'une seule. Si ça ne va pas, il faut se dépêcher d'aller les échanger avant la fermeture. Les bottines sont un peu grandes, mais avec les chaussettes… On n'a plus le temps de finasser.

— Tu crois qu'ils vont les lui laisser, toutes ces belles fringues ?

— J'en sais rien… En tout cas, Mélusine a dit qu'il fallait acheter ce qu'il y avait de mieux. Laurent n'est pas un peigne-cul…

— C'est même un très beau garçon. Tu l'as jamais vu ?

Ariel se laisse habiller, déshabiller, coiffer, lustrer. Il comprend qu'il doit faire des photos avec Mélusine et qu'il doit ressembler à un certain Laurent. Qui est ce Laurent ? Un acteur absent ? Un ami de Mélusine ? Une célébrité, pour sûr, à la manière compassée dont Xavier, Yves et Nicole en parlent.

Ils se rendent en cortège à la chambre 109. La porte est ouverte. Ariel éprouve une émotion intense, comme s'il entrait chez Mélusine pour la première fois. Elle est dans le salon, assise dans un coin, un dessin animé sans son sautille dans le téléviseur. Ariel entre au pas crissant de ses chaussures neuves. Sentant tous les yeux braqués sur lui, il se souvient d'une descente d'escalier chez Éric, la première, à la rencontre de cette femme qui allait compter si fortement dans sa vie. Son cœur bat. Il la regarde enfin, et, ô merveille, elle est aussi émue que lui. Son visage à peine maquillé ne porte aucune trace de la nuit macabre. La peau autour du nez a rosi légèrement, et la main aux longs doigts pousse timidement une mèche imaginaire devant les yeux.

— Il vous plaît ? demande Xavier, avec un tact prussien.

— Oui. Il me plaît, répond Mélusine, doucement. On peut y aller.

Elle se lève, sinueuse dans sa robe de lainage moulante, et prend le bras d'Ariel, que les talons plats mettent à sa juste hauteur :

— Viens, mon garçon !

Ils partent bras dessus bras dessous. Pendant le trajet, Mélusine lui explique tout. Rémi a eu la brillante idée d'inventer un reportage selon lequel Laurent, son fils, en liberté provisoire mais introuvable, serait secrètement venu rendre visite à sa mère à Venise. Un photographe aurait surpris la promenade de réconciliation entre l'enfant terrible et la mère éplorée qui ouvre son cœur malgré l'offense. Ariel a de faux airs de Laurent et on fera en sorte que son visage n'apparaisse pas. On choisira les photos où il est de dos. Rémi a promis une enveloppe pour Ariel, plus les vêtements que Xavier lorgnait, mais que Mélusine veillera à lui faire offrir. Ariel écoute plus ou moins, absorbé par le pas de Mélusine dont il veut épouser la cadence. La main de la femme s'est enroulée autour de son poignet et se glisse à présent dans sa poche pour entremêler ses doigts aux siens. Il ne veut plus entendre. Il a compris qu'ils allaient se prêter à une singerie ignoble, mais il ne veut pas altérer le climat de tendresse qui plane ce soir entre Mélusine et lui.

— Comment allez-vous ? demande brusquement Ariel.

— Tu me vouvoies ?

— Quand tu as ta voix de star, oui.

— Je vais bien, monsieur mon sauveur. Tu veux que je te dise merci ?

— Oui.

— Merci, réplique Mélusine sans hésiter. Mais tu vois, ce n'était pas trop grave. J'ai juste un peu mal au poignet, je ne sais pas pourquoi. Regarde, il n'y a rien, pas de bleu, pas de bosse. J'ai dû retourner la main en tombant, une foulure quoi.

— Quand je t'ai ramassée, là-bas… j'ai cru que tu étais morte…

La voix d'Ariel se casse.

— Parlons d'autre chose, veux-tu ?

Ils sont arrivés place Saint-Marc et Rémi vient à leur rencontre. Avec ses lunettes noires et son écharpe, il croit ne pas attirer l'attention. Le photographe est planqué avec un téléobjectif dans les gargouilles du Dôme, à la passerelle du premier étage.

— Vous vous baladez sans jamais le regarder… Allez où vous voulez… Il vous suivra… Soyez toujours assez près l'un de l'autre..., débite Rémi. Et toi, Mélusine, dégage un peu ton visage... Tu as tout le temps les cheveux dans la figure... Ton petit bouton de fièvre à la lèvre ne se voit pas, je t'assure... Au télé, tout ça est gommé, tu sais bien.

L'idée d'être photographié sans le savoir donne à Ariel la sensation pénible de se promener tout nu au milieu de cette place et d'être à la merci, d'une seconde à l'autre, d'une attaque terroriste qui le reporte à la nuit d'hier. Le sentiment de danger au milieu de la pègre, plus immédiat, était moins éprouvant que la menace sournoise de perdre ici un bien précieux : la vie intime, l'âme, l'être profond invisible à l'œil nu que ces appareils armés contre eux fusillent à chaque déclic. Il n'y tient plus :

— Mélusine. Sauvons-nous. Tu ne peux pas supporter cela. C'est pire qu'hier, ils veulent vraiment te tuer, ceux-là. Après ces photos abjectes, tu seras morte, assassinée pour de bon. Tu ne veux pas mourir. Je t'ai vue, hier, te mesurer à la mort. Et tu as gagné.

Ariel a pris Mélusine par les deux bras. Il est planté bien en face d'elle et lui parle en la secouant légèrement comme on le ferait à un enfant.

— Ces gens marcheraient sur ton cadavre. Regarde Rémi, là-bas.

Rémi, au loin, fait des moulinets avec le bras pour dire : « Bougez, déplacez-vous, ne soyez pas statiques... »

— Partons, dit Mélusine. Emmène-moi, prends-moi par la main. Mélusine Marvel se tire et vous dit : merde.

Ils partent en courant vers le fond de la place sous l'envol des pigeons. Un photographe ambulant les a saisis dans l'élan. Il leur tend un billet que Mélusine attrape en riant et met dans sa poche :

— Celle-là, je la veux, s'esclaffe-t-elle.

Ils disparaissent dans une ruelle derrière le Dôme sans entendre Rémi s'époumoner à l'autre bout de la place :

— Arrêtez. Pas si vite. Où allez-vous ? Attendez ! Mais où vont-ils, ces deux-là ? Bernard ! Tu les as eus ? Tu es sûr ? Tu le voyais bien, lui ?

Le vent soulève ses mèches cache-calvitie en formant un instant deux cornes de diablotin au-dessus de sa tête ronde.

— Je sens que je tiens un vrai scoop, murmure-t-il. « Privée de l'amour de son fils, elle se console avec un sosie. » Pas mal. Pas mal du tout.

*

Ils traversent Venise en courant. Quand ils sont assurés de n'avoir plus personne à leurs trousses, ils s'écroulent, essoufflés, sur les chaises d'une *trattoria*. Il leur faut de longues minutes, bras et jambes écartés, pour retrouver le rythme de leur respiration. Des secousses de rire rebondissent encore dans leurs poitrines. Le sifflement de leur expiration rappelle à Mélusine les cours de danse de Mme Sedova, imposante ex-ballerine russe au caractère d'acier. « *Rrass*, deux, trois ! », gueulait-elle de plus en plus vite en roulant des *r* terrifiants, et Mélusine-Birgitt se demandait ce que la *race* avait à voir là-dedans et si Mme Sedova ne poussait pas un peu loin son amour de l'aristocratie. Beaucoup plus tard, elle apprit le sens de *rass* en russe : c'était « un », tout simplement. Elle sortait de ces cours brisée comme à présent, avec la conviction cependant d'avoir gravi un échelon décisif vers l'accomplissement d'un rêve : danser seule, en qualité de *petit sujet*, une variation du *Carnaval des animaux* de Saint-Saëns au théâtre municipal de Gand devant le vrai public du récital de fin d'année. Son retrait du cours par manque d'argent lui causa un vif chagrin qu'elle a envie de raconter à Ariel, ce soir, comme si tout ce qui la concerne l'intéressât pour de bon. C'est alors qu'elle est certaine. Elle se penche vers lui, prend ses deux mains dans les siennes, et dit :

— Je t'aime.

Il tressaille et répond en russe :

— *Ia toje tebia lioubliou.* Moi aussi je t'aime.

Ils ne s'embrassent pas. Ils sont trop loin l'un de l'autre par-dessus la table mais l'émotion qui les unit est si forte qu'ils n'ont pas besoin de gestes. Leurs mains immobiles se touchent avec une intensité jamais ressentie, fondues dans une intimité nouvelle que les mots sacrés ont libérée d'un coup. Ils sont amants. L'union est scellée, gravée au creux de leurs paumes comme deux cœurs enlacés sur l'écorce d'un arbre. Ils ne disent rien, les yeux dans les yeux, suspendus à la même note chantée par leur désir identique, viole et violon accordés pour jouer ensemble. Le soir tombe derrière leurs épaules, ses teintes orange embrasent le ciel et le canal. L'amour inonde cet homme et cette femme, simples, beaux, justes. Elle est l'eau, il est le ciel, à eux deux, ils sont le monde qui tourne sans répit.

Ensemble ils ouvrent la bouche et disent : « Tu... » Ils sourient. Inutile de finir leurs phrases. Ce *tu* commun, unique, les confond en une seule volonté : s'aimer.

— Je ne veux plus mourir..., dit Mélusine, sérieusement.

— Tu ne voulais pas mourir. Tu voulais qu'on t'aime. C'est autre chose. Et moi, je t'aime. Depuis la première minute où je t'ai vue, dans le hall, chez Éric. Tu portais la même robe, tu te souviens ?

— Oui. C'est drôle, c'est le jour du dîner chez Éric où mon fils… Je ne veux pas penser à Laurent ce soir. Je suis avec toi. Je suis heureuse. Parle-moi de toi.

Ils roucoulent pendant des heures en mangeant des moules à toutes les sauces : crues, au vinaigre, farcies, marinière, gratinées, dans les spaghettis, à la crème. Un festin de moules et de bière fraîche. Ils s'aiment, tout est bon, ils se connaissent depuis toujours mais se découvrent avec délices, dans les récits désordonnés de leurs premières confidences. Un petit rot de bière échappe à Ariel, qui met Mélusine en joie :

— Tu vois comme c'est agréable. Le plaisir, ça ne se marie pas avec les bonnes manières…

Puis, sans baisser la voix, elle dit :

— J'ai envie de faire l'amour avec toi.

— Au Gritti ? dit Ariel.

— Non. Pas au Gritti ! Il nous faut un endroit à nous. Je vais leur demander s'ils ont des chambres, ici.

Ils n'ont pas de chambre, mais on leur indique une maison d'hôtes, en face, tenue par des Sœurs qui louent en été des chambres spacieuses et confortables. C'est un ancien ouvroir de dames de la bonne société, retirées en religion sans entrer dans les ordres. Ces bonnes âmes avaient acheté ensemble au XVIIe siècle cette grande maison isolée au milieu de jardins potagers et vivaient de leurs dots, cloîtrées comme des religieuses sans en porter l'habit. Elles léguèrent la demeure à un ordre de femmes missionnaires au Tonkin, dénotant ainsi leur désir d'aventure caché au fond de leurs métiers à tisser et de leurs chambres bourgeoises. La maison est restée inhabitée pendant cinquante ans, en proie à toutes les légendes selon lesquelles les vierges des églises environnantes s'y réunissent la nuit pour chanter et danser. Puis le diocèse s'en empara et les Sœurs de la Miséricorde, ordre modeste chargé de la charité de quartier, y furent logées. Les Sœurs sont des paysannes, souvent rejetées de leurs familles nombreuses où les filles, dans ces régions pauvres, sont de trop.

Sœur Priscilla leur ouvre la porte. Elle est bavarde et remuante. En quelques minutes elle leur raconte l'histoire de la maison, la sienne, et elle allait en commencer une autre, mais elle voit les jeunes gens se prendre la main et se regarder sans l'écouter :

— *Va bene, va bene*, dit-elle en secouant la tête, *siete sposati almeno?*

C'est la routine. Elle demande à tous les jeunes gens qui viennent faire l'amour dans cette maison s'ils sont mariés.

— *Si, sorella Priscilla.*

Elle les accompagne à une chambre et leur fait un petit signe de croix sur le front sans demander de papiers.

— Nous sommes en voyage de noces..., dit Mélusine

Sœur Priscilla lui lance un regard oblique qui veut dire : « Je ne vous en demandais pas tant... » Elle les bénit de son geste habituel sur le pas de la porte d'une chambre du premier étage qui sent la cire et le cierge brûlé. Elle n'entre jamais. Sa complicité au péché est déjà assez grande comme ça.

Sous un crucifix d'argent rescapé des ventes et des pillages, un grand lit campagnard attend le couple. Un de ces hauts lits doubles aux montants de bois et aux matelas de laine gondolés à l'œil mais d'un confort incomparable. La faible ampoule de la lampe de chevet est encapuchonnée d'un petit abat-jour semi-circulaire qui la fait pencher sur sa base mal vissée. De ce côté de la maison, sur un jardin intérieur peut-être, le silence est total. Ariel et Mélusine entendent presque leurs cœurs battre comme des messages souterrains frappés au loin par des poings inconnus.

— J'ai le trac…, dit Mélusine, la tête appuyée contre l'épaule d'Ariel, immobile comme elle contre le montant du lit.

Il prend le visage de Mélusine entre ses mains et dépose un long baiser chaste sur ses lèvres offertes, les épaules tendues vers cette bouche tant désirée. Il n'ose, à présent que le rêve se réalise, se hasarder davantage. Enlacés pour l'éternité, ils ne dénoueraient jamais la statue qu'ils forment ensemble. Ils se déshabillent sans détacher leurs lèvres, sans hâte, sans brusquerie. Rodin, Michel-Ange les regardent. Comment égaler ce chef-d'œuvre : le corps d'un homme et d'une femme amoureux, sur le point d'accomplir l'acte le plus parfait.

Ils n'ont plus d'âge, plus de cicatrices, plus de passé, plus de peurs, plus de censure, plus de prudence. Ils font l'amour. Les gestes se succèdent avec l'harmonie d'un rite naturel, antique, simple comme bonjour. Ils s'enroulent l'un sur l'autre en un pas de deux sublime, improvisé, égaux, opposés, indispensables à ce mariage des contraires attirés.

Ils chantent, chacun dans sa langue, des mots d'amour et de plaisir, et soudain, Mélusine, sous la pression d'un geste plus pénétrant d'Ariel, sent monter en elle un cri irrépressible : emportée dans un vertige lumineux où elle tourbillonne en tremblant, elle connaît la jouissance.

— Mon amour ! crie-t-elle d'une voix pleine.

Par saccades, elle revient sur Terre, étonnée d'être encore en vie après ce périple dans un autre univers qui n'était qu'un voyage à l'intérieur d'elle-même.

Les larmes coulent sur le visage de Mélusine. Elle pleure ouvertement, les sanglots secouent sa poitrine, elle serre Ariel dans ses bras et s'abandonne à ses larmes. Ariel lui caresse la tête.

— Pleure, pleure, chérie, tout est fini…

— Je n'ai pas pleuré depuis la mort de mon père, tu sais…, fait-elle, en reniflant. Même chez le Dr Eisenberg, je n'arrive pas à pleurer.

— Je ne sais pas qui est ce Dr Eisenberg, mais à partir de maintenant tu as le Dr Ariel Goral.

Elle rit à travers les larmes et dit, sincère :

— Tu ne me quitteras plus jamais ?

— Plus jamais, répond Ariel. Je veux que tu sois heureuse, que tu sois cette merveille de femme que tu es…

— Que je suis devenue cette nuit, dans tes bras.

D'ores et déjà, elle a une certitude : une page est tournée, une page capitale qui va changer sa vie.

*

Voilà qui change tout. Le film devient un hymne à la vie et non une ode funèbre. Toi, ma Mélusine, tu me le hurlais à la figure et je me fâchais contre toi. Tu te détruisais sous mes yeux et je n'écoutais pas ton cri. Je vois clair à présent. Tu te hisses, à travers le nouveau film que tu m'imposes, au rang des très grandes artistes. Le confort des œuvres moyennes ne te suffit plus. Ce n'était pas si mal, ce que nous allions faire. Un film raffiné, subtil, joli, un peu scandaleux, moderne comme on dit, dans un décor célèbre et sur des musiques qui ont fait leurs preuves. Othello revisité, maître d'une Desdémone conforme à ta vieille image de femme-enfant. Le thème de L'Ange bleu, *de* Lolita, *ajouté au problème racial. L'Amérique rejetant l'Europe décadente, c'était le Nouveau Monde enfin débarrassé de ses racines pourries. Radotage de vieil intellectuel nostalgique. Le Nouveau Monde est en nous, il est surtout dans le sang des femmes, porteuses de vie et progressistes par essence. Mélusine est une nouvelle femme. Sa vie est précieuse et sa mort sur un écran enlèverait l'espoir à des milliers d'autres femmes qui s'efforcent, comme elle, de sauver les hommes de leur terrible gangrène : la peur, le pessimisme, le culte du passé, le refus des nouvelles formes de vie. Chérie, tu es une révolutionnaire, tu as des devoirs à l'égard de celles qui attendent de toi un exemple, une voie, sinon une victoire. Cette femme écrasée que je te proposais de jouer t'irritait et te mettait en contradiction avec toi-même, toi qui choisis, à quarante ans, d'aimer celui qui fait vivre ton corps.*

Nous ne pouvons pas mentir au public. Tu n'es plus la même. Je dois te montrer telle que tu es, car tu es belle quand tu es toi-même. En trichant, tu te diminues. Oui, il faut tout changer. De nos jours, Desdémone ne meurt plus. Dans ce film, non seulement tu ne mourras pas, mais tu décideras, dans une scène finale, après avoir fait l'amour avec lui, de l'épouser enfin, contre tous les préjugés. Femme de ton temps, c'est toi *qui le demandes en mariage, choisissant une union simple où le corps gagne sur une vision surannée de l'amour européen et bourgeois.*

Venise, ma vieille, tu seras la grande sacrifiée. De toi, on ne verra que des bribes. Je ne tournerai que de gros plans, à la Dreyer, sur ce couple symbolique que je suivrai à la loupe sans pitié. Adieu les brumes sur tes clochers et sur tes eaux saumâtres. Les pointes de gondoles et les chapiteaux de bricole *entraperçus seront les restes d'une ville engloutie appelée* Venezia.

J'appelle Gilbert de Grandville immédiatement. Il est minuit mais tant pis, il faut qu'il vienne dès demain. Je vais lui raconter le nouveau scénario, et la manière dont je vais le tourner. Le vieux comprendra. Il marchera sûrement.

Ma Mélusine, je souffre, mais ce n'est rien puisque tu existes, heureuse, quelque part. Tu vas donner vie à cette affreuse Desdémone que je ne peux plus voir en peinture, avec ses pleurs et ses Ave Maria. *Recueille beaucoup d'émotions, ma chérie. Nous en aurons besoin pour faire ensemble ce grand film.*

*

— Si tu n'aimes pas ce film, pourquoi le fais-tu ?

Ariel est allongé en travers du lit, nu, la tête sur le ventre de Mélusine.

— Une actrice ne doit pas cesser de tourner..., répond Mélusine, posément.

Ils ont éteint la petite lampe à la lumière ingrate et ils ont allumé deux cierges qui attendent sur un prie-Dieu, en prévision de prières ou, plutôt, de pannes d'électricité, fréquentes à Venise après les orages. Les petites flammes jaunes, de chaque côté du lit, éclairent avec douceur le visage détendu de Mélusine, appuyée sur un coude entre les coussins. De l'autre main, elle caresse le cou et les cheveux d'Ariel qui fume une Milde Sorte trouvée dans le grand sac en bandoulière de Mélusine. Il s'était amusé à vider ce fourre-tout invraisemblable, en analysant les objets les plus inattendus qu'il avait sortis un à un. Le lourd trousseau de clés de Ramatuelle et une petite cuillère avaient emporté le pompon. Ils avaient ri aux larmes. Mélusine accepte les critiques de bon gré. Ce soir, elle accepte tout.

— Je n'y connais rien, mais je suppose qu'une vedette ne doit pas tourner n'importe quoi.

— Ce n'est pas n'importe quoi, dit Mélusine, en souriant à la brusquerie de son jeune amant. Éric est un grand metteur en scène, tu sais. Tu n'as jamais vu de film de lui ? C'est vrai, dans ton foutu pays on ne vous montre pas grand-chose.

*

Ils font l'amour encore. Mélusine laisse la vague immense de son plaisir la submerger, un océan qui sommeillait en elle. La nuit est si douce, si magique qu'elle désire n'en jamais voir la fin.

11

Le premier jour

Le jour pointe entre les lattes des persiennes, et la panique des chagrins à venir commence à leur serrer le cœur.

— Si on laissait tout tomber, et qu'on parte, tous les deux, vivre ailleurs sans les photographes, sans le cinéma, pour notre amour, jusqu'au bout..., dit Ariel, en serrant Mélusine dans ses bras. J'irai où tu veux. Je veux vivre avec toi...

— Je n'ai pas d'argent... Si je ne tourne plus, je suis foutue.

— Nous trouverons bien un moyen de gagner de l'argent pour vivre. Viens avec moi en Israël. Si nous restons ici, tu sais bien qu'ils nous sépareront, d'une manière ou d'une autre.

— Si je renonce à ce film, on ne me fera plus jamais tourner...

— Il n'y a pas que le cinéma dans la vie. Tu peux faire autre chose ! En Israël, tout va naître. Et puis, tu es connue partout. Pourquoi ne recommencerais-tu pas une carrière dans un pays nouveau ? ne ferais-tu pas des films toi-même ? ne dirigerais-tu pas un théâtre ? Est-ce que je sais, moi...

Mélusine est bouleversée par les perspectives énumérées. C'est vrai qu'elle s'était enfermée dans une prison.

On la veut actrice, star, et si elle se risque à déborder de ce rôle, les fouets claquent autour d'elle, pour qu'elle revienne docilement dans la cage. Le merveilleux film d'Helmar, qu'elle avait coproduit en Allemagne, avait été un fiasco dont la sanction suivit aussitôt : son cachet avait baissé de moitié. Le temps doit finir où d'autres décident de son destin, de son image. Peu importe l'argent. Elle doit imposer la nouvelle Mélusine, femme de quarante ans fière de ses rides, de sa plénitude forgée au cours des épreuves et aboutie en cette ultime conquête : celle de son corps éveillé.

— Nous partirons, dit-elle, en ouvrant les bras. Je ne sais où, mais nous partirons. Nous irons ensemble le leur dire. Je ne veux plus faire ce film, et je veux, s'il te plaît, que tu m'embrasses…

*

Le curieux coup de téléphone que Wilson reçoit à sept heures un quart le met en garde : Epstein s'annonce pour le petit déjeuner. L'arrivée du producteur en compagnie de Delaunay éclaire sa lanterne. Depuis hier, ce Delaunay lui tourne autour et le courtise en affichant une amitié de pure diplomatie. Au déjeuner, il a tenu à être assis à leur table. Les Américains mangent entre eux, un peu à l'écart, pour ne pas se distinguer avec leurs menus végétariens et ne pas être dérangés à leur tour par les cigares toscans que les hommes de l'équipe ont appris à fumer en Italie. Delaunay l'a soûlé de commérages, posant mille questions et l'obligeant à parler, lui qui aime se nourrir en silence.

Epstein tourne autour du pot pendant que Wilson croque ses *Rice Crispies* et il accouche enfin de ce qui l'amène de si bon matin. Une divergence s'est créée entre Mélusine, Éric et la production. Ils souhaitent quitter le film tous les deux si Wilson reste. Ils le trouvent mauvais et refusent de continuer à tourner avec lui. Or, la société de distribution française, et l'américaine, cela va sans dire, tiennent à Wilson en priorité. Si on arrive à la rupture, ce sera au détriment d'Éric et de Mélusine, pas du sien. En bref, serait-il disposé à poursuivre le film avec une autre actrice ? « Voici les photos, Delaunay, montrez-les s'il vous plaît. » *A very pretty young french girl.* Inconnue, oui, mais vouée à la carrière de Brigitte Bardot, avec ce corps de mannequin. Quant à la mise en scène, Delaunay connaît le film mieux que personne, il est lui-même réalisateur de nombreux longs-métrages, de westerns et d'épisodes de télévision d'une série américaine dont Wilson n'a jamais entendu parler. En somme, il est parfaitement en mesure de...

Wilson écoute, impassible, en mastiquant ses toasts, trop grillés à son goût. Mais l'heure tourne, le service n'est pas d'une rapidité fantastique dans ces palaces, et Wilson les avale en silence, recouverts d'une épaisse couche de beurre de cacahuète. Le bateau attend en bas, ils continueront à parler en chemin, le rendez-vous au maquillage est dans vingt minutes.

— *Wilson hates to be late*, rappelle Percy, pincé – il a failli être exclu de ce colloque et fait du zèle.

Epstein et Delaunay sortent sans avoir récolté de réponse, mais hors de la vue de Wilson, ils se font un clin d'œil témoignant de leur optimisme.

Une surprise les attend tous à Murano. Gilbert de Grandville vient d'arriver de Paris par le premier avion. Epstein reçoit la nouvelle comme une gifle. Comment est-il possible qu'il n'ait pas été prévenu ? Bébert l'informe que M. d'Albarosa a été le chercher à l'aéroport et qu'ils sont là-haut, dans la pièce du téléphone. Ils discutent depuis une demi-heure. Epstein laisse Delaunay à ses anciennes activités d'assistant et se précipite.

La porte de la grande chambre réservée aux réunions de production est fermée. La grosse voix de Gilbert de Grandville résonne dans la pièce vide :

— Pourrquoi ?... Voui... Voui... Je comprrends...

Celle d'Éric, plus feutrée, coule, fluide, en un monologue inaudible. Epstein frappe à la porte.

— Entrrrez !..., fait Grandville.

Epstein ouvre la porte, en se collant un reste de peinture antirouille mal séché.

— Ah ! c'est toi, Philippe ? Veux-tu attendre, s'il te plaît ? Je t'appellerai quand nous aurons fini.

L'humiliation est cuisante. Epstein referme la porte en répandant le vernis antirouille sur la poignée et repart dans le couloir, en claquant bien les pieds pour qu'on ne le soupçonne pas d'écouter aux portes. Tout ça n'est pas bon. Qu'est-ce que d'Albarosa est bien en train de raconter ? Pourquoi Grandville n'a-t-il pas répondu à son télégramme ? Le SOS était pourtant clair. Le vieux nabab ne peut pas refuser un coup de main. C'est lui, après tout, qui l'a appelé pour contrôler ce film.

Dès qu'il est en bas, il remarque un changement. La présence du vieux producteur a galvanisé l'atmosphère. Bébert brique avec une vigueur jamais vue une lampe de cuivre qui sert dans le décor, les électriciens ont préparé leurs câbles dans un ordre impeccable, il règne un climat de travail et d'efficacité qu'Epstein n'avait pas constaté depuis le début du tournage. *Les salauds*, pense-t-il, *dès qu'ils sentent l'odeur du boss, ils deviennent des petits agneaux*... Gilbert de Grandville est un homme qui crée le silence là où il entre. Requin, retors, homme d'argent, oui, mais aussi conducteur d'hommes. Personne ici ne le contestera. Epstein a beau le haïr, il ne changera rien à cela, Grandville est respecté, et lui ne l'est pas.

Yves sort de la salle de maquillage, affolé. Mélusine n'est toujours pas là, ils ne seront jamais prêts à l'heure. Qu'on ne dise pas que c'est sa faute, comme d'habitude. Nicole arrive de son côté, très inquiète. On n'a pas vu Mélusine de la nuit à l'hôtel. Son garde du corps, le petit Ariel, a disparu avec elle après les photos. Nicole n'a pas dormi de la nuit, ça ne peut pas continuer à ce rythme-là, elle est à bout.

— Ne vous inquiétez pas, improvise le producteur. Nous allons discuter de tout cela. Gilbert de Grandville est ici, je l'ai fait venir pour qu'on fasse le point…

— Epstein ! tonitrue Grandville, à l'étage.

Philippe se lance dans l'escalier :

— Je suis là, j'arrive !

Il croise dans le couloir Éric, qui le salue distraitement en suivant son chemin, les bras dans le dos.

Gilbert de Grandville est assis sur l'unique chaise de la pièce, son gros ventre en cascade sur ses genoux. Une serviette est posée sur la table à côté de ses chaussures.

— Alorrrs ? Qu'est-ce qui se passe ?… Traduis-moi ton télégramme, je n'ai rrien compris…

L'entretien dure vingt minutes. Les éclats de voix s'entendent jusqu'en bas. Delaunay est convoqué. Il ressort au bout de dix minutes et se met à gronder un machino pour une peccadille, avec un ton directorial.

Mélusine n'est toujours pas là. Wilson, maquillé, se promène dans le jardin, sa serviette autour du cou. Il repasse ses répliques avec Percy. Dans les hangars adjacents où sont entreposés les décors, Éric s'entretient avec le nouveau décorateur, Igor Lavrotsky, copain de Grandville, arrivé avec lui ce matin. Un vieux de la vieille, vestige de l'invasion russe des années 1930 dans le cinéma français, qui a encore du mal à parler le français. Il a accepté de venir une semaine, pour dépanner Gilbert, et n'a pas lu le scénario. Il n'aime pas lire les *scenarii*, il préfère parler au metteur en scène.

— Vous avez très bien fait de ne pas le lire, car nous allons tourner tout autre chose, dit Éric, amusé par ce personnage aux cheveux blancs à qui il manque un cheval pour se sauver dans la steppe.

— Je savais. Scripts trop bien écrits jamais tournés... Le vôtre si bien tapé, avec belle couverture glacée, que film pas besoin... Plus rien à inventer!

Éric ne trouve pas ce raisonnement si idiot et se met à expliquer à cet homme ingénieux ce qu'il attend de lui.

Du coin de l'œil, il ne perd pas de vue le débarcadère. Il veut être le premier à parler à Mélusine. Au Gritti, on lui avait dit qu'elle est passée se changer et qu'elle vient de partir. Elle sera là d'une minute à l'autre.

*

Ariel endosse ses vêtements empruntés pour les photos. Mélusine s'exclame:

— C'est vrai que tu ressembles à mon fils. Je l'aurai enfin baisé, celui-là. Pauvre gosse, comme il a dû être amoureux de moi.

Puis, en voyant l'air sombre d'Ariel, elle ajoute, en lui donnant un baiser sur l'oreille:

— Courage! Sœur Priscilla ne sait pas que c'était un inceste...

En sortant, Mélusine se retourne encore une fois pour fixer dans sa mémoire le tableau de ce lit défait dans cette chambre aux allures de chapelle, et pense que sœur Priscilla peut être heureuse : ce qui s'est passé ici plaît à Dieu. Elle se sent légère, purifiée. La fatigue de la nuit sans sommeil chauffe ses muscles sans lui peser. Elle a envie d'une bonne douche et propose qu'on fasse ça au Gritti.

Ariel, lui, est retombé sur Terre. Son départ est fixé à ce soir. Il n'en a pas parlé à Mélusine.

Ils se douchent l'un après l'autre. Mélusine commande des cafés et prépare ses affaires avec ses gestes d'actrice. Ariel l'observe avec amour, mais le charme est rompu. Ils ne se parlent pas et boivent leurs cafés espresso les yeux baissés.

— Je viens avec toi à Murano, tu es sûre ?..., dit enfin Ariel.

— Évidemment. Tu as peur d'eux ? répond Mélusine, anodine.

— Moi, non.

— Moi non plus. En route. Le bateau est en bas.

Ils s'embrassent sur le pas de la porte, long point final à leur nuit ensoleillée.

Éric les attend au débarcadère. Il a vu le bateau arriver au loin et s'est approché du ponton en laissant Lavrotsky à l'atelier avec Roger, le régisseur, sorti de l'hôpital.

Mélusine allait attaquer, mais Éric la devance :

— Bonjour, ma chérie. Comment vas-tu ? dit-il, en l'aidant à monter sur le quai.

Il tend une main ferme à Ariel :

— Bonjour, Ariel. Je me suis occupé de vos billets. Départ ce soir, dix heures. Nous avons télégraphié à votre oncle Samuel. Ah, tenez. C'est ce que nous vous devions. Merci encore. Vous avez été précieux. Au revoir.

Il remet une enveloppe à Ariel, sans l'aider à sortir du bateau. Puis à Fulvio :

— *Accompagnate il signore a casa mia, grazie.*

Ariel et Mélusine échangent un regard de feu. Il veut s'expliquer, se défendre de ne pas avoir parlé de son départ à Mélusine. On ne lui en donne pas la chance. Éric a pris Mélusine par le bras et l'entraîne vers le fond du jardin en lui parlant de très près. Ariel les regarde s'éloigner. Il est soudain à mille lieues, étranger et intrus. La vedette démarre dans un bouillonnement. Ariel se retourne vers le large et prend une cigarette dans le paquet de Super sur la banquette, autorisé d'un signe de tête par le marin. La fumée remplit ses poumons, se mêlant dans sa bouche au goût salé des larmes.

*

Il y eut une réunion historique, d'abord entre Grandville, Éric et Mélusine, puis avec Epstein, Wilson et Delaunay, enfin avec toute l'équipe convoquée en une assemblée qui ressemblait à des états généraux. Il fut décidé que le film ne serait pas interrompu, aux conditions suivantes : Éric et Mélusine mettaient leurs cachets en participation et partageraient les dépassements, s'il y en avait. Wilson, fidèle à Éric, acceptait le nouveau scénario et mettait une partie de son cachet à la disposition du film auquel il croyait plus qu'avant. Epstein était viré. Ses chèques seraient échangés contre des chèques de Grandville, qui reprenait la production en main. La durée du tournage serait diminuée d'une semaine. Les paiements des salaires de l'équipe seraient échelonnés sur quatre mois et les défraiements diminués. Ceux qui n'étaient pas d'accord n'avaient qu'à sortir de la pièce. Le seul qui prit la porte fut Delaunay, drapé dans son écharpe Saint Laurent. Un soupir de soulagement général l'accompagna. Lavrotsky chanta une chanson de travail des bateliers de la Volga pendant qu'on buvait dans des gobelets en carton du mousseux apporté en vitesse par Jojo de la guinguette voisine. On avait l'impression de commencer le film, et de se retrouver, comme au bon vieux temps, au premier tour de manivelle dans les studios de Boulogne.

Mélusine reçut des baisers comme une jeune mariée et dit :

— C'est pas tout ça, mais il faut aller travailler. Allez, les peintres en bâtiment, fit-elle aux maquilleurs, donnons l'exemple.

Grandville n'avait pas bougé de sa chaise, bouddha souriant. Au fond, il était heureux, lui aussi. Remettre la main à la pâte le rajeunissait. Il sentait, cette fois-ci, qu'Éric allait faire un bon film. Commercial ou pas, il n'en savait rien. En bon homme d'affaires, il avait limité son risque au minimum. Les jeux étaient faits. Une fois qu'une affaire est engagée, il ne faut plus penser à sa rentabilité, mais tout mettre en œuvre pour la mener à bien. C'est comme ça qu'il avait réussi ses plus grands succès.

— Au turrrf, les petits, dit-il.

Et sa grosse voix vibra comme une solide cloche de fonte qui ébranle une troupe de fidèles unis après une messe célébrée ensemble.

Ariel, mon cher Ariel,

Il faut que j'aie reçu un grand coup sur la tête pour me mettre à écrire : moi qui suis à peu près analphabète et qui n'écris même plus des vœux de Noël. Ma secrétaire à Paris a une liste de vingt expressions personnelles mise au point avec moi une fois pour toutes et qu'elle utilise en imitant très bien mon écriture et ma signature. Heureusement que mes chèques sont au nom de Mersch car elle pourrait faire main basse sur mes comptes. La précédente ne s'était pas gênée, mais c'est une autre histoire, et je ne sais pas pourquoi je te raconte tout ça.

J'ai pris un grand coup sur la tête, si. Ce n'est pas la nouvelle de ton départ ce soir, que tu m'avais caché. Rassure-toi, je ne t'en veux pas. Je te comprends.

Je n'ai pas su, cette nuit, te dire assez le bonheur que tu m'as donné. Je ne sais pas parler, et il y a si longtemps que j'ai cessé de dire des mots d'amour que je ne sais plus les prononcer. Mais je pense que mon bonheur se voyait et que tu ne mettras jamais en doute mon amour pour toi. Je le garderai intact toute ma vie. Je sais que tu m'as aimée, toi aussi. Cette certitude a libéré en moi une force immense, sans que je me pose de questions sur le sens de notre rencontre.

Je sais qu'en ce moment les mêmes pensées occupent ton esprit. Je te demande pardon si tu souffres à cause de moi. J'aurais pu, si j'avais été courageuse, ne pas t'attirer à moi. Mais vois-tu, je ne suis pas courageuse. Tu as de moi une image idyllique : tu es amoureux et tu n'as jamais vu une femme comme moi. La réalité est beaucoup moins belle. Je suis une star, c'est merveilleux, mais as-tu songé comment je le suis devenue ? À quel prix ? Eh bien, je vais te le dire. Je suis une star parce que je te dis adieu, parce que je te quitte en ce moment. Je ne partirai pas avec toi en Israël, ni à Tahiti, ni nulle part. Je ne suis pas une femme comme les autres puisque j'ai besoin, comme dit Éric, de sortir de ma peau, et de me projeter en d'autres femmes qui ne sont pas moi, mais qui sont fabriquées avec ma chair, mes sentiments et mes souffrances. Alors, quand tu verras ce film, si tu le vois jamais, tu sauras que je te le dois. Cette femme, différente de moi, mais étrangement ressemblante, qui se débat sur l'écran est née, une nuit d'octobre à Venise dans tes bras.

Mon enfant, comme je t'ai aimé ! J'ai une boule dans la gorge en écrivant ces mots et je serre le crayon si fort que mes doigts sont blancs. Comme je voudrais être avec toi, en ce moment, et te…

Mélusine est assise sur un banc au fond du jardin abandonné de la villa, en peignoir. Elle lève ses yeux pleins de larmes et déchire lentement la feuille de papier sur laquelle elle écrivait. Elle penche la tête en arrière. Les larmes coulent le long de ses tempes et dans ses cheveux. Elle prend doucement une nouvelle feuille dans le mince paquet à l'intérieur du *Elle* qui lui servait d'écritoire, la lisse avec la main comme pour la nettoyer de toute impureté et, après avoir essuyé une dernière larme du dos de la main, elle raye d'une croix l'en-tête « Mega-Film » et elle écrit :

Mon amour,

Je ne mérite pas ta bonté. Je te fais souffrir depuis dix ans et tu es à mes côtés, encore aujourd'hui, dans cette épreuve qui nous unit plus fort que jamais. Je suis une femme impossible. Je veux toujours tout, tout de suite. Je ne me suis jamais rien refusé. Le monde m'appartenait. Les êtres m'appartenaient. Et je me suis retrouvée seule, avec une poignée de sable dans la main. Seule et désespérée. Mais je n'osais pas t'appeler. Je t'avais déjà fait trop de mal. Tu m'avais laissée partir sans un cri, sans un reproche, alors que je détruisais ta vie. Je t'en ai voulu, quelquefois, de ne pas m'avoir prise par la peau du cou pour me ramener à la maison. Mais tu n'en es pas capable. Tu as un tel respect des êtres humains que tu as tout accepté de moi. Tu prenais garde, avant tout, de ne pas enfreindre ma liberté.

Après l'accident, devant ton chagrin, je ne supportais plus la vie avec toi. Il me fallait respirer ailleurs, t'oublier,

oublier Venise, oublier notre tristesse. Il me fallait le cinéma, celui que tu détestes, celui qui brûle, qui court, celui qui ne veut rien dire mais qui donne l'ivresse, l'argent et la vie. Sans ce carré de toile où je me vois projetée, agrandie, je n'existe pas. Tes films ne me suffisaient pas. Ton amour, folle que j'étais, ne me suffisait pas non plus. Tu étais la terre et je voulais les hautes altitudes. Oh. Je les ai eues. Quelle solitude. Quel désert. Mais je ne criais pas au secours. Trop fière. Tu avais peut-être trouvé un équilibre sans moi. Ton amour s'était peut-être émoussé… La femme que j'étais devenue te faisait horreur, c'était certain. Mais le cinéma nous est venu en aide, fidèle saint-bernard. Dès que je suis entrée au palazzetto, *pour ton dîner, j'ai su que tu m'aimais encore. J'ai su que ce film me sauverait. Que tu m'attendais.*

Mais j'ai la tête dure. Il a fallu que je me heurte une dernière fois à tous mes fantasmes, comme un papillon de nuit contre un abat-jour éteint. J'enterrais ma vie passée sans toi. Un tourbillon final a failli m'emporter… Je ne pouvais pas revenir avant. Je devais être prête pour la vraie vie que tu m'offres. La liberté, c'est de choisir, *tu me l'as toujours dit. Je choisis de rentrer à la maison, près de toi, mon compagnon, puisque tu veux encore de moi. Je ne veux plus perdre une minute de ton intelligence, de ton cœur et de ton talent que tu as déployé une fois de plus devant nous, conquis et admiratifs. Comme ils t'écoutaient, suspendus à tes lèvres quand tu racontais le nouveau scénario. Ils étaient émus, fiers, de faire un grand film avec toi, pour toi, le meilleur de tous. Gilbert buvait du petit-lait. Il sera avec nous, tu verras, fidèle au poste, aussi mordu de cinéma que nous, le papy !*

Je ne parlerai pas d'Ariel. Je dois régler cette question toute seule, quoi qu'il m'en coûte. Je suis heureuse qu'il parte, pour lui et pour moi… Mais sache, mon Éric, que j'aurai besoin de toi, de toute ta tendresse, dans les jours à venir.

Nous ferons, grâce à toi, un beau film. Grâce à moi aussi, un peu, j'espère…

Ta Mélusine.

Elle plie la feuille soigneusement et la met dans sa poche. Sur le gravier, tout près d'elle, deux moineaux se disputent une miette de pain. Elle les observe sans bouger et ne se lève que lorsqu'ils se sont envolés.

*

— Lena, je suis malheureux…

Ils sont debout face à face, dans l'embrasure de la fenêtre, au soleil. Les tentures de la chambre rose dévoilent leurs dessins où des chiens pétrifiés bondissent au-devant d'un cavalier effacé. Ariel n'a pas voulu dormir et Lena a plié les draps et les couvertures sur le lit.

— C'est elle qui t'a trahi, car elle ne t'a pas dit la vérité, dit Lena, calmement.

— Que veux-tu dire ?…

— Savais-tu qu'Éric et elle étaient mariés ?…

— Quoi ? D'où tiens-tu cela ?

— Domenico. Il m'a tout raconté ce matin. Ils attendaient un enfant il y a dix ans… Une fausse couche brisa leur espoir d'en avoir jamais… Une douleur pour Éric… La vie devint intolérable… Ils se sont séparés, mais ils n'ont jamais divorcé.

Ariel écoute, les yeux vers le canal, les mâchoires serrées. Il met les mains dans ses poches et se penche pour regarder une péniche qui ne l'intéresse pas :

— Je sors une minute, dit-il. Je reviens tout de suite.

Il s'en va très vite en évitant le regard de Lena, immobile contre la fenêtre, les bras croisés. Le carreau de la fenêtre lui renvoie son reflet, coupé en deux moitiés qui se chevauchent à l'arête biseautée de la vitre. Elle chuchote pour elle-même : « Encore cinq heures et le cauchemar sera fini, Lenotchka. »

Elle regarde ses traits tirés en soupirant et se demande si elle tiendra jusque-là.

*

Ariel court au Gritti. Il veut la voir une dernière fois, avec le secret espoir qu'elle le retiendra auprès d'elle en lui disant : *Ariel, je t'aime, ne pars pas, notre amour n'est pas impossible.* Le cinéma ne peut pas les séparer, ni la différence d'âge, imperceptible quand ils sont nus l'un devant l'autre. Elle est mariée à Éric ? Et alors ! Cela ne les a pas empêchés d'être heureux, au contraire. Éric l'a poussé dans les bras de Mélusine, il en a eu la nette impression plusieurs fois. Il se ment à lui-même avec application, cherchant à apaiser à tout prix la douleur lancinante qui lui transperce le ventre. Elle l'aime, il en est sûr. Une femme amoureuse fait des miracles, lui avait-on dit. Il pense à ses amourettes précédentes et comprend, en un éclair, qu'il a aimé pour la première fois et que Mélusine est la première femme de sa vie.

On lui dit que Madame n'habite plus l'hôtel. Quelqu'un est venu chercher ses affaires il y a une heure à peine. Elle n'a laissé ni adresse ni instructions. Toutes les personnes de l'équipe ont quitté le Gritti. Il ne reste plus que les malles de Mlle Joëlle Dupont et de

M. Philippe Esptein, partis pour Paris. On les expédiera par le train.

Ariel pense que le film a été interrompu. Les inquiétudes de Mélusine se sont-elles confirmées ? Cette idée lui donne un espoir. Elle a besoin de lui plus que jamais. Qui peut le renseigner davantage ?

Éric. Il n'y a qu'Éric. Il rentre en courant au *palazzetto*, passant, en un pèlerinage accéléré, par les ruelles parcourues avec Mélusine. Il tombe en arrêt devant la vitrine d'un photographe. En plein milieu d'un panneau de liège où sont épinglés des clichés de mariage, de baptême et de carnaval, une photo de Mélusine et Ariel, les pieds soulevés de terre parmi les pigeons, est affichée au-dessus d'une banderole où on lit : « MÉLUSINE MARVEL A VENEZIA ». Elle est à peine reconnaissable. Ses cheveux balayent son visage, mais son sourire éclatant frappe Ariel en plein cœur. Elle tire par la main, derrière elle, un mystérieux garçon brun qu'il connaît bien.

Il entre dans la boutique, en se penchant sous le tablier de fer à moitié baissé, et demande au vendeur qui se prépare à fermer :

— Vous vendez la photo de Mélusine Marvel ?

— *Va bene, eccezionalmente… Tre mila lire.*

Le bonhomme décroche la photo du panneau et dit :

— *Non dirlo… Non potrei…* Ne le dites pas… Je ne devrais pas…

Il comprit dès qu'il entra au *palazzetto*. Des valises Vuitton de toutes les tailles encombrent l'entrée. La porte de l'office est ouverte et Domenico, dans l'enfilade, repasse une robe de soie beige. Ariel reconnaît la chemise de nuit de Mélusine. Il entre dans la cuisine et Domenico lui lance, rayonnant :

— Madame est revenue…

Le son d'un violoncelle l'appelle, à l'étage. Il monte les marches en courant, entre dans la chambre où Lena, assise dans un fauteuil, un nouveau manteau sur le dos, tient un violoncelle rutilant entre ses genoux écartés. Elle s'arrête de jouer et dit à Ariel :

— C'est Éric… Regarde, quelle merveille. Un Ottaviani, un des meilleurs luthiers vénitiens. Ton violon est sur le lit avec une valise pleine de vêtements pour nous…

Près du matelas plié en deux, à même le sommier damassé, une grande valise de cuir et un étui noir sont posés côte à côte. Ariel sort avec soin l'instrument menu qui paraît l'enfant du violoncelle ventru : leurs bois, leurs odeurs sont identiques. Ariel cale le violon sous son menton et entame en *pizzicato* un morceau que Lena reprend. Le goût amer de la musique les fait grimacer.

La musique parvient à la chambre d'Éric.

— C'est aussi de ta part. Je l'ai dit à la petite… Veux-tu les saluer avant leur départ ? demande Éric, tout doucement.

Mélusine se lève, frissonnante, et referme son peignoir de bain. Une serviette protège ses épaules de ses cheveux lavés. Elle s'approche de la commode, prend la photo d'elle petite fille, la regarde de plus près, la repose, et de dos elle fait *non* de la tête. Mais sa bouche tremble, incapable de retenir un sanglot imminent. Éric vient la serrer dans ses bras, et elle pleure au creux de son épaule avec des hoquets.

— Ne pleure pas, ma chérie. C'est très beau ce que tu fais. Tu ne peux pas lui donner de plus grande marque d'amour. Il comprendra plus tard. Pour l'instant, il faut bien qu'il te déteste un peu… Et puis, je suis là, moi, et je t'aime…

Une larme coule sur la joue mal rasée d'Éric et se mêle aux cheveux mouillés de Mélusine qui utilise toujours, sent-il, le même shampooing à l'iris qu'il y a dix ans.

*

Domenico insista. Il voulut les accompagner et porter la valise jusqu'au bateau. Le *Calypso* dessert Athènes sans escale. Un autre paquebot grec appareille pour Tel-Aviv une demi-journée plus tard, juste le temps de visiter l'Acropole. Éric les a salués sur le pas de la porte. Mélusine dort. Il ne veut pas la réveiller et s'excuse pour elle. Elle l'a chargé de les saluer très affectueusement et de leur souhaiter une nouvelle vie heureuse en Israël. Qu'ils donnent des nouvelles, une carte postale au moins, ils connaissent l'adresse : « Palazzo d'Albarosa, Venezia… »

Éric a retenu une cabine de première classe, ils y déposent la valise et les instruments, puis remontent après avoir fermé la porte à double tour. Sur le pont, ils embrassent longuement Domenico en échangeant des phrases conventionnelles. Mais le cœur y est. Le brave homme est sincèrement peiné de voir partir les jeunes gens, Lena surtout, sa partenaire aux cartes des longues soirées dans la cuisine du *palazzetto*.

Il reste vingt bonnes minutes. Ils prient Domenico de ne pas attendre le départ. Il a tant de travail à la maison, avec toutes les valises à défaire.

Du canal de la Giudecca où la compagnie Karageorgis amarre ses bâtiments de moyen tonnage, on voit la place

Saint-Marc et Venise illuminés. L'air est doux. Appuyés au bastingage en silence, Ariel et Lena regardent. Reverront-ils jamais cette ville féerique reflétée dans l'eau noire en longs serpentins de feu ?

— Elle m'a envoyé son domestique..., dit Ariel, entre les dents.

— Mais non..., dit Lena, doucement. Elle t'a aimé, Ariel, elle t'a aimé...

Sa voix est couverte par la sirène du remorqueur. Le *Calypso* se détache du quai, ouvrant la lagune sous son ventre.

*

Le soleil entre largement par la fenêtre de la salle de maquillage et dessine un carré blanc sur le plancher.

— Regardez le temps qu'il fait ! s'écrie Mélusine, dès son arrivée. Il faudrait tourner la scène de la plage ! Appelez-moi Éric et Samson.

Elle s'approche du miroir et se regarde comme tous les matins, de son œil clinique. Quelque chose attire son attention. Elle se rapproche encore, penchée sur la table où le miroir est posé. Sous les spots impitoyables pincés de chaque côté du cadre, elle a bien vu : de petites taches de rousseur ont apparu sur son nez et sur le haut des joues.

— Regarde, Astor, mes taches de rousseur...

— C'est rien, t'en fais pas, ça ne se verra pas sous le fond de teint.

— Qu'est-ce que tu as dit ? Les cacher ? Tu es fou. J'ai mis trente ans pour retrouver ces taches de mon enfance, et tu veux me les supprimer. Jamais. Je vais tourner comme ça…

— Mélusine, tu n'y penses pas… Tu as vu la tête que tu as… Je ne sais pas ce que tu as fait cette nuit…

— J'ai fait que je vais tourner comme ça. Si tu insistes, je te balance toutes tes crèmes à la figure, pour voir si ça t'embellit, toi.

C'est vrai qu'elle a peu dormi, malgré les tisanes d'Éric. Toute la fatigue des jours passés s'est abattue sur elle cette nuit. De cette grande partie de catch avec son passé, elle est sortie décorée des taches de rousseur, une photo de ses six ans, dans les bras de son père…

Éric vient d'entrer.

— Tu veux tourner la scène de la plage dès aujourd'hui ? Tu es sûre ?… Elle n'est pas facile… Mais si tu te sens prête… C'est toi qui décides…

— Oui, Éric, je suis prête.

— Bravo, ma chérie. Tu en as pour longtemps avec Astor ? Il ne faut pas trop se fier à ce beau soleil. Il peut disparaître d'une minute à l'autre en cette saison…

— Je voudrais tourner comme ça, sans maquillage, qu'est-ce que tu en penses ? Je serai dans l'eau, n'est-ce pas ?

Éric est bouleversé. Il la prend dans ses bras :

— J'allais te le demander. Tu seras heureuse plus tard, en visionnant les rushes, de voir comme tu es belle en ce moment…

Ils se regardent tendrement et il ajoute :

— Tournons cette scène et je te libère. Tu pourras rentrer terminer ton installation. Nicole préfère rester avec Roger et les autres, ils ont loué un appartement, ici, à Murano.

— Merci, Éric, merci, dit Mélusine, du fond du cœur. Je tourne avec ma chemise, hein, comme on a dit.

Éric l'embrasse sur le front et la regarde avec fierté. Sa grande Mélusine est de retour, pour le meilleur et pour le pire.

*

La tunique mouillée colle à son corps comme une deuxième peau. C'est la robe de mariée, celle qu'Ariel lui avait mise par erreur, l'autre nuit. Elle a eu l'idée de l'endosser dans cette scène où elle devait être nue. Les stigmates ont presque disparu. Le médecin s'est trompé. La peau fine, régénérée, emportera vite son secret.

L'effet est bien plus émouvant que la nudité. La soie forme des plis de la couleur de la chair en fines nervures le long du corps. De ses cheveux trempés coulent des gouttes de mer qui se posent sur ses cils en éphémères perles de cristal. Elle sort de l'eau lentement, face à la caméra, face à son public, face à son avenir joué tout entier en cette seconde. L'eau entoure sa taille, puis son ventre, ses cuisses, ses genoux. Le sable piqué de coquillages se creuse sous ses pieds insensibles. Elle sort de l'eau, luisante sous le soleil d'automne, femme tendue vers l'œil noir de la caméra comme la corolle d'un tournesol vers le soleil.

Prenez-moi, je vous appartiens, vestale de vos amours jamais vécues. Allez, venez, entrez dans le cinéma ! Vingt francs, ce n'est pas beaucoup pour ce que j'ai à vous offrir ! Entrez, entrez, le spectacle va commencer ! Vous vouliez du sensationnel ? Voilà devant vous, en chair et en os, la Belle au bois dormant réveillée sous vos yeux. Regardez-la s'animer, faire ses premiers pas, maladroitement, pardonnez-lui, elle sort d'un long sommeil, d'une nuit interminable. J'ai cherché pour vous dans le monde des ténèbres, j'ai fouillé l'eau, le sable, la boue, la chair des autres. Je m'épuisais en vain et j'allais mourir. Une nuit dans un couvent a changé ma vie. Je connais désormais le prix de votre amour, et je vous remercie. Merci à tous. Merci, Epstein, d'avoir voulu ma peau parce que ce film sera ma renaissance. Merci, Ariel, de m'avoir quittée pour que notre amour reste le joyau qu'il a été. Merci, Laurent, de me haïr au lieu de m'adorer avec platitude. Merci, papa, d'être mort pour que ton absence m'ait fait grandir plus vite et plus forte. Merci, Nicole, d'être retournée auprès des tiens. Merci, Éric, mon amour, d'avoir fait de moi une grande dame de l'écran et de la vie. Merci, toi, mon spectateur, de me regarder, fixée dans ta mémoire pour toujours.

*

Variety. *January 13th.*

MÉLUSINE MARVEL ÉRIC D'ALBAROSA NOW IN L.A.

Fantastic N.Y. opening of An Other Woman: *great hit. Sensational first week: 100 000 dollars gross for European box-office champ. Star and director expected for Los Angeles opening. Future production plan in discussion with MTCA.*

Il Gazzetino. *Venise, le 3 septembre.*

À l'occasion de la projection inaugurale du Festival de Venise de leur film Une autre femme, *dont le succès est international, et pour fêter leur anniversaire de mariage, le comte et la comtesse d'Albarosa ont donné au palais de famille une fête masquée dans la plus pure tradition vénitienne, désormais quasiment disparue. Les noms les plus prestigieux du monde du spectacle, de la culture et de la politique étaient présents, outre les représentants de l'aristocratie européenne. Par intervention spéciale du maire de Venise, compté parmi les invités, le Grand Canal fut éclairé à l'ancienne par des torches, comme le palais d'Albarosa lui-même. Nous avons reconnu, derrière leurs masques et leurs loups, à cette réception dont le thème était* NOIR ET BLANC*: le prince Rainier et sa femme Grace, Federico Fellini et sa femme Giulietta Masina, le producteur Dino De Laurentiis, François Truffaut seul, Elizabeth Taylor et son nouveau mari, le ministre Pandolfi et sa femme, l'ambassadeur de France Gilles Martinet, notre confrère du* Corriere della Sera *Giovanni Russo, l'actrice Jeanne Moreau escortée d'un jeune inconnu, l'actrice Valentina Cortese qui portait en noir la même robe de Lancetti que l'hôtesse tout en blanc, le* maestro *Giorgio Strehler, le chef d'orchestre Claudio Abbado, le comte et la comtesse Brandolini, le prince Kashoggi, Alfonso de Hohenlohe, et tant d'autres.*

Wilson Robin et son orchestre étaient venus spécialement de Los Angeles pour la soirée.

Un feu d'artifice aux couleurs rouge et or de la famille d'Albarosa fut tiré au large du canal de la Giudecca en souvenir de merveilleux temps anciens, à la barbe de l'inflation et de la nouvelle crise gouvernementale qui menace notre pays.

FIN

Table

Cet ouvrage a été composé
Par Soft Office à Eybens (Isère)

Impression réalisée par
CPI France
en septembre 2023
pour le compte des Éditions de l'Archipel
département éditorial
de la S.A.S. Écriture-Communication.

#lisez! engagé
www.lisez.com
Pour plus d'information :
Imprimé sur du papier issu de forêts gérées durablement.

Imprimé en France
N° d'impression : 3053902
Dépôt légal : septembre 2023